AF617255

CENTAUROS DEL RIF

DAVID GÓMEZ

CENTAUROS DEL RIF

Consulte nuestra página web: https://www.edhasa.es
En ella encontrará el catálogo completo de Edhasa comentado.

Diseño de la sobrecubierta: 

Primera edición: septiembre de 2024

Diputació, 262, 2º1ª
08007 Barcelona
Tel. 93 494 97 20
España
E-mail: info@edhasa.es

ISBN: 978-84-350-6453-8

Impreso en Liberdúplex

Depósito legal: B 14671-2024

Impreso en España

A mis capitanes Álvaro y Miguel.
A los centauros del Alcántara.
A los olvidados de Monte Arruit.

«Por mucho dolor que haya visto en
las guerras en las que he trabajado,
por mucho miedo que haya pasado,
por mucha angustia sufrida,
cada noche, al cerrar los ojos,
siempre regreso a Monte Arruit».

Luis Codrán, *Pueblo,* 1976

SUMARIO

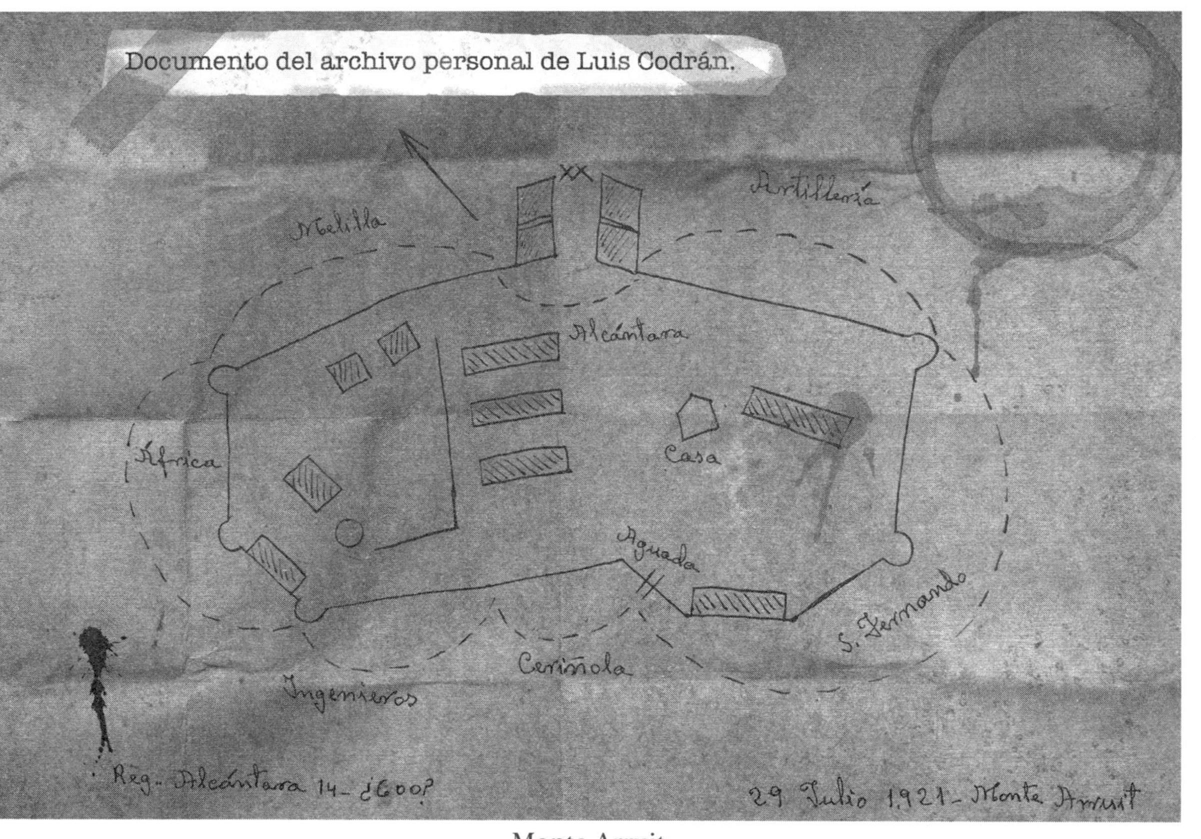

Monte Arruit

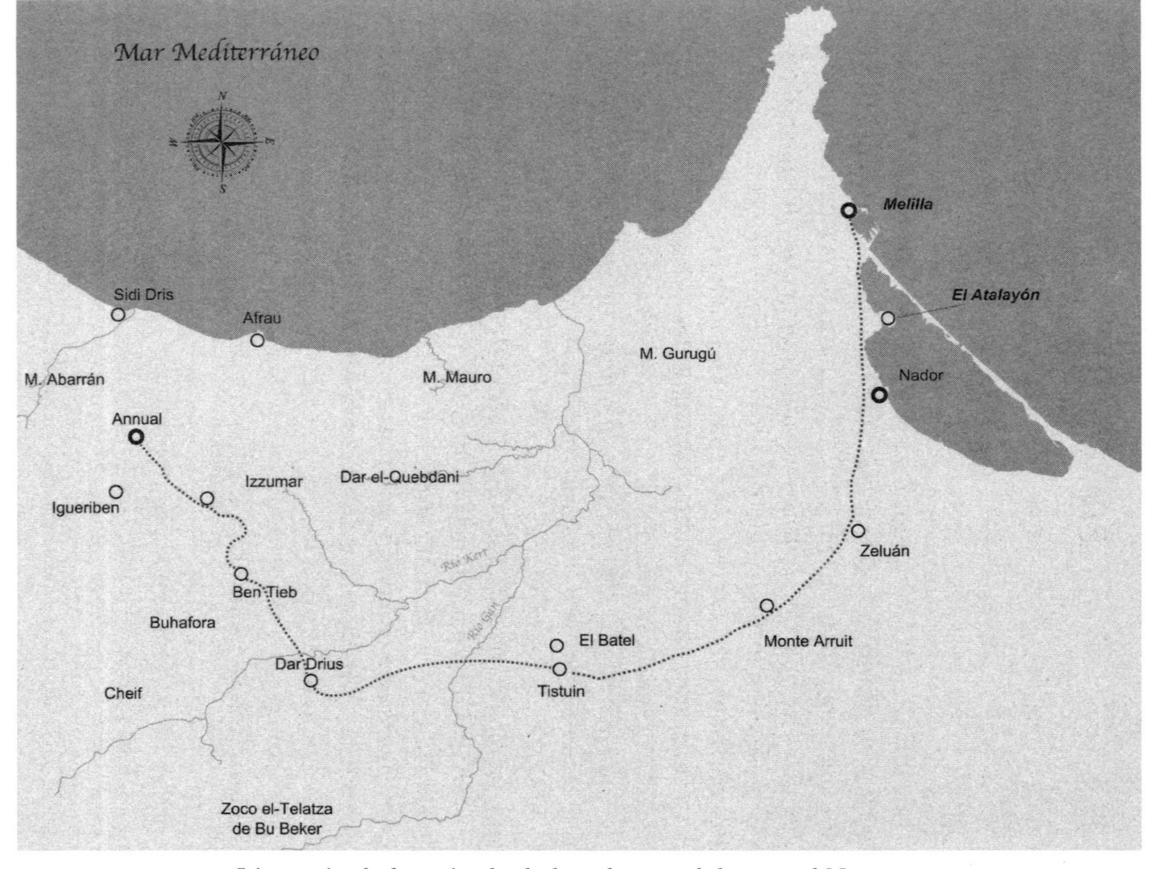

Itinerario de la retirada de la columna del general Navarro

PRÓLOGO

21 de julio de 1921. Mientras los reyes Alfonso XIII y doña Victoria asisten en Burgos a la ceremonia que traslada los restos del Cid y doña Jimena, con motivo del VII Centenario de la catedral de Burgos, cerca de diez mil soldados españoles, al mando del general Silvestre, se encuentran desperdigados en cientos de posiciones del Rif marroquí. Mal entrenados, con un equipamiento deficitario y un armamento en mal estado, los españoles lo han fiado todo a la buena estrella de su general. Pero las estrellas también se apagan.

El jefe rifeño Abd el-Krim, al mando de una *harka* formada por miles de fusiles, ha arrebatado, tras varios días de asedio, la posición de Igueriben a los españoles. La práctica totalidad de su guarnición, trescientos soldados del Regimiento Ceriñola 42, al mando del comandante Julio Benítez, ha perecido. Ahora tiene puesta la vista en la ficha siguiente: el campamento de Annual, donde cerca de cinco mil soldados de diferentes regimientos de infantería, artillería y regulares permanecen acantonados. Silvestre se encuentra rodeado por un enemigo muy numeroso cuya sed de venganza sólo se calmará con sangre. Cerca de allí se encuentra el Regimiento de Caballería Cazadores de Alcántara 14, con sus seiscientos jinetes.

Ellos son los centauros del Rif.

Y ésta es su historia.

Acto I
ANNUAL

1

Madrugada del 22 de julio, 1921. Campamento de Annual, a 107 km de Melilla

Despertar de la pesadilla no siempre significa regresar a un lugar confortable, cómodo y seguro. La realidad puede ser más oscura, tenebrosa y mortal que el más terrible y angustioso sueño que hayamos tenido. Porque, en ocasiones, por mucho que corras, no puedes escapar.

No fueron los gritos agonizantes de los soldados luchando por su vida o muriendo acuchillados en plena batalla, ni los ya familiares sonidos de las descargas de fusil impactando en los sacos terreros, sino el estruendo de las balas de cañón sobre el terreno árido y pedregoso de Igueriben lo que despertó bruscamente al joven. Se incorporó sobresaltado y, durante unos angustiosos segundos, miró a su alrededor con la respiración agitada. Al fin, suspiró. Se encontraba en un lugar distinto de todo aquel infierno onírico aparentemente ficticio. Más calmado, se tumbó de nuevo en el camastro, aunque sin dejar de mover la cabeza de un lado para otro, tal vez intentando olvidar lo sufrido para negar la terrible realidad.

–Tranquilo, estás a salvo, todo ha pasado.

Una voz femenina le hizo abrir los ojos de nuevo. Por un momento creyó que se encontraba en Madrid, en su casa.

–Procura descansar. Bebe esto –dijo ella.

Y aquel instante, aquel fugaz momento de felicidad, desapareció como el relámpago que refulge en la tormenta para enseguida extinguirse y volver a la oscuridad.

La mujer, sentada junto al catre, acercaba a los labios resecos y agrietados de un desconcertado Codrán una cuchara con la sopa que, humeante aún, llenaba un cacillo colocado sobre una caja de madera.

–Despacio, no quiero que te suceda como a otros...

–¿Quién es usted? –preguntó con recelo.

–Una amiga.

–¿Qué les ha pasado a los otros? –se interesó, fatigado.

–Llegaron al campamento exhaustos y sedientos, bebieron agua hasta reventar... Los pobres han muerto... Lo lamento de veras. Te llevarán a Melilla. Varios heridos ya han salido en los camiones, y en poco tiempo tú también marcharás en un «rápido», con una escolta de caballería. El viejo no quería dejarte ir hasta saber que estuvieras bien.

–¿Qué día es? ¿Qué hora es? –Codrán, desorientado, trataba de ubicarse.

–Pues es temprano o tarde..., según se mire –respondió ella, indolente.

–No entiendo... ¿Qué ocurre? –insistió Codrán.

–El campamento está rodeado. Manolo... El general Silvestre y los demás oficiales están reunidos –explicó al fin la mujer mientras le ofrecía otra cucharada–. Seguramente estarán decidiendo qué hacer: pelear y morir, o correr y morir. Absurdo. ¿No crees?

–¿Absurdo?

–Todo esto –dijo, pensativa–. La guerra, el poder, la vida...

Codrán sintió una urgencia repentina por ver a Silvestre; debía hablar con él. Intentó incorporarse, pero al momento se dio cuenta de que todo el cuerpo le dolía, como también la garganta, le quemaba cada vez que tragaba el líquido que aquella misteriosa mujer le daba.

–Espera, no debes moverte. Tienes que descansar. Todo ha terminado para ti, pronto estarás en casa –susurró ella, impidiendo que se levantara.

–¿Terminado? Esto no ha hecho más que empezar. Debo ver a Silvestre, él me conoce, soy amigo de su hijo, de Bolete –protestó.

–El general, como te he dicho antes, está reunido con los oficiales y no atiende a nadie. Ni a ti, ni a mí. Sé de lo que hablo, muchacho. Silvestre sólo escuchará a Silvestre –se lamentó–. Bebe, debes reponer fuerzas.

La mujer le dio otra cucharada de sopa.

–¿Qué hora es? ¿Dónde está mi camisa? –insistió el joven.

Ella, al ver imposible que se tomara la sopa, dejó el cazo sobre la caja.

–Tu camisa, o lo que quedaba de ella, está ahí colgada. –Señaló entonces el mástil de la tienda cónica–. Te la quitaron los enfermeros para poder limpiarte y refrescar tu cuerpo. Ahí tienes una camisa limpia del oficial que se aloja en esta tienda y... Bueno, si tanto te interesa saberlo –la mujer se levantó y cogió un reloj que había en una mesa–, toma, es tuyo, tú mismo puedes verlo. –Se sentó de nuevo y tomó el cacillo de sopa.

Luis sintió una punzada en el corazón al notar entre sus manos aquel reloj de bolsillo Omega. Su padre se lo había dado en la estación de Atocha el día de su partida a Melilla, y eran demasiados los recuerdos: su padre, Benítez, sus camaradas de Igueriben, su madre con ojos llorosos aquella mañana en el andén... Abrió la tapa de plata, rozada y ya sin brillo, y vio la hora.

–Las cinco..., las cinco de la madrugada. ¿Cuánto he dormido?

Pero la mujer no tuvo tiempo de contestar, porque en ese momento el coronel Morales, jefe de la Policía Indígena, irrumpió en la tienda. En cuanto oyó el roce de levantar la lona que cubría la entrada, ella se giró, sobresaltada.

–Por fin te encuentro.

–Hola, viejo –contestó la mujer con desgana.

–El general quiere verte –indicó Morales.

–Lo estaba esperando –repuso con voz cansada. Se levantó, no sin antes poner un trozo de tela empapada en agua en la frente del joven–. Suerte, chico. Ha sido un placer conocerte –se despidió, algo aliviada por separarse al fin de aquel enfermo tan difícil.

Al pasar junto a Morales, junto a la entrada, apoyó la mano en el hombro del militar y le dio un beso en la mejilla.

–Ten cuidado, viejo.

El hombre asintió con afecto. Se miraron por unos instantes, y finalmente, ella, tras un par de toques suaves en el hombro de Morales, se marchó.

–Idiotas –dijo cuando dejó caer la lona tras de sí al salir de la tienda.

2

–¿Cómo estás, muchacho? –le preguntó Morales acercándose al catre donde estaba el periodista.

–Algo confundido. Me siento igual que si me hubieran apaleado.

El viejo militar de cara afable y mirada profunda asintió, como si supiera lo que era aquel dolor, y se sentó junto a Codrán.

–Todo está preparado. En breve partirás en un rápido a Melilla. Te vas a casa.

–Benítez, De La Paz, mi amigo Manuel... Todos están muertos –se lamentó Codrán–. Todos han muerto, y yo..., yo sigo aquí. ¿Por qué? ¿Por qué? –Codrán comenzó a sollozar.

–Los caminos del Señor son inescrutables –Morales lo tomó de la mano para consolarlo–, querido amigo. *Masha'allah.* Nuestro destino está escrito, y debemos aceptarlo con entereza y dignidad. Como lo hizo Benítez. Lo importante es que ya estás con nosotros, y que pronto regresarás a casa.

–Le prometí a Benítez contar lo que allí ocurrió.

–Ya... Todos tenemos una misión en la vida –concluyó Morales en tono afectivo.

–¿Qué está ocurriendo, coronel?

–Ahhh, esa vena periodística tuya... En fin, creo que no desvelo ningún secreto, él ya lo tiene decidido. El enemigo está atacando el sector de regulares del campamento. Nos vamos de aquí. Silvestre cree que es lo mejor.

–¡No podemos retirarnos! –exclamó Codrán.

–Él... –continuó Morales– ha mandado a Navarro a Melilla para que reorganice fuerzas y refuerce la nueva línea del frente. Nos retiramos. Se han enviado órdenes a los diferentes puestos de avanzada para que se replieguen... España se enfrenta a otro desastre, a otra carnicería. Me temo que... a otra generación perdida.

–El comandante Benítez nunca lo hubiera permitido –repuso, enfadado, el periodista–. No habrá piedad. ¡Lo he visto! Si cae Annual, los rifeños llegarán a Melilla.

Ante sus palabras, Morales asentía con la cabeza.

–Parece ser que nuestros superiores en el mando no lo ven así. Si existe una guerra cruel y despiadada, ésa es la guerra de egos. La envidia y la ambición matan más que la pólvora. Silvestre ha perdido la partida. Esta vez, mi general, el general sangre y agallas, va a conocer la derrota. Y nosotros con él.

–¿Cómo es posible?

–Berenguer no cree que la situación sea tan... urgente –sonrió, apático–; incluso le ha molestado la petición de refuerzos, a juzgar por su mensaje: «... comienzo a organizar efectivos, aunque con ello comprometo mi campaña de Beni Arós». Eso le ha dicho a Silvestre.

–Creí que eran amigos..., camaradas –repuso con abatimiento el joven.

Esta vez Morales no contestó; se limitó a responder con una mueca de indiferencia,

–Nos retiramos a Ben Tieb, ésa es la orden que tengo. He de dejarte, joven amigo, debo organizar a mis hombres. Una última cosa –dijo, metiendo la mano en el bolsillo de su guerrera–. Quiero que tengas esto.

Codrán miró sorprendido al militar y rechazó el regalo.

–No creo ser el más indicado.

–Al revés, amigo mío. Has sido leal a tus hermanos de armas, y veo que lo sigues siendo. Esta medalla es tuya. Cuando llegues a Melilla, busca al caíd Abd el Khader y muéstrasela. Sabrá que te la he dado yo, él te ayudará si tienes algún problema. Su lealtad, como la tuya, se cimenta en la amistad, y no en el dinero.

–Pero esta medalla...

–Es tuya –lo cortó el militar–, y no se hable más. Te dejo. Falta poco para que amanezca y debo atender otros asuntos. No tienes mucho tiempo, así que tómate la sopa, te sentará bien y te dará fuerzas. Pronto vendrán a recogerte y podrás regresar a Melilla.

Dicho esto, el coronel Morales se levantó de la silla y, tras asentir, en un gesto de saludo, se dirigió con paso cansado fuera de la tienda. Se detuvo un momento ante la lona que cubría la entrada, como si necesitara un tiempo para prepararse; buscando fuerza y aplomo, inspiró profundamente, y apartó la lona para abandonar la tienda. Ahora sí, con paso firme y decidido.

3

Luis observó cómo el viejo coronel Morales abandonaba la tienda y decidió hacer caso a su consejo. Dio un sorbo al cacillo y, después de dejarlo sobre la caja de madera que tenía junto a él, se tumbó en el catre. Suspiró, soltando todo el aire que tenía en los pulmones, y se acarició los párpados, en un intento de aliviar el picor producido por la sequedad de sus ojos. Debía asimilar lo que estaba pasando, ordenar sus ideas, pero de nuevo sintió el punzante golpeteo en su cabeza, el frenético palpitar del corazón en sus sienes. Se apretó el puente nasal con el índice y el pulgar al tiempo que emitía un gruñido. Lamentándose por el lacerante dolor de cabeza, se incorporó y se sentó en el borde del catre, se llevó las manos a las sienes en un vano intento de aliviar aquel martilleo constante. Volvió a coger el cacillo, pero ahora bebió directamente. Tenía sed y, aunque la sopa se le derramaba por la comisura de los labios, tragó con ansia todo aquel líquido. De repente, la sopa le entró por la nariz, y comenzó a toser sintiendo que no podía respirar; fue entonces cuando se acordó de la recomendación de aquella mujer: que bebiera despacio.

Una mano comenzó a golpearlo en la espalda.

–Vamos, vamos, tranquilo, respira.

Luis seguía intentando recuperar el aliento; jadeaba con la esperanza de tragar una bocanada limpia de aire que le llenara los pulmones y le calmara la angustia.

–No deberías beber tan rápido, te ahogarás tú solo. Y no serías el primero...

–¿Quién eres? –balbució.

–Me llamo Juan Pérez. Soy médico, capitán para ser más exacto. ¿Te duele la cabeza? –preguntó, mientras de una caja botiquín sacaba un frasco con píldoras.

–¿Que si me duele la cabeza? Me va a estallar –contestó Codrán, enfadado.

–Abre la boca –asintió el médico.

–Nos habría venido muy bien un médico en Igueriben.

El oficial le introdujo un depresor metálico y le examinó la garganta. Acto seguido, le introdujo un termómetro en la boca.

–Has sufrido una deshidratación severa –explicó, haciendo caso omiso de la objeción del periodista–. Escucha..., yo cumplo órdenes. Ayer iba en el convoy a Igueriben, pero mandaron retirada. Siento... ¿Oyes eso? Son disparos, estamos rodeados. No tenemos tiempo que perder. Bebe. Tengo órdenes, ¿entiendes? Tengo que organizar a los heridos. Salgo de este maldito lugar en veinte minutos en un convoy y tengo orden de llevarte conmigo a Melilla –dijo, con nerviosismo. Le quitó el termómetro y lo miró fijamente–. Te vas a tomar una de éstas y vas a beberte esto. Te quitará el dolor de cabeza.

Tras tragarse casi a la fuerza aquella píldora y una cucharada de jarabe, Codrán carraspeó.

–¿Llevarme? ¿A mí? –preguntó sorprendido.

–Sí, pronto amanecerá, y esos moros tienen buena puntería, algo que por desgracia ya he podido comprobar, y no quiero ponérselo más fácil aún. Recoge tus cosas. Volveré dentro de unos quince minutos, o menos. Si no estás preparado, te quedas aquí. Y procura beber agua en abundancia.

El sanitario recogió a toda prisa el material médico y salió de la tienda casi a la carrera. Luis se quedó mirando la entrada de la tienda, mientras resonaba en su mente la última recomendación del doctor: «Bebe agua en abundancia». Movió la cabeza, atónito.

El paqueo continuaba, el eco de las detonaciones de los fusiles llegaba a sus oídos empujado por el viento. Pensó en su charla con Benítez en Igueriben; si allí creyó que lo mejor era parlamentar con el enemigo, ahora lo tenía claro. Benítez se lo había mostrado: rendirse no era una opción. Debían luchar, o el enemigo llegaría a Melilla.

–Está bien, hagámoslo –musitó.

Se incorporó con cuidado, pues temía marearse. Pero también sabía que era joven y fuerte, y estaba seguro de que aquellas horas de sueño, la sopa, el agua y la pastilla serían suficientes para bajarle la fiebre y seguir adelante. Para no rendirse. Aún podía sentir los enloquecidos latidos de su corazón, pero se sentía mejor. Estaba vivo. Tal vez, aquella misteriosa mujer, que, llamada por Silvestre, había desaparecido sin decir su nombre, le había transmitido su fuerza. Sorprendido, se dio cuenta de que, a pesar de todo lo que ocurría a su alrededor, su único pensamiento era poder volver a verla.

La luz en los ojos azules del joven periodista se había apagado; habían perdido brillo. La mirada de quien mata y ve morir cambia. Una barba sucia, moteada por costras de sudor, sangre y arena, le ocultaba el rostro. Se palpó la cara con la mano derecha y sintió la tirantez de la piel. Sobre un taburete, junto a un pequeño espejo que colgaba de una cuerdecilla, había un lebrillo y una jarra. Supuso que los ocupantes de la tienda los usarían para la higiene y decidió buscar entre los enseres navaja y jabón con la intención de afeitarse. Los halló dentro de una caja de madera, cerca de unas maletas y, entonces, acercó la lámpara que iluminaba la estancia al espejo. Le importaba poco que fueran de otro, sólo deseaba quitarse aquella barba que aún contenía restos de Igueriben. Vertió el agua de la jarra en el lebrillo y se restregó con fuerza. Lo que vio era una cara desconocida, de alguien que no era la misma persona que meses atrás había llegado a Melilla. Ni su madre lo hubiera reconocido. Cogió la brocha y se enjabonó la barba. Luego, cuando abrió la navaja de afeitar, vio que la mano le temblaba. Durante unos segundos, contempló aquella afilada hoja metálica que arrojaba brillos caóticos bajo la tenue luz de la lámpara. Luego, empezó a rasurarse la cara; al principio, con cuidado, como si fuera su primera vez, y poco a poco fue pasando la cuchilla con más decisión, con más energía, casi enfadado; al terminar, se lavó la cara con agua limpia, se la secó con la toalla que había junto a la jarra y, ensimismado, volvió a mirar el rostro que se reflejaba en el espejo. Para su sorpresa, no tenía cortes. Se puso la camisa que le había indicado la mujer, sin dejar de mirar aquella otra que le habían quitado los enfermeros, aquella que, completamente roída, colgaba ahora de una punta clavada en el mástil central de la tienda. Las manchas de sangre seca lo hicieron estremecer. A él volvieron los gritos de la batalla, las voces de quienes llamaban a su madre justo antes de morir, los que suplicaban que les pegaran un tiro para acabar con el sufrimiento, la orden de Benítez para que contara lo que allí pasó, el ruido de la bayoneta cuando atraviesa los cuerpos, el proyectil de un cañón impactando en el suelo. Los sonidos de la guerra. Coldrán agarró la camisa y la estrujó con fuerza primero, para luego desgarrarla en pedazos, furioso. La odiaba; a esa camisa y a todo cuanto significaba. Con un gruñido de rabia, la tiró al suelo y salió de la tienda, dejando atrás un catre, un cacillo con restos de sopa y su inocencia.

Cumpliría su promesa. Cumpliría con Benítez.

4

Al salir, nota una agitación inusual. La luz del alba permite distinguir a los grupos de soldados que van de un lado para otro, sombras que se mueven en el clarecer del día, órdenes que se dan a viva voz. Confusión, premura, vocerío y... órdenes. Y todas hacen alusión a caminar más deprisa, a acelerar el paso o, directamente, mandan correr. El nerviosismo es patente. Luis Codrán aprendió de Benítez que un militar debe mantenerse sereno, pues los nervios llevan al miedo, y éste, al pánico. El eco del tiroteo en las afueras del campamento sigue de banda sonora en la amanecida. El periodista da unos pasos, sin rumbo fijo al inicio, hasta que se mezcla con el resto de los hombres. Choca con varios soldados, pero éstos continúan su camino sin ni siquiera mirarlo, y Luis sigue avanzando despacio entre las tiendas cónicas plantadas en aquel lugar. Busca ahora la del general Silvestre. Debe intentar verlo, hablar con él. No importa si Silvestre no quiere escucharlo, igualmente él se lo dirá. Aunque sea a gritos. Deben resistir.

–¡Luis! ¿Qué haces, muchacho?

–¡Coronel!

–Te dije que no te movieras de la tienda.

–Lo sé, pero tengo que ver a Silvestre. No podemos retirarnos. Benítez..., su sacrificio no puede ser en vano.

El coronel Morales suspiró.

–De acuerdo... Acabamos ahora de salir de su tienda, donde nos había reunido, y nos ha citado de nuevo a las seis. –Miró su reloj de muñeca–. Imagino que aún estará allí, y a solas. Quizá tengamos una oportunidad de salvar todo esto. ¡Vamos!

En silencio, Luis siguió al coronel entre aquella barahúnda de hombres alocados que iban y venían sin orden ni concierto, perdidos en su propia casa. Al llegar a la tienda de Silvestre, los centinelas que la custodiaban saludaron a Morales y los dejaron pasar sin impedimento alguno.

Hallaron a Silvestre sentado frente a una mesa, absorto en un mapa de la zona norte del Rif. Su pistola, apoyada en un lateral, hacía de peso para que no se enrollara sobre sí mismo; en el otro extremo, ejercía el mismo cometido una lámpara de petróleo cuya llama iluminaba el rostro del general, que parecía mascullar entre dientes. Detrás de él, de pie, con las manos en la espalda, se encontraba su asistente, y su cara traslucía la tensión del momento.

–Mi general... –susurró Morales.

Silvestre siguió con la mirada fija en el mapa, murmurando como para sí, en voz baja, casi apagada, ensimismado en sus pensamientos, sin percatarse de la presencia del oficial y el periodista.

–Mi general... –insistió Morales alzando un poco el tono–. ¡Manolo! –exclamó al fin.

El asistente miró con brusquedad a Morales por su falta de respeto. Sin embargo, cuando el general alzó la mirada, no parecía molesto. Las sombras de la lámpara le daban un aire tenebroso.

–¿Qué quieres? ¿Ya son las seis, Manera? –preguntó al asistente, ladeando la cabeza.

–No, mi general, faltan aún quince minutos –contestó éste, seco.

–Mi general, ¿se acuerda de mí? Luis Codrán, nos conocimos en Melilla, soy amigo de Bolete... Quizás esté algo cambiado, Igueriben... Llegué aquí con su hijo y con el comandante Benítez –comenzó a explicarse Codrán.

–Sé quién eres... Igueriben... –gruñó Silvestre, volviendo a clavar la mirada en el mapa.

El periodista se acercó a él y, con osadía, apoyó las manos en la mesa. Al instante, Manera se dirigió hacia él, pero Silvestre lo frenó con un gesto de la mano.

–Debemos quedarnos, mi general –exclamó Codrán con vehemencia–. No podemos retroceder. Recuerde las palabras de Benítez, recuerde lo que le dijo antes de morir: «Los oficiales de Igueriben mueren, pero no se rinden». Debemos hacer frente al enemigo aquí. ¡No haga que la muerte de Benítez y sus trescientos hombres haya sido en vano!

Luis se separó de la mesa, como si se hubiera percatado de su gesto descortés, y retrocedió un par de pasos. El general lo miraba fijamente.

–El chico tiene razón, Manella está también de acuerdo –intervino entonces Morales, apartando un poco a Codrán–. Si retrocedemos, corremos el riesgo de que más cabilas se subleven y se vuelvan contra nosotros. Ya sabes cómo piensan. Somos soldados de España, no podemos..., no debemos retirarnos.

–Lo sé –contestó Silvestre–, y no está en mi espíritu la idea de huir. ¡Y mucho menos la de rendirme sin luchar! Pero los soldados no tienen que sufrir las consecuencias de mis errores.

–Los soldados mueren, mueren luchando, no corriendo. Te lo ruego, no mandes retirada. Eso supondría cruzar el Izummar, y ese desfiladero será nuestra sentencia de muerte –insistió Morales–. Da igual acabar aquí o allí –dijo, señalando hacia el exterior.

–¿Te crees que no lo sé? ¿Olvidas con quién hablas? ¡Yo conquisté todo este territorio en seis meses! –contestó el general, furioso, al tiempo que se levantaba y comenzaba a caminar por la tienda–. Mas..., como dijo Benítez también: «Los errores del mando no los debe pagar la tropa». Como ve, señor Codrán, me acuerdo perfectamente de las palabras de Benítez.

5

Un silencio tenso se había adueñado de la tienda.

–¡Manera! –llamó Silvestre de repente, a voces.

–Sí, mi general.

–Llama a Villar, que haga la descubierta para proteger la aguada, que lleve todo elemento que pueda contener agua. Y que un rápido salga de inmediato hacia Melilla; debe detenerse en Ben Tieb y Drius. Que se comunique esto al resto de las posiciones: hagan acopio de agua, víveres y municiones. La orden es resistir hasta que lleguen los refuerzos de Navarro desde la plaza y los que he solicitado a Berenguer. No dejaremos que Abd el-Krim y sus renegados se acerquen a Melilla. No retrocederemos.

–A la orden –exclamó el ayudante, y al momento siguiente salió de la tienda.

Morales y el periodista se miraron, contentos. Podían morir, las opciones de sobrevivir eran mínimas, pero no dejarían que el enemigo se acercara a la plaza; un enemigo que se haría mucho más numeroso, fuerte, cruel y motivado tras cada posición ganada en el camino a Melilla.

–Gabriel, avisa a los demás oficiales. Hay que preparar la defensa.

El jefe de la Policía Indígena salió de la tienda con un gesto de satisfacción y agradecimiento. Codrán ya seguía sus pasos cuando Silvestre lo llamó.

–Lamento lo ocurrido en Igueriben –le dijo, tomando de nuevo asiento. Empezó a escribir algo en una hoja–. Benítez es..., era un buen oficial. Usted se irá a Melilla, mi chófer lo llevará. Los ingenieros han terminado de adecuar la pista que llega hasta el campamento desde Drius, así el viaje será... menos accidentado. Se detendrán en Tieb, Drius, Tistutin..., en todas las posiciones que se crucen en su camino a Melilla para transmitir mi orden. Se la daré por escrito y firmada para que no haya problema alguno. La estación telegráfica de radio no es segura, no podemos confiar en que esté limpia... o la corten.

Por un momento, la pluma se quedó parada sobre la hoja.

–Lamento ponerlo en este compromiso, señor Codrán, pero las circunstancias mandan... Estoy seguro de que se hace cargo.

–Cumpliré, mi general. Transmitiré la orden a todos los campamentos. Usted resista. Los refuerzos llegarán.

Silvestre estampó su firma y le entregó la orden.

–Le deseo suerte. Mi chófer lo espera. Salga cuanto antes y vuelva con esos refuerzos. –Le alargó la mano para estrechársela–. Confío en usted.

–Gracias, general.

Sin perder un segundo, el joven volvió a adentrarse en la jungla humana en la que se había convertido el campamento. El sol lucía ya, presagiando una jornada calurosa. Pero él sólo pensaba en llegar a su tienda lo más rápido posible, coger una cantimplora de agua y buscar al chófer. Se acordó entonces de su amigo Boris, el periodista de *El Telegrama del Rif* que le había enseñado el oficio. Porque, para su amigo Boris, el periodismo no era algo que se pudiera enseñar en las aulas, era una profesión que había que aprender en la calle. Sabía que él estaba en Melilla y que estaría escribiendo la crónica para el día siguiente, y se rio al pensar que, con un poco de suerte, esa crónica la tendría que hacer de nuevo.

–¿Cree que es lo correcto, mi general?

–Lo correcto... Manera, justo ésa es la cuestión. ¿Qué es lo correcto? –repuso Silvestre con voz siniestra–. Ese joven es el hijo de un viejo amigo al que conocí en Cuba. Hace más de veinte años de aquello. Si estoy aquí, es gracias a su padre. Se lo debo.

El asistente asintió, como aceptando la explicación de su superior.

–Ese periodista es igual de tozudo que su padre –prosiguió el general con un bufido–. La mejor manera de quitármelo de encima es haciéndole creer que tiene que entregar una orden mía que..., bueno, por otro lado, es la que voy a dar. No me puedo permitir el lujo de perder a más oficiales en estos momentos para trasladar una simple orden. Ese periodista es la solución perfecta.

–¿Por qué lo cree así, mi general?

–Si mando a un capitán a hablar con un general, éste lo recibirá, y luego el capitán aguardará nuevas órdenes. Y, por supuesto, las cumplirá. Sean las que sean. Sin hacer preguntas. Un periodista, sin embargo, hace preguntas, busca allá donde otros no miran. Es el notario perfecto; dará testimonio de todo cuanto acontezca.

–Entiendo...

–Lo difícil no es dar órdenes, sino saber a quién debes dárselas, quién es capaz de ejecutarlas hasta las últimas consecuencias.

Silvestre guardó silencio por unos instantes. Meditaba su siguiente paso.

–Tengo que volver a hablar con Berenguer... Parece que no he sido capaz de trasladarle lo delicado de nuestra situación. Necesitamos refuerzos para salir de esta ratonera. Todas nuestras unidades, salvo las que han quedado en las guarniciones, están aquí. Necesitamos más hombres... El Alcántara es lo único que tenemos como apoyo. Si mantuviéramos Izummar... –Hizo una pausa. Miraba pensativo el mapa–. Si las guarniciones que tenemos en retaguardia conservaran el orden y la disciplina... El aprovisionamiento estará asegurado. Así tendríamos una oportunidad de mantener la línea del frente. Esta mañana se montará otra posición defensiva, la Intermedia D. La pista de Izummar es nuestra arteria. Allí está el Alcántara. La caballería nunca me ha fallado.

–¿Cree que vendrá? –preguntó el asistente.

–Uhmm... –gruñó el general–. No espero que Berenguer aparezca por aquí en persona, pero en realidad de él sólo quiero a sus tropas. Por eso he mandado a Navarro a Melilla. Debe reunir a todo soldado que pueda empuñar un arma. Avise al telegrafista.

–Como ordene, mi general.

6

No había tiempo que perder. Coldrán se refrescó la cara y el cuello con el agua de un pequeño tonel. Tanto había deseado aquel líquido en Igueriben que notó un escalofrío cuando el agua le empapó la camisa. Respiró hondo y rellenó la cantimplora. Sobre un taburete, había una gorra de plato y una chaqueta, olvidada seguramente por algún oficial. Se la puso y, sin más, salió a toda prisa de la tienda.

Sentía una excitación diferente ante lo que se avecinaba ahora no estaba en el parapeto de Igueriben con el Máuser defendiendo su vida. Estaba en el inicio de una carrera que no podía perder.

Corrió hasta el coche de Silvestre, junto a la tienda del general. El conductor, nervioso, miraba hacia un lado y a otro, con las manos en el volante, que temblaba bajo el rugido del motor, esperando a ponerse en movimiento. En la parte de atrás del automóvil, un Ford T negro con una capota de tela negra replegada y sin ventanillas, yacía postrado un soldado con un vendaje en el pecho. La tela blanca estaba manchada de sangre.

–¿El coche del general Silvestre? –preguntó al llegar.

–¿Es usted Luis Codrán? –preguntó el conductor–. ¿El periodista amigo del general?

–Así es –contestó Luis, saltando dentro del vehículo–. Vamos, no podemos perder tiempo.

–Créame que no quiero seguir aquí ni un segundo más –afirmó el conductor, que de inmediato pisó el acelerador del Ford T.

–¿Cómo te llamas? –preguntó el periodista.

–Antonio Gil. Soy el chófer del general Silvestre. Llevo un rato esperándolo –comenzó a explicar el hombre mientras maniobraba para no atropellar a los soldados que se cruzaban en su camino–. Dios mío, esto es una locura de campamento... Los moros están batiendo a los regulares, y seguro que ya habrán llegado a Izummar.

–Tranquilo, por ahora tratemos de no chocar contra esas mulas. No quisiera que uno de estos animales destrozara el auto.

–¡Apartad del camino! ¡Fuera! –gritó el conductor.

–¿Quién es? –preguntó entonces Luis, señalando al asiento de atrás.

–No sé. Lo dejaron aquí con su guerrera, sus cartucheras y el fusil. Me han ordenado llevarlo a Tieb. Tiene una herida muy fea...

El periodista se volvió para examinar la herida. Como había observado el conductor, no parecía una de esas de las que se salía bien parado. Tal vez, incluso, se dijo, aquel soldado estaba muerto y simplemente querían evitarse tener que enterrarlo en Annual.

–¿A Tieb? ¿Con esa herida?

–Yo sólo obedezco órdenes –repuso el conductor, encogiéndose de hombros.

–Por ahí, conduce por ahí, es nuestra vía de escape –le indicó entonces.

Coldrán había visto un pasillo, una zona despejada de hombres, mulas y tiendas que llenaban la posición. Era la zona de confluencia de las lomas donde se asentaban los tres campamentos que formaban Annual: regulares al noreste, a la izquierda del camino que atravesaba el campamento, fácilmente identificable, pues apenas había alambradas que lo rodearan; el Regimiento Melilla 68 al sur, a la derecha del camino, y finalmente, al noroeste, bordeado por un parapeto de piedras y alambre espinoso, más allá, el campamento del Estado Mayor de Silvestre y el Regimiento Ceriñola 42.

–¡Está loco! ¡No puedo ir por la pendiente, volcaremos!

–¡Gira el volante! –insistió Codrán, llevando la mano hacia él para obligarlo a dar un volantazo.

Maldiciendo su suerte, el chófer se vio forzado a girar bruscamente el volante hacia la izquierda y acelerar. Luis se volvió hacia atrás y sujetó al herido, para evitar que volcara, sin dejar de hablar, en un intento de tranquilizar al aterrorizado chófer. Poco a poco, el caos circulatorio fue quedando a sus espaldas, y pronto tuvieron una percepción más nítida del paqueo al que estaban siendo sometidas las fuerzas de los regulares. Éstos soportaban un duro tiroteo por parte de la *harka*. Pese a todo, mantenían sus posiciones, y no se veía movimiento alguno que hiciera sospechar que se fueran a retirar.

–Nos ha metido en plena batalla, periodista –protestó Gil–. Raro será que no salgamos de aquí sin un balazo.

–Acostúmbrate, amigo. Vas a escuchar muchos.

–Mientras los siga escuchando..., lo jodido sería no hacerlo.

–Parece que los regulares aguantan bien –comentó Luis–. Ojalá consigan resistir hasta la llegada de los refuerzos de Navarro.

–¿Refuerzos? ¿Cree usted que llegarán a tiempo? –preguntó el chófer, esperanzado.

–Eso espero. Por nuestro bien, eso espero...

7

–Allí está la salida. ¡Al fin! Creí que no lo conseguiríamos nunca.

–Yo también... –asintió Codrán, mientras se limpiaba la boca con el dorso de la mano después de dar un buen trago de agua de su cantimplora.

–¿Cómo está el herido? –preguntó el conductor.

–No lo sé. –Codrán echó un vistazo hacia atrás–. Imagino que todo este movimiento no será buena cosa para una herida en el vientre. Espero que resista hasta que pueda atenderle un cirujano.

El periodista volvió a beber agua y enroscó el tapón en la cantimplora. Se quedó absorto, mirándola, y también el brillo del agua que aún le mojaba la mano, hasta que la desaceleración del vehículo le hizo regresar de sus pensamientos. Iba a preguntar qué pasaba, pero al momento lo supo. La salida de Annual estaba atestada de mulos con artolas que llevaban a heridos. Las acémilas copaban la entrada. Unas, como ambulancias; otras, cargadas de munición.

–¡Paso! –gritó el conductor–. ¡Llevamos un herido!

–¿Qué te crees que llevamos nosotros? ¿Vino de Rioja? –le contestó un acemilero, con sorna.

–Tenemos órdenes de Silvestre, es importante –terció Codrán.

–Como si lo mandara... –El soldado se dio cuenta de que Codrán llevaba una gorra de oficial–. Discúlpeme, mi teniente, es... imposible. No podemos movernos, hay un tapón.

–Parece ser que nos quedamos aquí, periodista –bufó, resignado, el chófer.

–Eso lo veremos.

Luis saltó del vehículo y se dirigió con celeridad hacia la entrada en busca del oficial al mando. Su única oportunidad de salir de allí a tiempo para transmitir las órdenes de Silvestre y salvar la vida del desdichado soldado que transportaban en la parte trasera del vehículo era mostrar el papel. Ya estaba harto de esperar, y no estaba dispuesto a quedarse sentado sin hacer nada.

El periodista se interna en el tumulto de mulas y hombres que se mezclan con el polvo del camino que levantan pezuñas y alpargatas. Empuja a hombres y bestias, se desliza entre los obstáculos y así, poco a poco, se acerca a la desembocadura de Annual. Alguien debe facilitarle la salida. Muchas vidas dependen de llegar a tiempo a Ben Tieb. Quizá, toda una campaña militar.

–¡Oficial! ¡Oficial! –gritó en cuanto distinguió una gorra de plato–. ¡Dejadme pasar! ¡Por favor!

Tras otros tantos empujones y golpes, Coldrán llegó a la altura del oficial, quien, con la ayuda de un sargento, intentaba desesperadamente poner algo de orden, sin éxito.

–¡Vosotros, esperad ahí! ¡Aparta a esa mula, o te juro que le pego un tiro! ¡No os paréis!

Al acercarse, Luis se dio cuenta de que aquel teniente de infantería pertenecía al Regimiento Melilla 68, a juzgar por las estrellas de la gorra y por el numeral que lleva en el cuello de la guerrera.

–Disculpe, teniente. Voy en aquel vehículo y tengo órdenes de Silvestre de salir de aquí. Es muy urgente.

–¿Órdenes de Silvestre? –preguntó el oficial con cierto sarcasmo, pendiente aún del ir y venir de soldados–. Sargento, a ver qué pasa con aquel grupo de mulas, no quiero que se crucen otra vez cuando pasen los heridos.

–¡A sus órdenes, mi teniente!

–Teniente... –insistió Codrán.

–¿Qué te crees que tengo yo?

–¿Cómo dice? –preguntó Codrán, desconcertado.

–Órdenes de Silvestre, eso es lo que tengo yo también. Orden de ir a Izummar y tomar posiciones para defender el convoy de Ben Tieb. Ésos de ahí tienen órdenes de evacuar a los heridos;

esos otros, de proteger la aguada, y estos imbéciles que entran habían recibido orden de salir y ahora de entrar. Aquí, todos tenemos órdenes –exclamó con vehemencia.

Luis no daba crédito. Aquel caos, aquel desorden le hacía presagiar lo peor. Cuando la *harka* atacara, no encontraría a un ejército unido y sabedor de su obligación, sino a miles de personas desorientadas, sin saber dónde ir ni qué hacer, sin órdenes concretas. Empezó a sentir una rabia en su interior imposible de retener. No estaba dispuesto a permitir algo así.

–¡Escúchame, idiota! –Cogió al oficial por la solapa de la guerrera–. Ése es el coche de Silvestre, y dentro va el hijo del general con un tiro en la tripa, ¡Bolete, se muere! ¿Quieres que le diga que su hijo ha muerto en la entrada de Annual porque tú tienes órdenes?

El oficial titubeó por unos instantes, balbuceó el nombre de Bolete y al momento asintió, nervioso, dando a entender que había comprendido la urgencia, y comenzó a gritar al sargento para que abriera un pasillo por donde el coche pudiera salir del campamento. Codrán lo siguió con la mirada mientras, al darse cuenta de que respiraba de manera brusca y agitada, intentaba recobrar la calma. Sin embargo, el sargento obedeció al instante, y junto con el teniente logró habilitar una zona despejada durante unos segundos, tiempo suficiente para que el rápido lograra salir al fin del tapón. Al pasar junto al periodista, éste se agarró a la puerta, puso un pie en el pescante y subió de un salto. El teniente saludó militarmente al verlos marchar, no sin blasfemar entre dientes, acordándose de la madre del periodista. Codrán se giró para devolverle el saludo con la mejor de las sonrisas.

Tras la nube de polvo que levantaban las ruedas del vehículo, quedaba Annual. Por delante, el pasillo estrecho, sinuoso, traicionero y mortal del barranco de Izummar.

Acto II
IZUMMAR

8

–Creí que nunca saldríamos de ahí. Es usted una caja de sorpresas, señor periodista –comentó el conductor, satisfecho por salir de Annual.

–No me hables de usted, Antonio. Me llamo Luis, y mis amigos me llaman..., o me llamaban, «Plumilla» –le contestó Codrán mientras se acomodaba en el asiento y abría de nuevo su cantimplora para echar un trago, acordándose de aquellos que se habían quedado en Igueriben.

–Como tú digas..., Plumilla, si me permites que te llame así.

–Te lo permito, Antonio, te lo permito, pero mira al frente y acelera.

Codrán cerró la cantimplora y la agitó, con la intención de saber cuánto líquido le quedaba aún. Luego miró a su anónimo acompañante. El soldado estaba muerto; de hecho, hacía un rato que lo sospechaba: las heridas en la zona del estómago no suelen tener un final feliz, y la tez color ceniza no dejaba duda alguna. Apretó la boca y asintió, en un gesto de agradecimiento por la ayuda recibida.

–Hemos salido, pero... no nos queda un paseo fácil y corto, precisamente. La pista de Izummar es peligrosa, y seguro que nos encontraremos con los moros –aseveró el conductor–. Por cierto, ¿qué órdenes tienes del general Silvestre, si se puede saber?

Luis se llevó la mano al bolsillo de la chaqueta, sacó el documento firmado por Silvestre y lo leyó.

–«Annual rodeada por numeroso enemigo. Dispongo resistencia hasta llegada refuerzos general Navarro. Última línea defensa Ben Tieb-Drius-Beni-Said».

–¿Eso es todo?

–Eso es todo, soldado. La orden es resistir hasta que lleguen los refuerzos de Navarro, estableciendo una línea defensiva para parar el avance rifeño. Debemos avisar a las posiciones que hay de aquí a Melilla para que se preparen y, una vez que lleguemos a la plaza, entregársela a Navarro.

–¿Y qué hacemos con él? –preguntó Gil, señalando al soldado en el asiento trasero con el pulgar.

–Se viene con nosotros. No pienso abandonarlo –repuso Codrán en tono severo. Tenía aún frescas las imágenes de los cuerpos mutilados de aquellos que habían intentado auxiliar la posición de Igueriben y no lo consiguieron. No les dejaría el cadáver de ninguno de los suyos.

–Yo sólo preguntaba –contestó el otro en tono de disculpa–. Podríamos dejarlo en Tieb, allí lo enterrarían...

Codrán obvió el comentario y miró hacia delante. Les quedaban algo más de quince kilómetros hasta Ben Tieb, y debían pasar el estrecho de Izummar, cosa que le preocupaba. Sabía que se encontrarían con un destacamento del Alcántara, pues Silvestre se lo había dicho antes de partir, pero, hasta entonces, la única protección que tenían era un fusil Máuser y un puñado de proyectiles.

–Veo soldados a la derecha –observó Codrán.

–Ésos serán los de la Posición C. Estarán con los servicios de protección del convoy que venga hoy. Pronto llegaremos al destacamento del paso de Izummar –explicó el conductor–. Espero que allí también estén tranquilos.

–Confiemos en ello... Quizá no esté todo perdido.

–¿De dónde eres, periodista?

–De Madrid.

–De la capital... Algún día me gustaría ir allí... Yo vengo de Quero, la cuna de don Quijote de La Mancha.

–¿En serio?

–Completamente, periodista. Don Alonso Quijano era de Quero. Eso lo sabe todo el mundo –dijo con satisfacción.

Codrán se encogió de hombros, como aceptando aquella afirmación.

–Pero ¿tú por qué estás aquí? –preguntó el conductor–. No entiendo cómo alguien como tú…, un periodista sin obligación de venir al frente, está aquí –aclaró.

Codrán miró al conductor. No tenía ganas de mucha charla, pero ciertamente no era una mala pregunta. Sí, una pregunta difícil de contestar.

–Sin obligación… –musitó Codrán–. Pues... supongo que por la aventura, la adrenalina…, o quizá por ambición o vanidad. En cualquier caso…, ahora sé que éste es mi lugar –contestó al fin.

–¿La adre… qué? –preguntó Gil.

–A-dre-na-li-na –aclaró Codrán–. Oí hablar de ella en la universidad.

Gil miró extrañado a su acompañante, asombrado de que alguien que podía estar estudiando en la universidad decidiera ir al Rif. Sospechó que el periodista le explicaría qué demonios era aquello de la adrenalina y resopló, pensando en la aburrida conversación que se avecinaba.

–¡Allí! El blocao de Izummar –exclamó de repente Luis, interrumpiendo sus pensamientos.

El auto se acercaba al desfiladero por el que apenas diez días atrás había llegado Codrán. Movió la cabeza, apesadumbrado; tenía la sensación de que habían pasado meses.

No se oían disparos y, tal y como podían prever, los soldados del puesto de vigilancia del desfiladero realizaban los servicios diarios comunes de descubierta, refuerzo de defensas y vigilancia. Saludaron cuando el rápido se aproximó, y Codrán les respondió con la esperanza de que las fuerzas de Abd el-Krim estuvieran concentradas sólo en la zona de Annual, lo que dejaría el camino libre para la llegada de refuerzos desde Melilla.

En su camino, el coche dejaba tras de sí una estela de polvo que rápidamente borraba la imagen de los españoles. «Curiosa metáfora», pensó Codrán mirando de nuevo hacia delante. El polvo del desierto que se levantaba tras su paso parecía que los borraba de aquella tierra, que, enfurecida con los españoles, los hacía desaparecer.

9

Desfiladero de Izummar, a 100 km de Melilla

–Pronto llegaremos al puente, y habremos pasado el tramo más peligroso.

Codrán no dijo nada, enfrascado como estaba en escudriñar el horizonte.

–¿Aventura? –dijo Gil retomando la conversación anterior, confiando para sí en que el otro hubiera olvidado la palabra adrenalina–. No me puedo creer que alguien quiera venir a este infierno por aventura, y mucho menos que estas tierras áridas sean el lugar de un universitario de Madrid.

–No me refiero a este desierto como lugar, sino a...

¡Pam!

Un repentino estampido hizo que el conductor moviera el volante con violencia de izquierda a derecha, intentando corregir la dirección del vehículo para evitar volcar.

–¡Mierda! –gritó.

Codrán estiró las piernas y se agarró con la mano derecha al borde de la puerta del vehículo, en un intento de asegurarse en su asiento.

–¡Frena! –le pidió con ansia.

El chófer no contestó. Se limitó a gruñir mientras pisaba el pedal del freno y maniobraba para evitar salirse de la estrecha pista. Cuando finalmente el coche se detuvo, una nube de polvo los envolvió durante unos segundos; cuando se desvaneció, se miraron durante un instante. Suspiraron aliviados, y en sus caras se dibujó una sonrisa. Aun así, al momento se pusieron en marcha; no había tiempo que perder. Estaba claro que la rueda había reventado, lo que no sabían era la causa: fortuita o por el disparo de un rifeño. La sonrisa por haber salido indemnes se tornó en mueca de preocupación mientras los dos saltaban del vehículo y se colocaban de espaldas al barranco, con la carrocería del auto como parapeto. El periodista abrió la puerta del asiento trasero, recuperó su fusil y cogió también la bayoneta y un peine de proyectiles de las cartucheras que se encontraban en el correaje del desdichado soldado. Con presteza, en un movimiento casi automático adquirido en Igueriben, abrió el cerrojo del Máuser para comprobar si estaba cargado, introdujo el peine y lo acerrojó tras introducir una bala en la recámara.

Se lo llevó a la cara, cerró los ojos e hizo un par de inspiraciones fuertes. Le tocaba jugar otra vez.

Al instante siguiente, se asomaba con cuidado por la parte trasera del vehículo.

–¡Dios mío! Los moros ya están aquí... –murmuró asustado el conductor–. No quiero que me corten el cuello.

–Nadie te va a cortar el cuello –dijo Codrán, levantándose–. Ha sido un pinchazo. Mira la rueda –explicó, acercándose a la parte trasera del vehículo. Se levantó un poco la visera de la gorra de plato y, tras ponerse el fusil en el hombro, resopló con resignación–. ¡Maldita sea! Esto nos retrasará.

El conductor, que no se fiaba aún de que aquello no hubiera sido a causa de un ataque de los rifeños, miraba a su alrededor temeroso.

–Bueno, mejor así –dijo al fin, más aliviado–. La cambiaré en un momento.

–Lo más rápido que puedas.

–A mandar... –afirmó mientras abría el cajetín de herramientas para buscar el gato.

Codrán sacó del coche su cantimplora, se echó agua en la cara, bebió un trago y, antes de cerrarla, se la ofreció al chófer, que con una sonrisa aceptó el ofrecimiento. Fue al dejarla de nuevo en el asiento cuando reparó en el soldado muerto. El cuerpo de aquel desdichado había rodado sobre sí con los volantazos y se encontraba caído de espaldas en el suelo del automóvil. Codrán gruñó, disgustado. Por respeto, agarrándolo por las axilas, lo sacó y lo sentó en el suelo de aquella peculiar carretera, dejándole apoyada la espalda sobre el vehículo, de manera que estuviera a la sombra y no molestara al conductor en su tarea. Rebuscó entonces en los bolsillos de su guerrera algún tipo de documento que pudiera identificarlo; necesitaba saber cómo se llamaba, evitar que aquel hombre quedara para siempre en el olvido. Al fin encontró un sobre donde había escrito un nombre. Cierto pudor le impidió abrir lo que creyó una carta de un ser querido, su novia, esposa o madre, y leer su contenido, y enseguida volvió a guardarla en su sitio. El periodista se quitó la chaqueta para refrescarse y cubrió al fallecido con ésta, no sin antes coger las órdenes de Silvestre.

–No me vendría mal una ayuda –escuchó que decía el conductor, que hacía fuerza para extraer la tuerca central de la rueda, mientras leía de nuevo el escrito del general.

–Mejor me quedo vigilando –contestó Codrán, mostrándole el fusil y guardándose las órdenes en el bolsillo de la camisa.

–Sí, mejor será... Ten bien abiertos los ojos. No quisiera que uno de esos moros me pegara un tiro por la espalda.

–No te preocupes por los moros, nadie te va a disparar por la espalda. –Codrán se colocó el correaje del soldado y comprobó la munición que había en las cartucheras.

El periodista intentaba transmitir calma y confianza, tal como había aprendido del comandante Benítez; no bajaba la guardia y tenía el Máuser a punto para disparar al menor movimiento. Sabía que, pese a la falta de actividad y la tranquilidad aparente, no podía dejarse llevar por un exceso de confianza, pues eso podía tener consecuencias trágicas. Se agachó junto al chófer, protegiéndose tras la parte trasera del coche. El instinto le decía que de pie sería un blanco más fácil para los temidos pacos rifeños.

–Así que eres de Quero... –inició la conversación.

–¿Qué dices?

–Que cuánto le queda a esa rueda.

–Verás, cambiar una rueda no es tarea sencilla, requiere de unos conocimientos mecánicos que no todo el mundo posee –repuso el conductor con cierta sorna.

–No me digas... –le contestó Codrán con el mismo sarcasmo.

–Te digo, te digo.

El conductor justificaba su trabajo entre la broma y la formalidad mientras colocaba la rueda de repuesto en el eje, y el periodista lo miraba esbozando una sonrisa. Hasta que, de repente, el brillo de algo metálico lo deslumbró.

10

–¡Al suelo! –gritó, al tiempo que empujaba al conductor.

En una fracción de segundo, un proyectil agujereó la carrocería del vehículo.

A toda prisa, se arrastraron hasta parapetarse detrás del coche, ocultos a los ojos del francotirador. Al poco, otro disparo levantaba una nube de polvo al impactar contra el suelo.

–¡Qué cojones ha sido eso! –exclamó furioso el conductor–. ¡Qué cojones ha sido eso!

–Agáchate y no te muevas, o no tendrás tiempo de averiguarlo –murmuró Codrán.

–¡Mierda! ¡Mierda! ¡Mierda! –gruñó Gil, maldiciéndose por no haber podido cambiar la rueda antes.

–Tranquilo, creo que sólo es uno. Tal vez podamos acabar con él primero, antes de que nos mate.

–¿Que sólo es uno? ¿Antes de que nos mate? –preguntó el otro, alterado.

–¡Silencio! No te muevas –le ordenó el periodista.

–Está bien… Está bien… Me tranquilizaré… –se excusó entre respiraciones agitadas–. ¿Por qué dices que es sólo uno?

–Porque, si fueran dos…, lo más probable es que uno de nosotros estuviera muerto.

–¿Y cómo vamos a acabar con él, listillo? ¡Soy chófer!

Codrán se arrastró hacia la parte delantera del coche, tratando de localizar al tirador.

–Pero ¿qué demonios haces?

–Intento localizar al paco, no es fácil, pero...

No pudo terminar la frase. Un disparo destrozó el faro delantero y casi se lleva por delante la cabeza del periodista.

–¡Hijo de puta! –exclamó, acurrucándose junto a la rueda del coche–. Casi me quita del oficio... Al menos..., creo que ya sé por dónde está.

Los dos hombres se miraron. El periodista, nervioso, se mordía el labio inferior y entornaba los ojos; barruntaba una idea. El chófer, con la espalda pegada a la carrocería, lo miraba con los ojos muy abiertos y respiraba de manera acelerada.

–¿Quieres ganarte el sueldo, soldado Gil?

–¿Cómo dices?

–Tengo una idea. Pero necesito que me ayudes.

–¡Oh, no! ¡No, no y no! Quieres que me asome para que tú lo dispares...

–No es mala idea, pero preferiría otra cosa.

Codrán ajustó el alza del Máuser, calculando la distancia hasta dónde suponía ubicado al francotirador. Luego comprobó que el proyectil estaba dispuesto para ser disparado y tomó la bayoneta del correaje.

–Coge mi gorra. La asomas con la bayoneta..., así, sólo un poco, lo suficiente para que se deje ver, pero sin que sospeche lo que tratamos de hacer, ¿entiendes?

Gil asintió, aterrorizado. No era mala idea, y tampoco tenían muchas opciones. Se tumbó en el suelo y enganchó la gorra en la punta de la bayoneta. El periodista agarró el fusil y se movió por el suelo unos pasos hasta situarse en la parte media del auto. Allí hincó una rodilla en tierra, preparado para hacer fuego sobre su objetivo y tomó aire con fuerza. Sólo entonces le hizo una seña a Gil.

Éste, despacio, sin movimientos bruscos, levantó la bayoneta para dejar ver la gorra de plato y la movió con lentitud. A los pocos segundos, un disparo hizo volar la gorra, y Gil, sobresaltado, soltó el arma. Al mismo tiempo, sin dudarlo, Codrán se levantó y apuntó hacia la pared de la loma del barranco, de donde salía una nubecilla de humo, y disparó a su vez. Rápidamente movió el cerrojo para alojar otro proyectil y disparó una segunda bala, escondiéndose casi al mismo tiempo que ésta salía del cañón del Máuser.

–¡Estás loco! –dijo Gil–. Vas a conseguir que nos maten.

–Si no acabamos con él, moriremos de sed..., o degollados cuando vengan más de sus amigos –refunfuñó mientras volvía a cargar el arma–. No me gusta... –Miró a Gil–. Pero no hay alternativa.

–No pensarás... empujarme, ¿verdad? –repuso éste, temeroso.

Codrán sonrió. El conductor empezaba a palidecer.

11

Esta vez, el rifeño había acertado en su objetivo.

Codrán apuntó. Sabía que tenía una única oportunidad. Se tomó su tiempo para localizar a la presa. La vio justo en el momento en que recargaba su fusil.

Lo tiene localizado. Parece que el tiempo se ralentiza, todo pasa más despacio. Sólo escucha su respiración, los latidos de su corazón; sólo siente la sangre que le golpea en las sienes sin piedad. De pronto, todo se desvanece y se hace el silencio. Y es entonces cuando Codrán aprieta el gatillo. Nota un golpe. Es el retroceso del arma. Y entonces todo vuelve a la vida de nuevo con la estrepitosa detonación. El mundo vuelve a girar, el corazón bombea con más fuerza si cabe, y los pulmones se llenan de un aire que el periodista expulsa casi vaciándose por dentro.

El rifeño suelta el fusil. En el sitio, en cuclillas, ha inclinado la cabeza hacia delante. No se la ve, pues la tiene cubierta por la capucha de la chilaba. Tras unos segundos, su cuerpo se balancea levemente, hasta que al final se derrumba en el suelo yermo del Izummar.

Codrán había acerrojado otro proyectil de manera automática mientras seguía apuntando. Dispuesto a disparar al menor indicio de vida.

–¡Eh! ¿Se puede salir?

–Sí, ya puedes salir –afirma Codrán, bajando al fin el fusil.

–¿Ha muerto? –preguntó el conductor.

–Eso creo. –Con gesto lacónico, el periodista se acercó para ayudar al conductor a recoger el cuerpo del pobre soldado, desmadejado en el suelo tras haber recibido el disparo del rifeño y haberlo empujado el conductor fuera de la protección del coche.

Justo eso había aprovechado Codrán para dispararle y salir victorioso.

Una vez depositado el cadáver en la parte trasera, el chófer examinó el vehículo, por si había sufrido algún daño más, y, maldiciendo al tirador, se afanó en cambiar la rueda.

–Deberías comprobar que está muerto –aconsejó al periodista, echando un vistazo al rifeño–. Dispárale otra vez.

–No voy a gastar una bala más, y tampoco voy a dar más pistas de nuestra posición.

–¿Crees que puede haber más tiradores? –preguntó con temor Gil.

–No, pero seguro que habrá otros cerca, y con los disparos podrían venir, por si hay algo que saquear.

Aun así, Codrán decidió asegurarse. Dio unos pasos en dirección al rifeño, se colocó la mano a modo de visera para evitar el sol y forzó la vista. Al momento, soltó un bufido. Lo que había visto no le gustaba nada. Volvió la mirada hacia el chófer, que se encontraba apretando la tuerca central de la rueda.

–Termina ya..., o no lo contaremos.

–¿Cómo?

Las nubes de polvo que empezaban a distinguirse a lo lejos, en el horizonte, detrás de un cortante del barranco, le indicaban que tenían pocos minutos. Podían ser de la caballería española o de la rifeña, pero no estaba dispuesto a comprobarlo.

–¡Vamos, vamos! Tenemos poco tiempo –lo apremió, mientras se ajustaba el correaje y comprobaba, una vez más, el interior de las cartucheras.

Antonio Gil no dijo nada. Se limitó a girar con fuerza la llave inglesa. Entretanto, Codrán echó un sorbo de la cantimplora, con más ansia, sin dejar de mirar hacia el talud cortante del barranco.

–Arriba, ya –ordenó.

–Ya casi está... –contestó Gil con el último apriete.

–No estamos solos... –le aclaró el periodista.

Gil levantó la cabeza y miró a Codrán, que mantenía la mirada fija en el barranco. Se volvió hacia allí, y en cuanto se dio cuenta de lo que su compañero estaba viendo, se le heló la sangre. Seis jinetes rifeños se recortaban en el horizonte. Quietos, los fusiles apoyados en las caderas, con las miradas puestas en la presa.

–Sube –le ordenó Codrán.

Aterrorizado, el chófer comenzó a girar el gato para posar la rueda en el terreno.

–Sube al coche –repitió el periodista–, despacio. Yo me ocupo de la manivela. Aparta el gato.

Gil asintió y, al levantarse, apartó con el pie el gato. Siguiendo las instrucciones del periodista, trató de moverse con lentitud, como indiferente, y subió al vehículo, preparado para accionar la palanca de encendido una vez que Codrán, que había retrocedido hacia el frontal del Ford T, atento al menor movimiento de los rifeños, se lo indicara. El periodista agarró la manivela con la mano derecha y la presionó con la rodilla. En cuanto el conductor le hizo una seña, Codrán empezó a girarla con rapidez, pero procurando evitar ser golpeado por el movimiento circular del retroceso en caso de que no arrancara a la primera. Sin embargo, el motor rugió enseguida, y Gil pisó el pedal izquierdo al tiempo que, con la mano, accionaba la palanca del acelerador para aumentar las revoluciones. El humo negro que salió del coche hizo resoplar de alivio a su conductor. Sin perder un segundo, Codrán se metió en el coche.

–Tranquilo, Antonio –susurró, sin dejar de observar aquellas siluetas que se recortaban contra el fondo azulado que dividía cielo y tierra–. Como si tuviéramos todo el tiempo del mundo.

El conductor miró a su acompañante y asintió. El sudor le corría por la frente, pero resopló para infundirse temple y calmar los nervios. Justo en el momento en que el coche empezó a moverse, el líder de los jinetes levantó el brazo, y de inmediato se oyó ese grito que tanto temía Codrán:

–*Allahu akbar!*

–*Allahu akbar!*

–*Allahu akbar!*

12

–¡Acelera! ¡Y no mires atrás! –gritó Codrán, removiéndose en el asiento para conseguir una postura más adecuada para disparar.

Con gritos y salvas a Alá, los jinetes ya habían iniciado la persecución. Al galope, descendieron por la pared del barranco, tirando de las riendas y echando sus cuerpos hacia la grupa. Por la destreza de sus movimientos, pensó Codrán, debían pertenecer sin duda a alguna partida de la caballería mora de Abd el-Krim. Al momento siguiente, se adentraban en la pista, a la caza de su presa, sin dejar de golpear con sus correajes en los flancos de sus caballos, incitándolos a aumentar la velocidad.

–¡Maldita sea mi suerte! –maldijo Gil, mientras accionaba el embrague y pisaba el pedal izquierdo con la intención de poner la marcha larga y acelerar.

–Deja de preocuparte por tu suerte y no le quites ojo a la carretera. Preferiría no despeñarme.

–Cuando lleguemos al final de la pista, el camino se ensancha un poco más, justo antes del puente de madera –indicó Gil, limpiándose el sudor de la cara con una mano.

–Ese puente puede ser un buen sitio para dispararles. No tendrán más remedio que juntarse para atravesarlo. Serán un objetivo más fácil, y la zona estará despejada –señaló el periodista. Se volvió y disparó; no tenía esperanza alguna de acertar, pero sí de hacer llegar un mensaje a sus perseguidores: que no iban a rendirse sin luchar.

–Eso si llegamos al puente... –murmuró Gil.

A su alrededor, ya empezaban a silbar los proyectiles.

–Llegaremos. Tú agacha la cabeza y...

–Sí… Ya lo sé… Los ojos en la carretera…

Codrán apuntó de nuevo. Tenía que afinar. Debía mantenerlos lejos, y eso sólo lo podría conseguir dándole al gatillo del Máuser, aunque fuera casi a ciegas y en movimiento.

–Dios mío, estoy apuntando al bulto… No consigo fijar un blanco tan lejos y con tanto traqueteo –se lamentó tras errar de nuevo el tiro.

–Si quieres, paro el coche –ironizó Gil.

El periodista abrió una de las cartucheras del correaje. Frustrado, se dio cuenta de que sólo le quedaban dos peines de proyectiles. Aun así, cogió uno y se dispuso a cargarlo. Era consciente de que debía economizar los proyectiles, pero también de que no podía dejar de disparar, aunque sólo fuera para infundir ánimos a su compañero, quien, atenazado por los nervios, musitaba una y otra vez un padrenuestro.

–Padre nuestro, que estás en el cielo... Padre nuestro, que estás en el cielo... –repetía incansable, sin atinar a cómo continuaba la oración.

Codrán gruñó. Se temía que el eco de los disparos pudiera atraer a más rifeños en busca de un botín fácil. De repente, reparó en que llegaban a una curva cerrada. «Tal vez Dios sí que ha escuchado la letanía inconclusa de Gil», pensó.

–Cuando pasemos la curva, frena –dijo en voz alta.

–Estás loco. ¡Ni harto de vino voy a parar! –exclamó el conductor.

–Si no paras, será imposible que acierte, y sólo es cuestión de tiempo que nos alcancen o que otro grupo se les una. Cuando pases la curva, disminuye la velocidad para que pueda apuntar mejor. Trataré de disparar al primero, y eso provocará un tapón.

–De acuerdo, de acuerdo, loco del demonio.

Al pasar la curva, primero aceleró para dejar espacio, y luego frenó de manera brusca. El periodista entrecerró los ojos, tratando de evitar que la nube de polvo que había levantado el vehículo le molestara o le impidiera un tiro certero. Apoyó el fusil, fijándolo hacia el recodo, y esperó a que aparecieran los jinetes.

Expulsó el aire. Sólo podría hacer uno o dos disparos. No podía fallar.

Los siguientes segundos se hicieron eternos para los ocupantes del vehículo. Hasta que los primeros dos jinetes doblaron el recodo del barranco. Al momento, sonó un disparo, y uno de los caballos dobló las patas delanteras y cayó al suelo, lanzando a su jinete varios metros por delante. Un nuevo disparo, y el segundo caballo empezó a brincar en el estrecho pasillo de Izummar. El jinete intentaba controlar la cabalgadura, que, bien por recibir el impacto de la bala bien por sentirse en peligro tras la caída de su compañera, relinchaba y danzaba, agitando y levantando las patas en el aire. Tras unos segundos de lucha por mantener el equilibrio, los cuartos traseros del caballo resbalaron en el borde del camino y ambos, animal y jinete, cayeron por el talud.

–¡Sal de aquí!

–¡No me lo dirás dos veces!

El chófer puso en marcha los veinte caballos de potencia del Ford T del general Silvestre. Agachados, intentando no ofrecer un blanco claro ante los fusiles de los rifeños, los españoles emprendieron la huida de nuevo. Habían eliminado a dos, pero otros cuatro más seguían con el punto de mira en su vehículo.

Ziiiw.

Plong.

Zzzip.

–¡Cabrones! Van a destrozar el coche –maldijo Gil.

Las balas silbaban por el aire. Aun con el vello erizado, Codrán respondía con la misma moneda. Dos proyectiles más salieron del Máuser del periodista. Cuando, de nuevo, movió el cerrojo, sabía que, después de ése, sólo le quedaría un peine de munición.

–¡Ya estamos cerca del puente! –exclamó con alegría el conductor–. Vamos a salir de este cuello de botella.

–¡Ánimo, Antonio! Repetiremos la jugada pasado el puente –dijo Codrán, agachándose de manera instintiva al escuchar los zumbidos de los proyectiles que buscaban la carne.

Ziiiuuu.

Ziiiuuu.

Plock.

–¡Mataremos a esos cabrones de una vez! –respondió, animoso, Gil.

Codrán se vuelve hacia los rifeños y dispara una vez más. El periodista echa mano a la cartuchera y coge el último peine. Cinco proyectiles. Lo besa antes de introducirlo en el fusil, con un movimiento enérgico pese al traqueteo del coche, y mueve el cerrojo. El Máuser está listo para matar. Eso lo excita. «¿Será la adrenalina, que cumple su función, la sensación de tener cerca la muerte o tal vez se está acostumbrando demasiado rápido a darle al gatillo?», se dice, preocupado, pero enseguida se recompone. Tiene una misión que cumplir. Luis apunta, fija otro objetivo, intenta alinear el punto de mira con el jinete. Sonríe. Aprieta el gatillo.

–¡Mierda! ¡Nos han rodeado!

13

Al volver la mirada hacia delante, a Codrán se le paró el corazón. Otro grupo de jinetes se aproximaba a todo galope hacia ellos. No había escapatoria.

Pero no se lo pondría fácil. Vendería cara su vida.

–¿Qué hacemos? –preguntó Gil, aterrorizado.

–No pares, ve a por ellos, Antonio, directo hacia ellos –exclamó el periodista, al tiempo que golpeaba el cristal delantero con la culata del fusil para apuntar a los jinetes–. Al menos nos llevaremos a alguno por delante –dijo con determinación.

Antonio comprendió y, sin decir nada, agarró con fuerza el volante y pisó el acelerador. Si tenía que morir, lo haría matando. A su lado, Codrán trataba de afinar el tiro.

–¡Dios mío! –gritó Gil de repente–. ¡Son españoles! ¡Son españoles!

Olvidándose por un momento del peligro, Codrán se agarró al marco del parabrisas y se incorporó, sacando casi medio cuerpo del vehículo. Tras comprobar que ciertamente aquellos jinetes eran españoles, comenzó a agitar los brazos y a chillar de alegría. Se volvió entonces a Gil, que también gritaba de contento, y le ordenó que detuviera el vehículo a un lado de la pista para facilitar el paso a los españoles. En cuanto el coche frenó, Codrán comenzó a disparar de nuevo a los rifeños, y al momento vio cómo los jinetes españoles rebasaban al vehículo haciendo fuego con sus carabinas, entre los gritos y vítores de alegría de Gil, que se veía al fin a salvo de las gumías rifeñas.

–¡Viva España! ¡Viva la caballería! ¡Viva vuestra madre!

Viéndose sobrepasado en número y tras haber sufrido una nueva baja, el enemigo no dudó en volver grupas, a la espera de mejor fortuna, y se alejaron, perseguidos por los españoles.

Cuando la nube de polvo provocada por el frenazo repentino del automóvil y la galopada de los jinetes españoles empezó a disiparse, los ocupantes del coche se miraron con una sonrisa. Un oficial se les acercó y les hizo el saludo militar.

–¿Están bien? Parece que tenían problemas.

Gil se apeó del coche y, tras devolver el saludo al oficial, se presentó, y éste le ordenó descanso. El jinete que escoltaba al oficial ofreció su cantimplora a Gil, quien, en agradecimiento, tras un buen trago, ofreció a su rescatador una bolsa con tabaco de picadura.

–No saben lo mucho que me alegra verlos –exclamó con alegría el periodista–. Su llegada ha sido providencial. Me llamo Luis Codrán. Tenemos órdenes directas del general Silvestre que debemos entregar de inmediato.

–¿Órdenes del general Silvestre? ¿De qué regimiento eres? –preguntó el hombre, intrigado al ver que no se cuadraba ante él.

–No..., no pertenezco a ningún regimiento. Soy periodista. Venimos de Annual, llegué allí desde... Igueriben –contestó Luis.

Los jinetes del Alcántara que habían salido en persecución de la partida rifeña se acercaban ya a ellos de vuelta, sin novedad, y el oficial, precavido, les ordenó que montaran un perímetro de seguridad hasta nueva orden. Entonces, descabalgó.

–Periodista... Igueriben... –repitió con sorpresa el oficial–. ¿Cuántos fueron contigo? ¿Y el comandante Benítez?

–Benítez... murió. Toda la guarnición, a excepción de mí y unos pocos soldados, se quedó en aquel maldito lugar para siempre. Ningún oficial se salvó.

–Todos muertos... Lo siento. Conocía a Benítez, era un buen militar.

–Era... leal –asintió Codrán.

–¿Qué órdenes tienes? –preguntó entonces el oficial.

–¿Órdenes...? Resistir hasta la llegada de refuerzos. Aquí están.

Codrán se sacó del bolsillo la hoja en la que Silvestre había plasmado su firma y se la entregó al oficial, que, tras leerla, se la devolvió.

–Suerte que aparecimos, periodista. Más adelante hay un par de blocaos que os servirán también de protección. Nosotros somos la escolta de una columna de ingenieros que están estableciendo una nueva posición. No obstante..., haremos una cosa: una escuadra os acompañará hasta Ben Tieb.

–Muchas gracias –respondió el Plumilla, extendiendo la mano al oficial.

Éste le estrechó la mano y sonrió.

–Me llamo Fernando. Fernando Primo de Rivera. Teniente coronel del Regimiento de Cazadores Alcántara.

14

–De veras que se lo agradezco mucho, teniente coronel –dijo Codrán.

–Es lo menos que puedo hacer. Mandaré hasta Annual una o dos secciones de jinetes. Tal vez Silvestre nos necesite antes de que lleguen los refuerzos de Navarro.

–En el campamento había jaleo... Los pacos tenían distraídos a los regulares, pero, al venir, pasamos por dos posiciones de apoyo que no daban muestras de estar en peligro. Esos de ahí son los únicos moros que hemos visto, puede que sean una avanzadilla de reconocimiento –indicó Codrán.

–No creo. Si fueran de reconocimiento, no los hubieras visto –repuso Primo de Rivera, al tiempo que se quedaba mirando el cadáver del soldado que estaba en el asiento trasero.

–Murió en el camino, tenía un tiro en la barriga... Nos dieron orden de evacuarlo de Annual, pero... –se lamentó el periodista–. Aún muerto, nos ha ayudado con un francotirador con el que nos tropezamos.

–Estos caminos son peligrosos. Los soldados mueren, eso es algo que consta en el contrato que firmamos. Si no os importa, tengo un jinete herido. Estos barrancos son traicioneros, y el caballo se asustó por una serpiente y lo tiró al suelo. Tiene un golpe en la cabeza que...

–Por supuesto, no tiene usted que dar más explicaciones, lo llevaremos encantados.

–Muchas gracias, periodista.

El oficial se llevó los dedos a la boca y silbó a un grupo de tres jinetes para llamar su atención. Al ver que reparaban en él, agitó el brazo. Al momento, los hombres dirigieron sus monturas hacia el vehículo; el que iba en medio lucía un vendaje en la frente en el que se apreciaba una mancha roja. Era sostenido por sus dos compañeros, a ambos lados. En estado semiinconsciente, con la cabeza colgando inerte, casi como si estuviera dormido, se lamentaba de su herida entre gruñidos.

–¿Quiere que traslade algún mensaje a Tieb o a Drius? –preguntó el periodista.

–En Drius está... ¿Qué pasa allí? –preguntó de repente, intrigado, mirando el camino que Codrán había dejado atrás. Sin decir más, de un salto, Primo de Rivera montó en su caballo y picó espuelas.

Un jinete se acercaba al galope por la pista de Izummar; claramente, daba voces, aunque aún no eran entendibles, y señalaba con el dedo hacia el oeste, hacia Annual. Su instinto le decía que algo pasaba, algo nada bueno.

Los cazadores del Alcántara dejaron al compañero herido en el asiento de atrás, junto al cuerpo del desdichado soldado de infantería. Cerca, Gil ofrecía tabaco a los jinetes y conversaba con ellos. Luis, que no había apartado la mirada de la figura del oficial, no lo dudó. Solicitó el caballo del jinete herido y, al momento, volvió grupas hacia Primo de Rivera. Volvía el corresponsal a buscar la noticia.

–¿Adónde vas, Plumilla? ¡Recuerda nuestras órdenes! ¡Mierda! –se quejó Gil al ver que Luis se alejaba–. ¡Mierda! Me van a matar por su culpa. –Dio un golpe con la mano en el volante del coche, y los soldados que lo rodeaban, mientras liaban un cigarrillo, se echaron a reír.

Codrán no pudo escuchar lo que había dicho el jinete al oficial, pero llegó justo a tiempo de darse cuenta de que no era el único que viajaba por la pista de Izummar.

15

–¿Estás seguro?

–Como hay Dios, mi teniente coronel. Dos rápidos se acercan a toda velocidad, y una gran polvareda se divisa tras ellos hacia el oeste, tan grande que parece una tormenta de arena.

–Adelanta a dos hombres. Que averigüen lo que pasa y me informen.

–A la orden, mi teniente coronel –contestó el alférez, que inmediatamente se volvió hacia sus hombres.

–¿Algún problema? –preguntó Codrán, llegándose junto al caballo de Primo de Rivera.

El oficial del Alcántara parecía ensimismado, con la mirada perdida en el camino por donde debían aparecer los dos vehículos que le había indicado su subordinado. Codrán entendió por el rictus del oficial que era mejor callar; el comandante Benítez ya le había enseñado cuándo se ayuda más con el silencio y la simple compañía. Era un momento de espera, y esa tensa espera terminó pronto, cuando el eco ronco de los motores llegó hasta ellos. Jinete y periodista cruzaron una mirada, y en la del oficial Codrán adivinó la respuesta muda a su pregunta de segundos antes.

–Ahí están. Tal y como dijo el alférez.

–¿Qué habrá pasado? –susurró Codrán, intrigado.

–Pronto saldremos de dudas, periodista. Por cierto, puedes llamarme Fernando, no eres militar –contestó el otro, serio, sin quitar la mirada de los dos vehículos.

Éstos se acercaban a toda velocidad, y frenaron de manera brusca cuando llegaron a su altura, provocando el revuelo de sus monturas y que una polvareda los envolviera.

–¡Qué demonios! –maldijo el de Alcántara–. ¿Qué significa esto?

Codrán intentaba calmar a su animal, nervioso, pues no tenía la suficiente maestría como para poder dominarlo con un par de tirones de las riendas.

–¡Están locos! ¡Apártense! –gritó el conductor.

–¡Salga y salude a su oficial superior! –bramó Primo de Rivera.

–Discúlpeme, teniente coronel, pero tenemos prisa –se excusó al instante el conductor, saludando militarmente–. Es médico... –añadió, señalando el asiento del copiloto.

–Como si es el Papa de Roma. ¡Usted! Levántese y salude –repuso, cortante.

El oficial médico bajó del coche y obedeció.

–¿Adónde van con tanta prisa? –les preguntó entonces el oficial de caballería, más calmado.

–Annual ha caído, todo… –Fueron las únicas palabras que pudo decir el médico. Abatido, bajó la mirada y guardó silencio.

–Estamos en plena retirada por el Izummar –intervino el conductor–. Los moros han tomado el campamento.

Codrán aguantó la respiración. ¿Cómo era posible?

–¿Annual? ¿Y Silvestre? –preguntó Primo de Rivera.

–No lo sé. Todos corrían. La Policía Indígena chaqueteó… ¡Malditos traidores! Disparaban a sus superiores. Aquello era un caos, una auténtica locura, no sabías quién era amigo o enemigo –continuó el chofer.

–¿Y adónde va ése? –preguntó Codrán, que hasta el momento había permanecido callado, al darse cuenta de que el segundo vehículo iba cargado de baúles y maletas–. ¿Por qué lleva equipaje y no heridos?

–Tenemos orden de retirarnos hacia Ben Tieb –contestó el conductor–. Sólo obedezco órdenes. Éste... no parece que esté muy bien, ya lo han visto.

–¡Silencio! –lo cortó, seco, Primo de Rivera–. Si me entero de que no transportan heridos por culpa de esas maletas, les formaré un consejo de guerra.

–Cumplo órdenes, mi teniente coronel... Compréndalo...

Con un gesto de la mano, Primo de Rivera zanjó la conversación, y el conductor, sin pensárselo, volvió al coche y, en cuanto sentó a su lado al oficial médico, aún como perdido en sí mismo, arrancó. El otro vehículo, con las maletas colocadas sin ningún tipo de orden, los siguió a toda prisa.

–Creo que deberías irte con ellos, periodista –comentó entonces Primo de Rivera.

–No viajo con cobardes –respondió éste en tono despectivo–. Además, es aquí donde está la noticia y donde debe quedarse un periodista. ¿Qué piensas hacer?

Primo de Rivera lo miró complacido.

–Lo primero es averiguar qué demonios está pasando. Manella es el jefe de regimiento en Annual. Mandaré llamar a la tropa y protegeremos la retirada. Aquí no podemos hacer nada. En este maldito desfiladero de Izummar, la caballería sería un estorbo y un blanco fácil.

–Os acompañaré, si no te importa.

–¿Estás seguro? No será un desfile... Insisto en que creo que deberías irte con tu amigo.

Codrán negó con la cabeza. Necesitaba saber qué ocurría. En su interior, algo lo empujaba a quedarse, y tenía la sospecha de que aquel oficial, que dominaba su montura como si hombre y animal fueran uno, era igual que Benítez: leal a sus hombres, respetado por ellos, digno con el uniforme y fiel a su caballo, compañero y amigo. Con éste parecía formar un todo, y su silueta recortada se asemejaba a la mítica figura del centauro.

16

–Tu montura se llama Centella. Es un buen animal. Trátalo bien, y él cuidará de ti. Maltrátalo..., y me encargaré personalmente de que te arrepientas toda tu vida.

Codrán sonrió, aunque sabía que la amenaza no era en balde.

–En ese caso... Debes saber que mis amigos me llaman Plumilla. Si vamos a cabalgar juntos, es mejor que lo sepas, Centella –dijo acariciando el cuello del caballo.

–Plumilla, último aviso: ¿estás seguro de no querer llevarlas tú mismo...? –insistió el oficial. Pretendía darle la opción de llegarse a Ben Tieb, desde donde podría continuar camino hasta Melilla.

–Entregaré el documento al conductor, y él las llevará a los campamentos. Si realmente hay una retirada en bloque, la orden de Silvestre es de gran importancia. Está escrita de su puño y letra, y firmada por él mismo. No importa quién la entregue. Yo me quedaré con el Regimiento Alcántara. Ahora, dame un segundo.

Tras una última caricia a Centella, el periodista se dirigió al vehículo.

–¡Ya era hora! Vámonos, Plumilla –lo instó el chófer al verlo acercarse–. Esto no pinta nada bien. Esos dos co...

–Ha sido un placer conocerte, Antonio Gil –lo interrumpió Codrán, alargando el brazo para entregarle la orden firmada por Silvestre–. Llévala a Ben Tieb. Quizá nuestras vidas dependan de este papel.

–Pero... ¿cómo? ¿No vienes?

–Me quedo. Alguien tendrá que escribir lo que pase aquí hoy, ¿no crees?

Gil se quedó mirando un instante al periodista mientras tamborileaba sobre el volante con los dedos.

–El general te dio la orden a ti. Por algo lo haría. Debes llevarla tú. No me cargues con esa losa, Plumilla –susurró al fin, como en ruego.

Codrán asintió con seriedad y se guardó el documento.

–Anda, acércame la cantimplora y el fusil del jinete, ¿quieres?

Al darse cuenta de que la cantimplora de Codrán estaba medio vacía, Gil le cedió la suya. Luego tomó la tercerola del jinete del Alcántara que iba en el asiento de atrás y varios peines de munición.

–Haz que le curen esa herida, ¿vale? Y que nuestro soldado tenga un entierro digno –le pidió el periodista, mirando el cuerpo inerte.

–Así lo haré –contestó Gil. Bajó del coche y le estrechó la mano con firmeza–. No te dejes matar.

–¡Lo procuraré! ¡Y tú mantén los ojos en la carretera! –Codrán le dedicó una sonrisa y se volvió para ir de nuevo con Primo de Rivera.

–Lo intentaré –gruñó Gil por lo bajo, sabiendo que el otro no lo escucharía, pues se acercaba ya al parachoques–. Pero no es un coche cómodo de conducir.

El chófer giró entonces la manivela de arranque con esfuerzo.

–Vamos amigo, hay que curarte esa herida –exclamó, echando una ojeada al asiento del copiloto, donde el jinete herido había caído en la inconsciencia, para luego volver la vista hacia su amigo periodista–. Buena suerte, Plumilla. Buena suerte.

17

–Sígueme.

El oficial del Alcántara estudiaba al nuevo jinete del regimiento. Calculó que tendría cerca de veinte años, como la mayoría de sus cazadores; aunque desmejorado por la experiencia en Igueriben, seguía teniendo cara de niño.

–La talega que tienes detrás de la silla, a la derecha, con la insignia del regimiento, tiene cebada y avena para el caballo. Y en el otro, raciones de campaña para ti y munición.

Los dos jinetes aceleraron el paso de sus monturas en busca del alférez, quien podría informarlos de la situación y de lo que fuera que producía aquella nube de polvo amarillento que se levantaba a lo lejos.

–¿No crees que un caballo blanco llama mucho la atención sobre los pacos? –observó el periodista.

–Es posible, pero así el regimiento siempre tendrá una referencia. Yo guío a mis hombres. Cabalgo el primero, por delante, y donde vaya el caballo blanco irán ellos. El respeto de los soldados hay que ganárselo, periodista. Y la única forma de ganarse ese respeto en una batalla, donde los llevas a la muerte, es jugándote la vida con ellos y por ellos. Además, también era blanco el caballo del apóstol Santiago, ¿no?

–¿Cómo se llama?

–¿Cómo se llama quién, Plumilla?

–Tu caballo.

–Vendimiar. Un pura raza española –dijo con orgullo mientras frenaba a su cabalgadura–. La tercerola puedes guardarla en el portacarabinas que tienes a la derecha. Pero, escucha, tu arma debería ser la pluma y no el fusil, porque eres periodista, ¿no?

Codrán se descolgó el fusil de la espalda y lo guardó en el estuche de cuero que iba unido a la silla de montar.

–Supongo que...

–Ya hablaremos de eso, Plumilla. Aquí viene el alférez.

–A sus órdenes, mi teniente coronel –saludó éste–. Varios coches y camiones se acercan por la pista. He puesto a Saeta y a Moreno en lo alto de aquella loma para que vigilen. Algo..., algo gordo se acerca, porque mis juanetes empiezan...

–Sí, ya sé lo de tus juanetes... Reúne a todo el regimiento y llama a los jefes de escuadrón. Que acudan inmediatamente al puente de madera a recibir instrucciones.

Y el alférez, saludando a su superior, volvió grupas para cumplir las órdenes.

–Es de suponer que el enemigo vendrá en guerrillas –comentó como para sí el oficial, oteando las lomas, barrancos y taludes de Izummar. Era una mirada profesional, perspicaz, lúcida, de quien sabe lo que se juega–. Se mantendrán en las alturas, acosando y disparando en cada metro del camino. Dios mío..., esto va a ser un matadero.

Primo de Rivera comenzó a dar vueltas con su caballo sin dejar de estudiar el terreno agreste que pronto se llenaría de polvo, sangre y miles de españoles tratando de huir.

–¡Maldita sea! ¡Maldita sea! –exclamó de repente, enfadado–. No puedo hacer nada en estos barrancos ¡Aquí, no! Sólo cuando el enemigo salga a campo abierto, sólo ahí podremos hacerles daño.

–¿Qué piensas? –se atrevió a preguntar Plumilla.

–Hasta que no llegue Manella, tengo el mando del regimiento... Y no pienso defraudarlo. El enemigo atacará por los flancos para mermar nuestras fuerzas, intentará separarnos para acabar con nosotros poco a poco. Debemos impedirlo.

–¿Crees que nos atacarán con su caballería? A nosotros nos perseguía una partida cuando nos encontraste.

–No lo creo. Ahora mismo lo único que quieren es botín. Atacarán amparados en la ventaja que les da el terreno... Irán a por los más débiles, rematarán a los heridos, a los que queden atrás y no puedan seguir el ritmo de la columna. Pero nosotros estaremos ahí para impedirlo. ¡Por Dios que ahí estaremos!

18

–Intentaremos sacarles algo más de información a esos vehículos que se acercan –dijo Codrán, azuzando a Centella para acudir a su encuentro.

–Me fio más de la información de mis hombres, pero... –rezongó Primo de Rivera, chasqueando la lengua. Y, tras presionar ligeramente en los costados de su caballo, salió tras él.

Codrán se detuvo en cuanto tuvo a la vista a los vehículos.

–Ya se acercan, Centella, quieto... Tranquilo... –susurró, tratando de calmar al animal con caricias, notando así el calor de su cuerpo en la palma de la mano.

El alazán de ojos marrones no dejaba de moverse intranquilo, veía algo que Luis no podía ni imaginar.

–¡Apártate, Luis! –le gritó Primo de Rivera por detrás.

Al momento, el periodista se percató del peligro que se le venía encima. Aquellos vehículos continuaban acercándose a toda velocidad. Codrán tiró de las riendas y obligó a su montura a bajar por el talud.

–¡Maldito hijo de...!

Ningún coche se detuvo, a pesar de tener delante al equino.

–¿Estás bien? –le preguntó el oficial al llegar al borde del barranco.

–Creo que sí... Centella lo ha hecho muy bien –contestó Codrán mientras remontaba la pendiente–. ¿Por qué no han parado?

–Miedo, amigo mío. O algo peor: pánico. El pánico en un oficial puede hacer que muchos de sus soldados mueran.

–Parece que tus hombres vienen a todo galope –indicó el periodista con un ademán de la cabeza.

–Vamos a su encuentro.

Tras reconocer el terreno, los dos exploradores del Alcántara regresaban para informar.

–A sus órdenes, mi teniente coronel –saludó uno.

–Dime, Saeta.

–Es una marea humana… Se nos viene encima todo el ejército, una avalancha de…

–Los están matando a placer –lo interrumpió el otro–. Disparan desde las paredes de los barrancos.

–¿Crees que podrías apresar a uno de esos rifeños? Sería bueno poder interrogarlo.

–Dadlo por hecho, mi teniente coronel –afirmó el jinete, convencido. Y, con un gesto, invitó a su compañero a seguirlo.

–¡Ah! Moreno, que pueda hablar. No quiero que se repita lo que sucedió con el último prisionero –ordenó Primo de Rivera.

–Le juro que yo… –musitó el cazador.

–Lárgate ya…

–¡A la orden! –exclamaron los dos soldados, saludando militarmente.

–¡Cazadores! –los llamó de repente el oficial–. Os espero en Ben Tieb.

Volviéndose hacia él, los dos jinetes del Alcántara asintieron y volvieron a picar espuelas, dispuestos a cumplir con su cometido.

–Vámonos, periodista, nos aguardan en el puente.

Los oficiales de los diferentes escuadrones ya esperaban en el puente de madera. Al verlos aparecer, los hombres formaron en un semicírculo frente a su jefe. Primo de Rivera los miró en silencio, únicamente roto por los escarceos y relinchos de los caballos, que parecían comunicarse entre ellos al igual que lo hacían sus jinetes.

–Caballeros..., la situación es compleja. Por lo que sabemos, todo el frente ha caído y lo que queda de nuestro ejército se dirige a toda prisa hacia aquí. –Los oficiales se miraron entre sí, consternados, al oír la noticia–. Es probable que el general Silvestre haya muerto..., y quizás el coronel Manella también haya caído. –Primo de Rivera apoyó las manos en el borrén de su silla y se removió incómodo hacia delante–. El Alcántara se ganará el sueldo hoy. Confío en ustedes. Trasladen mi confianza, y por supuesto la suya, a sus hombres.

–¿Cuáles son sus órdenes, mi teniente coronel? –preguntó uno.

Primo de Rivera miró con orgullo a cada uno de los que allí se congregaban. La determinación y el ánimo antes de entrar en batalla eran claves para la victoria, y sabía que podía contar con ellos para cualquier empresa. Como ellos contaban con que su jefe de regimiento cabalgaría a su lado.

–Debemos proteger la columna que viene de Annual, pero a la vez tendremos que contenerlos mientras los reorganizamos, y esto, caballeros, creo que es lo más difícil. Usen la fuerza si es necesario. La retirada debe ser ordenada, o no quedará con vida ni uno solo de esos muchachos.

–Cuente con nosotros –contestó el capitán Chicote, del quinto escuadrón.

–Y conmigo –exclamó por sorpresa el joven periodista, que se mantenía a su lado.

–Será complicado, periodista... Procura mantenerte lejos; no cometas la locura de ponerte delante o te arrollarán.

Codrán asintió. Primo de Rivera hablaba serio. Había en juego muchas vidas.

–¡Escúchenme, todos! El puente de madera es nuestra línea de salida. Desde aquí hasta Ben Tieb, debemos conseguir que nuestros camaradas recuperen la disciplina, que vean que hay oficiales a su lado y que la caballería los protege. Para ello...

Pero Primo de Rivera de repente hizo un alto en su discurso. Un jinete se acercaba a todo galope y les hacía señales, moviendo el brazo de un lado a otro.

–A sus órdenes, mi teniente coronel. Sargento Marhuenda. Traigo una carta urgente del capitán Dolz del Estado Mayor –jadeó el suboficial, exhausto por la carrera, al llegar a su altura y detener a su caballo.

–Démela, sargento.

Primo de Rivera tomó la carta que Marhuenda se sacó de la guerrera y, nada más leer las primeras líneas, dejó entrever una sonrisa amarga.

–Caballeros, les leo las órdenes: «Debe marchar inmediatamente a Izummar para proteger la retirada de las fuerzas que evacuan Annual». Bueno..., creo que no es necesario que nos ordenen proteger a nuestros compatriotas. ¿Verdad?

Todos rieron ante el sarcástico comentario de su superior.

–Sabemos cuál es nuestro deber –continuó éste–. Sabemos cuál es el cometido de la caballería. ¡Y por Dios que sabremos ocupar nuestro lugar en la historia! ¡Hermanos! ¡Ha llegado la hora del Regimiento Alcántara! ¡La hora del sacrificio! ¡Ha llegado nuestra hora!

Los oficiales corearon sus palabras, y Codrán escuchó cómo se animaban entre ellos, deseosos de entrar en acción y demostrar de lo que eran capaces.

–¡Somos cazadores, somos leones! Protegeremos a nuestros camaradas y nos llevaremos por delante a quienes lo impidan. Si son mil, bien, y si son tres mil, mejor –los arengó con vehemencia el jefe accidental del Alcántara–. Gracias, sargento, puede regresar a su unidad. Coja un caballo de refresco si lo necesita.

El sargento saludó y se volvió con su montura hacia la posición de Ben Tieb.

–¡Atentos! Los escuadrones dos, tres, cuatro y ametralladoras, delante del puente, organizando la llegada. Así los tranquilizaremos y podremos poner orden. El cuarto escuadrón, al flanco izquierdo; el tercero, flanco derecho. Su misión será ocupar las lomas, limpiarlas y ser visibles ante nuestras tropas, para que cojan confianza. Es una misión difícil, estarán a la vista y el terreno es escarpado... ¡Pero sé que lo harán bien! El segundo y las ametralladoras, a la retaguardia de la columna. Van en contradirección, así que usen los taludes y laderas para no cruzarse con los replegados. Recogerán a los rezagados y a cuantos heridos puedan llevar, protegiendo siempre la columna de los posibles ataques del enemigo. Mientras, el primero ocupará el centro de la pista tras el puente, guiará la llegada de los soldados, los organizará y marchará en vanguardia de la nueva columna. Su mayor enemigo será el miedo de nuestros camaradas. La avanzada, tras el puente, para Chicote y su quinto escuadrón. Ellos limpiarán el camino de posibles grupos de rifeños, dándonos cobertura, y se llegarán hasta Ben Tieb para informar de lo ocurrido y preparar nuestra llegada. ¿Alguna pregunta?

Nadie habló. Primo de Rivera los miró, buscando alguna sombra de reproche, miedo o duda ante el plan expuesto, pero no la halló.

–Dios los proteja. ¡Adelante!

19

–¿Preparado?

Codrán miró al oficial, que se había dirigido a él con seriedad, bien erguido sobre Vendimiar.

–Alguien tendrá que contarlo... –contestó al fin, sonriendo.

–Así me gusta. Con firmeza. Sígueme.

Al instante siguiente, Primo de Rivera se situó en el centro de la pista, unos metros por delante del puente. Luis hizo que Centella se detuviera junto a Vendimiar. Frente a ellos, una nube de polvo se levantaba a través de las volutas de aire caliente que ascendían del aquel terreno árido e infernal. Los caballos resoplaban inquietos; mordisqueaban el bocado de las bridas, los ojos bien abiertos, con las orejas rectas como para aprehender el peligro que presentían. El joven periodista echó un largo trago de la cantimplora, saboreando el líquido.

–¿La boca seca?

Luis asintió y le ofreció la cantimplora.

–Yo también, amigo. Yo también –asintió el oficial, aceptando un sorbo de agua.

Los cazadores del Alcántara empiezan a tomar posiciones; figuras recortadas de jinetes marchando en columna se dibujan contra un cielo azul intenso en su avance por las lomas que escoltan el sinuoso camino de Izummar. Los cuellos de los caballos se mueven arriba y abajo, al compás. Son cientos los valientes que suben por las rocosas laderas.

Y al momento sienten que todo se inunda de un hedor a sulfuro proveniente de las boñigas de los caballos; de relinchos y voces de estímulo a las monturas; de golpeo de cascos y herraduras; de rocas que chocan entre sí cuando ruedan ladera abajo. De sonidos metálicos por el golpeo de los sables con los estribos.

El capitán Ballenilla, jefe del primer escuadrón, se llegó al puente.

–Todo listo, mi teniente coronel –informó Ballenilla.

–Gracias, capitán. ¿Puede prescindir de uno de sus hombres? Quisiera asignar un servicio de protección personal a nuestro amigo periodista.

–Claro, el teniente Armijo se ocupará de... nuestro invitado –afirmó Ballenilla–. ¡Cabo! Llame al teniente.

–No creo que sea necesario que me...

Primo de Rivera lo acalló con un ademán con la mano.

–Estupendo, capitán. Si no le importa, dirigiré el combate desde su escuadrón –prosiguió sin más.

–Será un honor –contestó el otro, llevándose la mano a la frente.

–Veo que... Bueno, imagino que no tengo mucho que opinar sobre mi niñera... –rezongó Codrán, sumiso.

Los dos oficiales se miraron de reojo, sonriendo.

Los ecos de las detonaciones de fusilería empezaban a hacerse audibles, aun mezclados con los rebuznos de las acémilas. Y, por encima de todo el ruido que parecía rebotar en las paredes pétreas, resaltaba el estruendo quejumbroso del rumor humano. El sonido del miedo. Un estremecimiento sonoro que penetraba en los estómagos de los que allí estaban. Sudorosos, los jinetes del Alcántara apretaban los dientes y retorcían las riendas entre las manos mientras escrutaban impacientes el horizonte, mientras el sol abrasador torturaba a hombres y animales por igual. Pero eran cazadores, eran leones, y, sabedores de la complicada misión que les había tocado en suerte aquel día, esperaban firmes la avalancha que se precipitaba hacia ellos, envuelta en pánico.

Alto, de sonrisa bonachona, pelo rubio y piel clara castigada por el sol, el teniente Armijo se presentó ante ellos.

–Lo lamento, teniente –lo saludó Codrán, estrechándole la mano–. No era mi intención tener niñera.

–No se disculpe, periodista, es signo de debilidad –contestó el oficial con una sonrisa–. Veo que sabe montar. Recuerde, los pies firmes en los estribos, rodillas flexionadas dejando caer el peso, y sujete con firmeza las riendas, pero sin tirar de ellas de manera brusca, cuerpo recto, y aposente bien las posaderas... Relájese, y su caballo hará el resto.

–Parece fácil –respondió socarrón Codrán.

–¿Sabe su nombre? –preguntó Armijo señalando al caballo.

–Sí, Centella.

–Bonito nombre. El mío se llama Linares. Y hoy vamos a demostrar de lo que somos capaces, ¿verdad, Linares? –rio, al tiempo que acariciaba el cuello de aquel caballo tordo.

–Buena suerte, teniente.

–Lo mismo digo, periodista.

Ballenilla y Primo de Rivera no dejaban de observar a los hombres de su regimiento, pendientes de cualquier detalle. Tras el líder del Alcántara se encontraban su ayudante, el capitán Ochoa, y un joven a caballo con el clarín dispuesto para transformar cualquier orden de aquél en notas metálicas. La tensión de la espera los envolvía.

–Berrocoso mandará el grupo de vanguardia y los flancos. Ellos abrirán el camino. Nosotros iremos a la retaguardia de la columna de retirada para proteger a los rezagados –se pronunció al fin Primo de Rivera, sin quitar los ojos del horizonte.

–¿Alguna otra cosa más, mi teniente coronel? –preguntó Ballenilla.

–Manténgase con vida, amigo mío, manténgase con vida... –susurró Rivera–. Ahí los tenemos ya.

20

Varios vehículos abrían el cortejo procesionario de aquella marea humana. En cuanto los vieron aparecer, los jinetes dejaron el camino libre, conscientes de que no tenían intención de parar. Desde ambos lados, contemplaron los del Alcántara su triste cargamento. Desmadejados, tirados de cualquier forma, multitud de soldados heridos ocupaban los asientos traseros de los coches, y muchos más se hacinaban en las cajas de los camiones, todos ellos mostrando un aspecto lamentable. La mayoría dejaba ver vendajes improvisados manchados de sangre seca y oscura.

Algunos oficiales se mezclaban con la tropa en esa amalgama humana. Sus uniformes, antes verdes y limpios, se veían ahora cubiertos de suciedad e indignidad, pues muchos se habían arrancado sus insignias para no ser objetivo de los francotiradores ni responsables más que de su propia vida. Las cabezas gachas, casi ocultas por el polvo, se recostaban en la piel seca y mugrienta de aquellos que ya habían perdido el conocimiento o ya no respiraban, moviéndose de un lado para otro al capricho del vaivén del vehículo. En sus caras, los surcos marrones trazados por el sudor parecían dibujar unas lágrimas negras como despedida a los compañeros que ya no volverán. Codrán suspiró, angustiado por tanta desesperación, cuando el último de los vehículos cruzó frente a él.

Entonces, aparecieron las mulas. Algunas cargaban municiones y armas; otras, para su deshonra, eran montadas por algunos oficiales. Al pasar junto a los jinetes del Alcántara no hubo saludo militar, ni siquiera una mirada. La vergüenza les impedía mirar cara a cara a esos hombres a caballo. Podía más el miedo a la muerte. Algunos hombres iban a pie junto a las bestias; eran los más fuertes, los que aún podían andar a buen paso, aquellos con una oportunidad de sobrevivir.

A cada momento, la nube de polvo se hacía más densa, se elevaba más, y el viento del oeste la arrastraba sobre los cazadores del Alcántara, envolviéndolos, tragándolos.

Poco después, en el mortal corredor del Izummar, apareció una marea humana que caminaba a paso lento, como perdida en otro mundo. Aterrorizada.

–¡Adelante! –ordenó entonces Primo de Rivera, señalando al frente con la palma de la mano–. ¡Con determinación!

Luis Codrán se acomodó en la silla de montar y avanzó junto al resto de los jinetes. El golpe seco en el estómago que corta la respiración, el sudor frío, el aumento de pulsaciones... Volvía a sentir, una vez más, lo que ya le parecía un ritual de sensaciones que empezaba a ser un compañero de viaje.

–¡Calma! ¡Calma!

–¡Estáis a salvo!

–¡Tranquilos! ¡No corráis!

–¿Quién está al mando? ¿Hay algún oficial?

Las llamadas a la calma empezaron a resonar en el ambiente. Aquellos soldados tenían dibujado el terror en los rostros. Desorientados y agotados por el esfuerzo de la batalla, primero, y la caminata, después, bajo el sofocante calor, no sabían qué hacer. Algunos caían de rodillas al suelo; otros no paraban en su huida y golpeaban con furia a las acémilas para que no aminorasen el paso; varios, incluso, reían a carcajadas mientras hacían ademanes bruscos y mantenían las miradas perdidas, sin juicio ni razón. Todos iban desprovistos de armas y cartucheras, para aligerar peso. Con los brazos en alto, en actitud suplicante, muchos se acercaron a los caballos pidiendo agua a los jinetes. Y todos eran una sombra del miedo, del pánico.

–¡Agua! ¡Agua!

El mismo maldito clamor desesperado de siempre en aquel terreno seco, pulverulento y aplastante del Rif. Los mismos espíritus aulladores que sólo pedían una cosa:

–¡Agua! ¡Agua!

–¡Agua! ¡Agua!

–¡Capitán, que no se paren! ¡Que continúen hacia el puente!

Cada vez eran más y más los hombres que rodeaban a los jinetes y se abalanzaban suplicando agua, sollozando y gimiendo por unas míseras gotas. Y sus rotas y horribles voces estremecían y llenaban de temor a los que allí se congregaban. Los jinetes que ofrecían su cantimplora se quedaban sin ella, pues ésta iba de mano en mano, de boca en boca, hasta quedar vacía, para luego perderse entre los pies casi desnudos que pisaban aquel terreno ardiente y pedregoso.

–¡Quieto! ¡Quieto!

El polvo impide la visión, dificulta la respiración de hombres y animales. Son miles y miles de hombres, y, a pesar de todo, están solos.

Nerviosos, los caballos empezaban a encabritarse; movían sus colas de un lado a otro, relinchaban y caracoleaban para apartar de su lado a aquellos hombres desesperados que les agarraban los correajes en su afán por conseguir agua y salvar la vida. Los cazadores del Alcántara, para no caer, se esforzaban en calmarlos y sujetaban las riendas con fuerza. Y, entretanto, gritan una y otra vez, en un intento de ordenar la estampida en la que a cada segundo temen ser engullidos.

–¡Con calma! ¡Despacio!

–¡Seguid avanzando! ¡Seguid avanzando!

Con las caras embarradas y sudorosos, ahogados por el calor y la falta de aire limpio, sumidos en el caos de aquella niebla espesa y terrosa, más y más hombres se suman a la turbamulta, todos ellos abandonados de toda esperanza y mando, con el pánico como acicate.

En pocos minutos, el plan trazado para reorganizarlos ha resultado un fracaso.

–¡Disparen al aire! ¡Que avancen!

–¿Avanzar, adónde? ¡El polvo... nos ciega!

–¡Formen en línea! ¡Todos juntos! ¡Pasen la orden!

–¡En línea! ¡Junto al camino! ¡Échense a un lado!

–¡Dejadlos pasar! ¡Formemos un pasillo!

Las órdenes se iban repitiendo de uno al otro lado de la fila de jinetes, cada vez más alto, con la esperanza de recuperar el control de la desdichada marabunta.

Por un momento, Codrán perdió de vista al teniente Armijo, pendiente como estaba en mantener el equilibrio y sujetar firme a su caballo. A su alrededor, todo eran gritos. Y polvo. Dentro de la nube de arena resultaba casi imposible respirar y era necesario entrecerrar los ojos.

Los maltrechos soldados, en continua agitación, seguían avanzando y, en su avance, chocaban con Centella, que relinchaba y pisoteaba el terreno sin parar. Con tanto movimiento, golpeaba a su vez las piernas de Codrán, que se veía obligado de tanto en tanto a sacar los pies de los estribos y perdía así el control sobre su montura. En cualquier momento, el caballo podía levantarse y hacer caer a su jinete.

–¡Aguanta, periodista! ¡Firme las riendas!

–¡Temple! ¡Ve con ellos! ¡Muévete con ellos!

La voz sonaba cerca, mas era imposible para Codrán localizar al teniente Armijo.

–¡Todos en línea! ¡En línea!

–¡Así! ¡Muy bien! ¡Seguid así!

La orden seguía repitiéndose de boca en boca, como el eco que reverbera en una montaña. Poco a poco, los jinetes del Alcántara se fueron alineando en un pasillo por donde aquellos hombres procesionaban. Aquella horda humana que caminaba dentro de una nube de polvo parecía no tener fin. Allí, la sumisión había expulsado al instinto de supervivencia, y pronto las súplicas por el agua se transformaron en toses y lamentos. Abandonados a su suerte: ya sólo imperaba una ley: sálvese quien pueda. Y el que caía al suelo agotado no se levantaba; ni tampoco lo levantaban.

21

Detonaciones de fusilería resonaban en el paso de Izummar, lo que indicaba que los cazadores del Alcántara batían las lomas cercanas donde los rifeños, como hienas, buscaban saciar su sed de pillaje, venganza y odio.

–¡Vigilen las lomas! ¡El enemigo nos dispara desde ahí! ¡Arriba!

–¡A la orden!

–¡Capitán, mande una escuadra de reconocimiento! ¡Y averigüe hasta dónde llega esta sangría humana!

–¡A la orden!

El Alcántara intentaba seguir el plan marcado por su líder. Los escuadrones protegían los flancos desde las lomas para dispersar a los rifeños. En el camino, pequeños grupos de regulares armados se habían organizado junto a la caballería y algunos soldados, en un intento de dominar a la masa en desbandada. Pero ya era demasiado tarde para el grueso de aquella fuerza enloquecida. Nada podía contenerlos. Porque no se puede razonar con el pánico, sólo esperar a que pase. Y en ellos sólo anidaba el deseo de escapar.

Primo de Rivera, conocedor de que únicamente podía proteger la retirada interponiéndose entre los soldados y las mortales balas rifeñas, reaccionó. En pocos minutos, el puente sería rebasado por la masa.

–¡A los flancos! ¡A los flancos!

El aire se vuelve irrespirable, la temperatura va en aumento, y hay soldados que caen al suelo sofocados por una atmósfera que arde sin llamas, que ahoga y asfixia sin agua. Que mata. Los jinetes españoles socorren a los que pueden y los salvan de una muerte segura subiéndolos a las grupas de sus monturas, pero los hay que quedan allí para siempre. Enterrados vivos, pisoteados por unos pies que no oyen ni sus lamentos ni sus súplicas.

–¡Por fin te encuentro, periodista!

La voz sonó ronca, agotada de tanto gritar en medio del estruendo; pero era también una voz amiga, y eso reconfortó a Codrán. Con la ayuda del oficial, al fin logró salir de aquel infierno terroso, y, una vez que llegó a un lateral del pasillo formado por los jinetes, sintiendo una mezcla de furia y amargura, contempló la larga fila de hombres, ganado y material que seguía su camino.

–¡Periodista! ¡Nos vamos! –lo llamó el teniente Armijo.

–¡No me iré de aquí hasta que no pase el último soldado!

–¡No me jodas, periodista! ¡Tengo que sacarte de aquí! ¡La policía del lugar nos ha traicionado! ¡Sólo estamos nosotros y unos cuantos regulares! –El oficial miró con amargura a su alrededor–. Esto es el fin del imperio...

–¿Imperio? –señaló Codrán–. Es el fin de una generación, teniente. Miles de madres se quedarán hoy sin sus hijos, a quienes esperarán por siempre en las puertas de las casas; miles de padres se quedarán sin descendencia, y miles de hijos se quedarán hoy huérfanos de padre. Y eso lo pagaremos, tarde o temprano.

En silencio, volvieron la vista de nuevo hacia la triste caravana. De fondo seguían escuchándose las detonaciones de los fusiles; algunos debían de ser de los rifeños que buscaban matar a aquellos caminantes sin vida de Izummar; otros, de los cazadores del Alcántara intentando evitar la tragedia. Y poco parecía importar a las gentes que componían aquella marea humana la posibilidad cierta de ser alcanzados. Resignados, o tal vez reconfortados por la seguridad en la que se creían dentro de aquella polvareda. O porque llega un momento en que no te importa vivir o morir. Y eso es la derrota.

El sonido metálico de varios cornetines resonando de forma sucesiva los sacaron de sus pensamientos. Al levantar la mirada, se dieron cuenta de que el orden se restablecía poco a poco tras el puente, y cada vez eran menos los condenados que marchaban en dirección a Ben Tieb.

–Tocan llamada, periodista. Vamos. Cambiamos de tercio.

Ambos tiraron de las riendas para reunirse con el resto de los oficiales, que ya avanzaban en medio de la turba.

–Parece que éstos son los últimos... ¿Cuántos habrán quedado por el camino? –se preguntó Codrán.

–Míralo tú mismo... Dios mío...

Subieron por la ladera para poder tener mejor perspectiva. Pronto, entre los jirones de la polvareda que se disipaba por el viento, quedó atrás el barranco de Izummar. Y, en ella, decenas de cuerpos tendidos y cubiertos por el polvo levantado, aparecieron a los ojos del oficial. En medio de éstos, los jinetes del Alcántara y algunos otros soldados buscaban inútilmente a algún superviviente.

Vaciadas las cartucheras y desprovistos de todo cuanto pudiera ser de utilidad al enemigo, los cadáveres eran apartados del camino cuidadosamente para que no fueran pisoteados por la caballería. Una mirada fugaz al pasar a su lado y una señal de la cruz eran la única y triste despedida para todos aquellos que, sólo una hora antes, respiraban, reían, soñaban y sentían. No había tiempo para más ceremonias. Y aquel cuadro era el espejo en el que muchos se veían reflejados, como si la orilla de la mortal carretera les marcara su triste destino.

–Menudo espectáculo –dijo, solemne, Codrán–. Otra Noche Triste. Otra pesadilla de la que no podremos despertar.

–Vamos, nos están esperando –lo apremió el oficial, enojado por no poder hacer nada por los caídos–. Ya tendremos ocasión para el desquite.

Se acercaron al paso de sus monturas al grupo de oficiales que estaban recibiendo las consignas de Primo de Rivera. Al ver al periodista, una sonrisa sincera apareció en el rostro del jefe accidental del Alcántara, aunque seguidamente mostró un rictus más trágico y, apretando los labios, asintió con la cabeza; como si entre ellos hubiera habido una conversación, como si en aquella mirada hubiera mensajes de ánimo y valor.

–Iniciaremos el repliegue a Tieb por escalones. Hemos cruzado el puente... Tal vez lo peor haya pasado, pero aún nos queda un largo camino. ¡Presten atención! Escuadrones primero y segundo junto con el de ametralladoras, en retaguardia. Dejarán espacio suficiente entre ustedes y el final de la columna de Annual para recoger a los heridos y rezagados encuentren. Varias secciones de ingenieros ayudarán en la misión. No va a ser tarea sencilla...

–¿Y los flancos? –preguntó un oficial

–Seguimos igual. Sus escuadrones nos protegerán a izquierda y derecha de esta maldita carretera. Mantendremos también escuadras de búsqueda y reconocimiento por las lomas para evitar que nos tiroteen y recoger a posibles unidades dispersas, la tercera compañía de ingenieros está copada en el flanco derecho junto a la posición que estaban levantando, así que recójanlos y vayan a Ben Tieb.

–A la orden –respondió el capitán Ballenilla.

–Insisto, nuestra meta es Ben Tieb, señores. Nada de entrar en combate directo o cargar contra el enemigo. No quiero emboscadas. Sólo proteger el repliegue. Por ahora..., es todo lo que podemos hacer. Nada más, y nada menos. Eso es todo.

22

–Me alegro de verte, periodista –lo saludó Primo de Rivera.

–Lo mismo digo. Tengo un buen guardaespaldas –dijo Codrán, volviendo la vista hacia el teniente Armijo, que estaba junto a él.

–No lo dudo. Nos metemos en faena de la buena, periodista... Vamos a realizar un repliegue por escalones. Nos dividiremos en secciones que se irán cubriendo una a otra mientras retrocedemos y recogemos a los rezagados. Quizá sea mejor que vayas en retaguardia.

–Te lo agradezco, pero un periodista...

–Sí, ya sé: un periodista debe estar donde esté la noticia –rio el oficial jefe, al tiempo que picaba espuelas en Vendimiar, y, dándose la vuelta, se dirigió a la parte posterior de la columna, seguido de inmediato por el periodista y el teniente.

Conforme avanzaban en dirección a Annual, el paisaje resultaba cada vez más despiadado y cruel. Eran muchos los soldados que, no pudiendo seguir el ritmo, quedaban apartados en los márgenes del camino y veían pasar a sus compañeros a la espera de poder ser rescatados por los cazadores del Alcántara; otros, en posturas impensables, yacían en el lugar donde habían sido abatidos por los temidos francotiradores rifeños. Sólo unos pocos, con fuerzas aún, se negaban a rendirse y trataban de seguir el mortal ritmo impuesto.

Al llegar junto al grupo de ingenieros que cubría la retirada, los escuadrones del Alcántara formaron un semicírculo a su alrededor para protegerlos e iniciaron el repliegue.

–¡Adelante! ¡Que nadie quede atrás!

–¡Adelanteee!

Igual que si de una orquesta se tratara, las secciones de caballería se movieron en perfecta armonía y orden. No había nada de improvisación en aquel ejercicio. Codrán, en medio del grupo, trataba de imitar los pasos del teniente Armijo para evitar entorpecer a esos valientes centauros. El enemigo, aún al acecho, no dejaba de disparar desde las lomas, y de cuando en cuando los cazadores del Alcántara efectuaban alguna pequeña carga contra ellos para detener su incordiante paqueo. Y, entretanto, los de ingenieros, junto con algunos otros jinetes, cargaban con los pocos heridos que se encontraban. Metro a metro, loma a loma, continuaban su camino.

–La Policía Indígena ha desertado y nos tirotea desde las lomas –explicó Armijo al periodista–. Las lealtades pagadas con dinero se rompen con facilidad.

–No se lo pondremos fácil, teniente.

–Allí –señaló el oficial, azuzando a su caballo–. Ayudémoslos.

Codrán picó espuelas y siguió al teniente, que parecía tener ganas de acción. No se lo reprochaba. Actuar de niñera de un periodista mientras todo tu regimiento lucha no debía de ser sencillo de soportar.

Armijo había visto a dos soldados que disparaban hacia la cresta de un talud rocoso mientras intentaban arrastrar a un compañero herido. Al llegar junto a ellos, encabritó a su caballo, y éste, al instante, alzó las patas en el aire y relinchó. No tardó en llamar la atención de los tiradores rifeños.

–¡Vamos, Linares! ¡Arriba!

Varios proyectiles impactaron en el suelo, cerca. Al oír los característicos chasquidos, Armijo supo que ya los tenía atentos a su cabalgadura, y dio un par de pequeñas cabalgadas seguidas de giros controlados con su caballo.

–¡Ahora, periodista! –le gritó entonces, señalándolo al mismo tiempo–. ¡Recógelo!

Codrán, que había adivinado su propósito en cuanto vio que el caballo formaba una polvareda alrededor de los soldados, obedeció.

–¡Rápido! Subid al herido a la grupa –gritó Codrán.

En cuanto éste estuvo sobre Centella, los dos soldados se resguardaron junto a unas chumberas que perfilaban la carretera y comenzaron a disparar para cubrir al periodista.

–¡Agárrate! –gritó entonces Codrán.

Centella relinchó y arrancó con fuerza tras sentir en sus ijares el golpeo de los talones. Cerca, el teniente continuaba atrayendo el fuego enemigo; su montura iba de un lado a otro, levantando la arena del camino en una cortina que dificultaba a los rifeños poder localizar a su presa con facilidad, al tiempo que él disparaba con su carabina.

Otros jinetes acudieron en ayuda del teniente al ver el revuelo y escuchar los disparos.

–¿Necesitas ayuda, Armijo? –le preguntaron.

–¡Troncoso! ¡Ja, ja, ja! ¡Menuda pareja formamos! ¡Vamos!

Y los dos oficiales encabezaron a un pequeño grupo de cazadores hacia el grupo de rifeños, dispuestos a arrojarlos de la ladera. Con el sable levantado, los jinetes se movían de forma acompasada con sus monturas: el cuerpo ligeramente levantado de la silla, inclinado hacia las crines de su fiel amigo, sujetando firmes las riendas pero sin tirar de la embocadura para no ejercer demasiada presión sobre la boca del animal. Cuando los jinetes vencieron la pendiente y llegaron a la altura de los rifeños, uno de ellos ya había sido abatido por Armijo. Troncoso se abalanzó sobre el último rifeño que intentaba saltar sobre el cuello de su montura. Ambos rodaron por el suelo, e, intentando zafarse del español, el cabileño levantó el brazo para descargar una puñalada mortal con su gumía, pero Troncoso dio un brusco giro y lo golpeó con la rodilla. Sabiendo que se había librado de una muerte segura, tomó un puñado de arena y lo arrojó a la cara de su oponente, desestabilizándolo y ganando tiempo para recoger su sable y atravesarlo.

Troncoso se levantó, sacudiéndose el polvo del uniforme. El cuerpo inanimado del rifeño yacía a sus pies.

–Vosotros –ordenó a dos cazadores que se habían llegado a su lado–, quitadles los fusiles y la munición.

–A la orden, mi teniente –respondió uno, y con un salto se apeó de su montura para realizar el registro.

–Gracias, Troncoso –le dijo el teniente Armijo.

–Me alegro de verte, amigo. Menudo día... –comentó éste, mirando hacia el camino por el que los hombres seguían caminando como sombras.

–Sí, desde aquí..., se ve diferente –contestó Armijo–. No parece tan grave, y sin embargo...

Guardaron un triste silencio entonces, al volver a observar cómo aquellos espectros seguían avanzando envueltas en una nube terrosa. Armijo puso la mano en el hombro de su amigo.

–Debo volver –le dijo a Troconso–. ¡Cuídate!

–Lo mismo digo, Armijo –le respondió Troncoso, dándole un apretón de manos.

Con una sonrisa, hicieron un saludo militar y volvieron junto a sus monturas. Armijo pasó las riendas por encima de la cabeza de Linares y, poniendo pie en el estribo, montó a su alazán para reunirse con Codrán.

–¡Nos veremos en Tieb! –exclamó Armijo, levantando el brazo izquierdo cuando ya bajaba por la pendiente.

–Eso espero, Miguel, eso espero... –musitó Troncoso.

23

Con el herido en la grupa, Codrán cabalgaba en busca de algún enfermero, pero tal cosa en ese momento le parecía un imposible. La mejor opción para aquel soldado era mantenerse en la grupa de Centella hasta llegar a Tieb.

–Me temo que vamos a ser compañeros de viaje…

–No tengo queja alguna. Le agradezco su ayuda, señor –murmuró el hombre con voz cansada.

–Me llamo Luis Codrán.

–Juan José Góngora, soy cabo telegrafista.

–¿Es grave la herida? –se interesó Codrán.

–No sé... Creo que la bala me ha rozado la pierna nada más, pero quema…, como si el mismo infierno estuviera dentro.

–¿Qué ha pasado? ¿Por qué se abandonó Annual?

–Annual... ¡Dios mío, ha sido horrible! Estábamos con las labores diarias normales... Había rumores, el enemigo nos paqueaba, pero no podía imaginar... En segundos todo se volvió un caos, todo el mundo corría… Preguntabas, pero nadie sabía nada. Jamás en mi vida me había encontrado tan solo en medio de tanta gente.

–¿Qué sabes del coronel Morales?

–¿El coronel Morales? No, no…, no sé quién es. Mi oficial jefe es el comandante Alzugaray. Yo no… sé. Lo siento. Los ingenieros se quedaron protegiendo la retaguardia, y mi sección fue la última en abandonar aquel maldito lugar. Teníamos que prender fuego a todo lo que pudiera servir a los moros, pero no tuvimos mucho tiempo, ¡se nos echaron encima!

–¿Y Silvestre...? –insistió Codrán.

–El general... Dicen que ha muerto. Nadie que yo conozca lo ha visto, cualquiera lo sabe...

Codrán se entristeció, no sólo por la posibilidad de que su viejo amigo el coronel Morales estuviera muerto, sino porque la imagen de aquella mujer de ojos de color ámbar no se apartaba de su pensamiento. La idea misma de su muerte, imaginar su cuerpo hinchado bajo el sol, su piel ennegrecida y cubierta de moscas, hacía que sintiera arder en el estómago y que su cuerpo comenzara a sudar y se quedara sin respiración.

–No te alejes mucho, periodista, que me buscas la ruina si te pasa algo –oyó una voz a su espalda.

–Hola, teniente. Menuda cabalgada.

–No me quejo. No sé si tendré otra oportunidad –rio–. Quiero decir...

–Sí, ya sé –interrumpió, benévolo, Codrán–. Yo también me sentiría igual si me hubieran asignado de... niñera.

Armijo sonrió y miró al cabo Góngora, quien se presentó al instante, saludándolo al tiempo de forma militar. Al momento, el oficial sugirió al periodista que apretaran el paso con el fin de alejarse de la retaguardia y colocarse en una zona más segura, tal y como le había indicado Primo de Rivera. Codrán no debía resultar herido.

–Salimos los últimos de Annual... –continuó contando Góngora al notar el interés del periodista–, y allí sólo quedaron los muertos. En el repliegue, tropecé con un tipo que conocía de la segunda compañía. Iba en vanguardia, pero se había rezagado de los suyos y se unió a nuestro grupo. Al principio, la cosa iba bien, pero al llegar a ese maldito desfiladero... Dios..., empezó a cundir el pánico, sobre todo cuando la Policía Indígena y algunos de los regulares dispararon contra nosotros. Ha sido horrible, pensé que no saldría vivo de allí. Nos encajonaron en aquella maldita curva... ¡El tobogán del Izummar! Disparaban a placer. Nosotros respondimos al fuego..., pero era una ratonera, y muchos, demasiados, se quedaron allí para siempre, pisoteados por sus propios compañeros. Mi amigo... no lo consiguió, y yo casi...

–Bueno, bueno, la caballería ya está aquí, muchacho –terció Armijo–. Llegarás vivo a Melilla. Por lo pronto, mira ahí. Ya estás en Ben Tieb.

Acto III
BEN TIEB

24

Ben Tieb, a 83 km de Melilla

–¡Arriba! –exclamó el teniente Armijo.

–Me falta el aire, no pue-e-e-do más –soltó, dejándose caer de agotamiento.

–Vamos. Yo te ayudaré.

El teniente se bajó del caballo y, tras acercarse al soldado, le pasó el brazo por detrás del cuello y, agarrándolo de la cintura, lo acercó a Linares. Habían encontrado a aquel desgraciado en el borde del camino andando a gatas, con las manos y los pies ensangrentados.

–¿Podrás sostenerte?

–No..., no lo... sé.

–Yo te ayudaré, ya queda poco –aseguró Armijo, y, tomando impulso, lo elevó a la grupa de su caballo.

Saltó luego él sobre su montura y, sujetando al soldado con la mano izquierda, tiró de las riendas con la derecha y reanudó la marcha.

A su alrededor, los hombres mostraban mejores ánimos. A lo lejos ya se divisaba la posición de Ben Tieb.

El Regimiento Alcántara continuaba su labor escoltando a la columna. Conforme se acercaban a la posición, el fuego enemigo empezó a decaer. Los rifeños debían de estar peleando entre ellos por el botín de Annual y rematando a los pobres desgraciados que aún quedaran en el desfiladero de Izummar para saquearlos.

–Las dos y media de la tarde… Dios, parece que han pasado días desde que me desperté… –comentó Codrán tras cerrar la tapa de su reloj de bolsillo–. Queda un trago, cabo –dijo, ofreciendo su cantimplora al telegrafista.

–Gracias, es horrible este calor.

A su espalda, oyeron cómo el cabo Góngora se quejaba de la herida en la pierna.

–En Tieb os curarán –dijo Armijo–. Luego, a ti y a mi paquete, os llevarán al Docker de Melilla y os pasaréis un mes en cama al cuidado de guapas enfermeras.

–No es nada teniente, puedo aguantar –contestó el herido.

Codrán sabía que el teniente mentía. Llegar a Melilla no sería fácil. A pesar de ello, confirmó lo dicho por el oficial. No cabía otra que tratar de infundirles ánimos. Aunque ellos también sospecharan la verdad, pues ésta era cada vez más patente conforme se acercaban al campamento español.

–Ahí lo tenéis. Ben Tieb.

Ante ellos se abría una amplia llanura, y, de manera instintiva, picaron espuelas apremiando a los caballos para que su trote fuera más vivo. Todos tenían ganas de llegar a la protección de un parapeto. Aun así, y pese a estar ya tan cerca, la idea de sentirse a salvo parecía estar cada vez más lejos. Ninguno de los cuatro pensaba que aquel lugar fuera el final de trayecto.

–Aquí pasa algo –dijo el teniente Armijo cuando al fin entraron en Tieb.

–¿Qué ocurre?

–Falta gente –observó el oficial, que miraba a un lado y a otro–. Camellos y mulos vagan fuera de la posición... Y aquella columna de polvo… debe ser, sin duda, la tropa de Annual, con el resto del regimiento.

–Si me disculpáis..., yo me bajo aquí –dijo Góngora–. Debo presentarme al oficial de mi unidad. Si lo encuentro…, claro –gruñó, mirando a su alrededor.

–¿Quieres que te lleve a la enfermería?

–Gracias. –El cabo descendió del caballo con cuidado para evitar que la herida se abriera y comenzara a sangrar–. Habéis…

hecho suficiente. Esto no es muy grave. Duele, pero puedo aguantar. Y además... hay quien necesita atención médica más urgente que yo. –Señaló a los heridos que, con lastimoso paso y cubiertos de sangre, pasaban a su lado entre lamentos.

–Suerte, telegrafista –dijo Codrán ofreciéndole la mano–. No dejes de ir a que te miren esa pierna.

–Así lo haré –repuso el otro, despidiéndose al tiempo del teniente Armijo llevándose la mano a la sien.

–Averigüemos dónde podemos rellenar las cantimploras y dar de beber a los caballos –comentó Armijo mientras veían marcharse al telegrafista–. Dejaré a nuestro amigo en la enfermería y buscaré al capitán Ballenilla para dar novedades y esperar órdenes.

–No es mala idea –dijo Codrán–. Esto no es muy grande. Dame tu cantimplora, veré dónde puedo rellenarlas... de agua –concluyó con una sonrisa al ver que el teniente se había quedado mirando el barracón de la cantina.

–Sí, sí, claro... De agua, periodista, de agua.

–Y buscaré al jefe de la posición para entregarle las órdenes de Silvestre.

–No tardes, no parece que vayamos a quedarnos aquí mucho tiempo.

El semblante del oficial era serio. No le gustaba aquella polvareda que se alejaba de Tieb hacia el este, por el camino a Drius. Desde donde estaban, incluso alcanzaban a distinguir a algunas unidades de infantería.

–Es posible, pero al menos habré cumplido mi promesa. Después de dejar las órdenes en el puesto de mando iré a la cantina. Allí te espero.

–¡Qué mejor sitio!

25

El soldado, completamente agotado, trastabillaba tras el teniente Armijo, con la cabeza apoyada en su espalda, de camino a la enfermería.

Al ver aquella imagen, Codrán suspiró. Pero él tenía cosas que hacer. Agarró a su caballo por el bocado y caminó por la calle principal en busca de dos cosas: dónde abastecerse de agua, para él mismo y para que Centella disfrutara de una bien ganada recompensa, y el puesto de mando.

Unos postes de madera llevaban el cableado telefónico a lo largo de toda la calle, así que supuso que, siguiéndolos, llegaría al puesto de mando y conseguiría sus dos objetivos. Unos minutos después, bajo un sol que castigaba sin piedad, divisó la casa que albergaba al oficial jefe de Ben Tieb. A su alrededor, como era de imaginar, había un gran revuelo. Vendimiar estaba apostado junto con otros caballos, por lo que el jefe del Alcántara tenía que estar allí. Codrán aceleró el paso.

Dos soldados sujetaban a los caballos mientras aguardaban a que sus dueños regresaran a por ellos. Codrán observó el cuello de sus guerreras: Regimiento n.º 11. De manera indiferente, les ofreció las riendas de Centella, y el más cercano las tomó con un asentimiento, pensando que debía tratarse de un oficial del Alcántara. Desde allí podía escuchar las voces de los que se encontraban dentro de aquella estancia. La puerta estaba abierta, y de repente el periodista se fijó en la figura de Primo de Rivera. Estaba junto a otro cazador, y pronto lo reconoció como al capitán del quinto escuadrón, quien tenía orden de reforzar Ben Tieb. Sólo el jefe del Alcántara se percató de que la silueta del periodista se recortaba en el marco de la puerta, arrojando su sombra sobre el suelo de la estancia.

Un radiotelegrafista manejaba con ansiedad el cableado de la pequeña estación telefónica que, iluminada por una lámpara de sombrilla, estaba sobre una pequeña mesa de madera. Por detrás, la pared –tiznada de manchas negras y salpicada de pegotes de yeso que sujetaban el cableado exterior– otorgaba a la estancia una apariencia sombría. El operador daba enérgicamente vueltas a la manivela de la caja del teléfono para establecer comunicación. Junto a él, de pie junto a la mesa, lo observaba un oficial médico; un teniente, por las dos estrellas de la manga de la guerrera y un brazalete con la cruz roja en su brazo izquierdo. Cerca, un capitán con el mismo numeral en el cuello que el soldado de la entrada fumaba, nervioso, y comentaba un mapa del territorio con otro oficial al que Luis no podía distinguir.

El oficial al mando levantó la cabeza y preguntó a gritos al radiotelegrafista si había conseguido conexión con Drius cuando se percató de la presencia del periodista.

–¿Quién cojones eres tú? ¿Qué demonios quieres? –espetó, disgustado.

–Capitán... –terció Primo de Rivera–. Le presento a Luis Codrán. Es el periodista del que le he hablado antes. Trae las que tal vez sean las últimas órdenes del general Silvestre, y excuso decirle lo importante de la cuestión. ¡Ah!, otra cosa, el señor Codrán ha estado en Igueriben y en Izummar protegiendo la retirada de sus fuerzas... Le sugiero que en adelante se dirija a él con más respeto.

El capitán miró fijamente a Primo de Rivera. Era él quien ostentaba el mando de la posición, pero el otro era un oficial superior, y su sugerencia sonaba a orden. Casi a amenaza. Más calmado, volvió lentamente la mirada hacia Codrán.

–Soy el capitán Lobo Ristori –se presentó, hosco–. Jefe de esta posición. ¿Dónde están esas órdenes?

Sin decir palabra, Luis se acercó hasta la mesa y le entregó la hoja firmada por Silvestre. El capitán, tras leerla, miró a Luis.

–Un poco tarde para Tieb, ¿no le parece? –comentó el capitán, esbozando una sonrisa un tanto patética. Y, al momento, dejó caer con desprecio el papel sobre la mesa al tiempo que se quedaba mirando al periodista, que se guardó de vuelta la orden en el bolsillo.

–¡Tengo comunicación, capitán! –los interrumpió el telegrafista.

De inmediato, Lobo se dirigió hacia la estación telefónica para hablar con Drius. Al pasar junto a Primo de Rivera, le dirigió una mirada de circunstancias.

–Igueriben, Izummar… y ahora Ben Tieb. Bonito palmarés. Le explicaré la situación –hizo una pausa incómoda–, señor periodista. Las fuerzas que huían de Annual han pasado de largo esta mañana de camino hacia Drius. El teniente Camps y el teniente médico Peña, aquí presentes –los señaló con la mano, pero sin mirarlos–, y yo mismo, hemos intentado hacerlos entrar en la posición, pero, a poco que conseguíamos reunir a un puñado de hombres..., otros escapaban. Como habrá observado, este campamento no puede albergar a todas las fuerzas que se encontraban en Annual. Nadie quiere acabar pudriéndose en este desierto de mierda, y menos aún ser rajado además igual que un cerdo en el día de San Martín. Entre estos pobres muros apenas hay ciento cincuenta hombres bajo mi mando. Puede salir y contarlos, si gusta usted.

Codrán fijo su mirada en el oficial, que ya había cogido el teléfono.

–¿Drius? Oiga... Aquí el capitán Lobo, del Regimiento de San Fernando, al mando de la posición de Ben Tieb. Si en cinco minutos no recibo órdenes, procederé a retirarme. Quemaré todo lo que no pueda llevarme y destruiré el polvorín. Repito, si en cinco minutos no he recibido órdenes, procederé a evacuar la posición con todos los hombres disponibles y quemaré lo que no pueda llevarme. Fin del mensaje.

26

El capitán tiró de mala manera el teléfono sobre la mesa.

–Eres testigo, periodista –exclamó–. Ahora podrás añadir Drius a tu currículum.

Tras esas palabras, Primo de Rivera salió de la tienda seguido del otro capitán. Luis, enfadado por la actitud del oficial, pensó por un momento en pedir explicaciones, pero el capitán Lobo, sentándose de nuevo, se le adelantó.

–Es muy simple, periodista –dijo–. No se me puede exigir que haga con ciento cincuenta hombres lo que no ha hecho un general con cinco mil. La vida de esos pobres diablos es mi responsabilidad. No cargaré en mi conciencia con las vidas de esos hombres porque usted tenga el papel firmado de un general muerto que ya no está al mando.

–Son las órdenes del general Silvestre. Su general –bufó Luis.

–¡El general! –lo cortó Lobo, levantándose con furia–. El general... ha muerto, por mano de los moros o por la suya propia. Y ha dejado sin mando a un ejército en retirada. ¡Abandonados en el peor momento! Si no recibo órdenes en tres minutos, nos replegaremos a Drius. Le aconsejo que se prepare para viajar.

Y, sin más, Lobo se volvió y ordenó al oficial médico que empezara a preparar a los heridos para la evacuación.

Luis suspiró. Sabía que aquélla era la última palabra del capitán, y en el fondo lo comprendía. El oficial pensaba en los hombres que guarnecían Ben Tieb y en los múltiples heridos recién llegados, que necesitaban de mejores cuidados. Todo apuntaba a que Silvestre se había quedado en Annual para siempre. Nada hacía suponer lo contrario.

Aun así, Codrán no podía disimular su rabia por tener que seguir retirándose a otras posiciones, porque Silvestre hubiera ordenado abandonar Annual, por no haber estado allí para impedirlo, por no estar junto a Morales, por no poder ver otra vez a aquella mujer de ojos de ámbar. Rabia por no entender lo que estaba pasando.

Ya en el exterior del barracón, cogió el sable que colgaba del tahalí de la silla de Centella y empezó a descargar su furia dando sablazos contra un poste de madera que soportaba el cableado telefónico y contra los palos del amarradero para los caballos.

–No conseguirás nada así –le dijo Armijo al verlo. Se acercaba al paso, montando a Linares mientras daba un trago a una botella de vino.

–¿Y tú qué sabes? –refunfuñó el periodista, jadeando–. Siento ganas de...

–Reserva fuerzas. Por lo que me parece, las vas a necesitar. Toma, bebe un poco.

–Gracias –dijo Codrán tras echar un trago, mientras se limpiaba la boca con la manga–. Primo de Rivera se ha marchado con un capitán.

–Sí, el capitán Chicote. Es el único que queda por aquí, el resto sigue escoltando a la columna que se dirige a Drius. Están dando de beber a los caballos. Vamos, nuestros amigos tienen bien merecido un trago de agua –susurró, acariciando el cuello y las crines de Linares.

El capitán Lobo salió del puesto de mando seguido del teniente Camps, y, al ver a Codrán, se paró en seco.

–Nos vamos, periodista. La próxima mano se juega en Drius. –Y, con una seña, ordenó a Camps que se ocupara de que el campamento ardiera antes de abandonarlo.

–¿Y el final de partida, capitán? –preguntó con ironía Codrán.

–En la mesa del Rif hay más jugadores... Lo importante ahora no es aceptar la apuesta, sino continuar jugando. En este juego, los faroles suelen acabar mal.

Con un escueto saludo, el capitán se marchó a supervisar la evacuación de los heridos.

Luis y el oficial del Alcántara también se alejaron de allí para abrevar sus monturas y llenar las cantimploras. En su camino a través del campamento, vieron cómo grupos de soldados amontonaban dentro de las dependencias todo aquello que pudiera arder: colchones, mantas, sillas, forraje. Nada debía quedar para el enemigo. Otros, más allá, vertían petróleo como acelerante para la combustión y preparaban cajas con granadas dentro del polvorín ajustando la mecha para que tuvieran tiempo de alejarse antes de que todo saltara en mil pedazos. Antes de que todo se fuera al mismo infierno.

Al llegar al almacén de suministros, unos cuantos jinetes recogían cuantos pertrechos pudieran llevar y, a toda velocidad, los colocaban sobre mulos y caballos. El teniente coronel Primo de Rivera conversaba con Chicote.

–Teniente coronel, gracias por el apoyo en...

–No hay nada que agradecer, periodista. El capitán Lobo tiene razón. Quedarse aquí es absurdo, pero no tolero esa falta de respeto con mis... amigos.

Codrán sonrió.

–En Igueriben, todos me llamaban Plumilla; sólo Benítez me llamaba periodista –se echó a reír.

–Privilegios del mando, periodista. Refrescad a los caballos, aprovisionaos de agua y salid disparados de aquí. Chicote se queda a cubrir la retirada. A mitad de camino nos encontraremos con el cuarto escuadrón. Vamos. Quiero llegar cuanto antes a Drius.

–A la orden –saludó el teniente Armijo.

–¡Salimos en quince minutos! –rugió en alto el oficial.

Mientras los caballos bebían, Luis llenó las cantimploras, y también las fundas cañoneras que colgaban de la silla de montar con latas de conserva y las alforjas de tela con cebada y paja para

Centella. Tomó también varios peines de munición, que guardó en un cinturón que se abrochó en la cintura, un chambergo que alguien había dejado abandonado, y montó otra vez en su caballo.

–¿Listo, Plumilla? –preguntó el teniente Armijo.

Codrán miró al oficial y acarició el cuello de Centella.

–Jugaremos una mano más –contestó.

Acto IV
DRIUS

27

Dar Drius, a 71,5 km de Melilla

La detonación hizo que todos volvieran la vista atrás. Todos, excepto Primo de Rivera y el capitán Lobo, miraron por unos instantes cómo Ben Tieb ardía.

Los rifeños no tardarían mucho en llegar, y seguro que pretenderían saquear la guarnición. Sin embargo, todo pertrecho de boca y fuego disponible se había cargado para ser trasladado a Drius, cumpliendo así la última orden de Silvestre. Lobo encabezaba la columna, junto con el cuarto escuadrón del teniente Arcos; en el centro, Primo de Rivera cabalgaba junto al periodista y su niñera; la retaguardia era para el capitán Chicote y su quinto escuadrón.

–Drius está mejor preparado. Tiene aguada muy cerca, a menos de cien metros, y sus alrededores están despejados, lo que facilita su defensa. Es el centro logístico desde donde partían los convoyes a Annual, Sidi Dris o Afrau. Allí podremos resistir hasta que el levantamiento se calme y lleguen los refuerzos –comentó Fernando.

–Resistir. Ésa es la clave. Pero ¿cuánto tiempo? –preguntó Codrán.

–Así que te llaman Plumilla...

–Sí, me pusieron ese apodo en Igueriben. Ellos me hicieron sentir como uno más..., otro soldado del Ceriñola 42. –El semblante del periodista se tornó sombrío, y su voz, apenada–. Aquellos hombres...

–Bueno, periodista, ahora eres un cazador del Alcántara 14, y no te librarás de nosotros fácilmente –sonrió Primo de Rivera–. Te dejo con Armijo. Voy a vanguardia, con el capitán Lobo.

El oficial azuzó a Vendimiar con una ligera presión de sus rodillas sobre el costado. Era algo digno de ver cómo el caballo obedecía a su jinete casi a la misma velocidad con la que éste pensaba en cuál iba a ser su siguiente movimiento.

–Si no te importa, yo también te llamaré Plumilla –dijo Armijo–. Suena más familiar.

–Me molestaría si no lo hicieras –sonrió Codrán–. Tal vez debería disculparme con el capitán...

El teniente Armijo sabía lo que pretendía, unirse al encuentro, así que le concedió la petición con un escueto «De acuerdo Plumilla, pero no te metas en problemas».

Cuando Centella llegó a la altura del capitán Lobo, éste se volvió a mirarlo. Codrán guardó silencio durante unos segundos, pensando en las palabras correctas para disculparse con él. Pero el capitán, tal vez leyéndole el pensamiento, se le adelantó de nuevo:

–Dígame, periodista, ¿qué hace aquí?

–Bueno... Es una larga historia. Llegué a Melilla en junio, con la idea de ser el primer periodista en llegar a Alhucemas, pero...

–Pero vino por voluntad propia, ¿no? –El oficial vio que el periodista asentía a su pregunta–. Verá, muchos de esos chicos llegaron aquí poco antes que usted, y no eran voluntarios. Desembarcaron sin apenas instrucción; con un fusil, que, si bien es el mejor que hay por aquí, está superado por otros modelos, y la gran mayoría están descalibrados por el uso. Algunos no saben manejarlo, y los más no saben leer ni escribir... Alimentados a base de patatas y tocino, mal equipados, peor vestidos y con alpargatas por calzado. Han sido infravalorados por nuestros políticos, pero peor: despreciados por el enemigo y por muchos de nuestros oficiales. Y aun así son el mejor ejercito del mundo. ¡Lo hemos sido siempre! Bien mandados y bien equipados somos capaces de cualquier cosa.

–Entiendo...

–No..., no creo que lo entienda. Verá, Igueriben no se salvó, pero usted cree que fue por falta de arrojo y valor, ¿no? Pues se equivoca. Fue la falta de previsión y gestión lo que sentenció al comandante Benítez. No tenemos depósitos de agua, no tenemos morteros, no tenemos ametralladoras, faltan granadas... Y todo porque un vizconde no lo ha creído conveniente..., ¡un político! Desde sus mesas, en los despachos de Madrid, los políticos guían los pasos de nuestro ejército. Todo obedece al interés político, y no al militar ni al nacional. Eza firmó nuestra sentencia de muerte cuando denegó la compra de armamento a los ingleses. ¡Oh! Sí, esas cosas se saben, amigo periodista... –Lobo sonrió con amargura–. Alguien, en una mesa de Madrid, cómodamente sentado, rige los destinos de miles de hombres. Alguien que no está aquí y, por tanto, ni ve ni siente ni padece como nosotros. La política y la milicia se rigen por... reglas muy diferentes, quizás incompatibles. Escriba eso en su periódico. Escríbalo, si le dejan...

–Pero, si es así, como usted lo cuenta..., y no lo dudo..., ¿por qué seguir avanzando en este territorio?

–Ésa es una muy buena pregunta –contestó Lobo–. Como le dije antes, los faroles en el juego de la guerra suelen acabar mal.

En ese momento, el capitán tiró de las riendas de su caballo y dio media vuelta para inspeccionar la columna de Tieb. Codrán se quedó pensativo. Faroles. Pero ¿quién se los echaba? Y, sobre todo, ¿contra quién?

El camino llegaba a su fin. A lo lejos, en la inmensa llanura de Sepsa, se divisaba borrosamente, entre las volutas de aire caliente que ascendían del árido suelo, la siguiente parada.

28

–Dar Drius –exclamó Primo de Rivera al acercarse a la altura de Luis.

Delante de ellos, la salvación. El campamento se levantaba en medio de una extensa llanura. Era grande, de planta cuadrada, con una muralla alta que lo rodeaba en su mayor parte, ofreciendo así mejor protección a sus moradores; el resto quedaba cerrado con las paredes de los barracones, salpicadas de aspilleras para los tiradores. Cerca de allí discurría el río Kert, de donde se abastecían de agua con facilidad, lo que los ayudaba a mantener la resistencia. Dos torres enmarcaban su entrada, punto de partida de la calle principal que cruzaba de norte a sur el campamento.

–¿Qué haremos ahora? –preguntó el periodista.

–Amigo mío, no sé qué haremos, pero sí te diré lo que no voy a hacer… –Lo miró fijamente a los ojos–: Rendirme.

Aquellas palabras de Primo de Rivera dieron a Luis la confianza y serenidad que necesitaba para entrar en Drius. Sonrió y espoleó a su montura.

Dentro de Dar Drius, el nerviosismo era patente. Los hombres corrían de un lugar a otro, y todo era un caos. Los soldados, agotados, quedaban tirados en el suelo de una explanada que se abría a la izquierda de la entrada. Los había que lloraban desesperados, sin saber qué hacer, dónde ir o a quién seguir. Otros gritaban insultos a la traidora Policía Indígena, como desahogo de tan amarga retirada. En un triaje cruel, los heridos eran examinados por los oficiales médicos, entre lamentos, y derivados a las diferentes enfermerías o apartados a un lado del camino, donde sólo podrían esperar la muerte y el consuelo espiritual de un páter, que paseaba de un lado a otro, sudando sin cesar. Y, entre todo aquello, cabos y sargentos intentaban organizar la marea humana, al tiempo que algunos oficiales llamaban la atención de los diferentes regimientos para agruparlos.

–Menudo cuadro –comentó el oficial.

–Espero que pod...

–¡Viva el Alcántara!

–¡Viva los jinetes del Alcántara!

–¡Gloria a sus cazadores!

Codrán miró a su alrededor, sorprendido. Al paso de los caballos, los soldados vitoreaban a sus salvadores y se levantaban, aun a tumbos, para saludarlos con la mano en la sien. Eran los supervivientes de Annual, de Izummar y de cuantas pequeñas posiciones defensivas habían encontrado en el camino, y sabían que estaban allí gracias a los centauros del desierto. Sabían que, si aún respiraban, era porque unos valientes jinetes se habían interpuesto entre ellos y las balas rifeñas. Esa muestra de respeto, de gratitud sincera, les hizo olvidar por unos segundos todo lo sufrido, y los del Alcántara correspondieron a sus compatriotas asintiendo con la cabeza y sonriendo.

El teniente coronel saludó al modo militar a los cuerpos de los soldados que, unos junto a otros, yacían muertos a un lado del camino principal; descalzos, desprovistos de correajes, con la sangre oscurecida y seca llena de moscas manchando sus camisas y con su propia guerrera por sudario. Bajó un momento la cabeza. Porque aquellos camaradas eran los verdaderos héroes de la jornada.

–Ahí viene Ballenilla. Veremos qué nos tiene que decir.

–Dios quiera que sean buenas noticias –murmuró Codrán.

El capitán Ballenilla informó a Primo de Rivera de las novedades: el general Navarro estaba en Drius y había tomado el mando. En cuanto se despidieron, Primo de Rivera marchó hacia el barracón para presentarse ante el general, dar novedades y esperar órdenes. Codrán, sin dudarlo, lo siguió.

–Así que conoces al general Navarro –murmuró el teniente coronel.

–Sí, justo el día que desembarqué en Melilla me lo presentaron. Iba a Madrid... Ha pasado mucho tiempo desde eso.

–Escucha, periodista, la situación es complicada. Procura refrenar tu... ímpetu. Puedo echarte un capote con un capitán, pero Navarro es mi superior.

–No te preocupes, sólo quiero trasladarle las órdenes de Silvestre.

–Bien, vamos allá.

Codrán y Primo de Rivera dejaron sus monturas a cargo de un soldado y entraron en el barracón de comandancia. Unas horas antes eran unos perfectos desconocidos; ahora, ambos compartían un mismo destino.

–¿El general Navarro...? –preguntó el oficial a un soldado.

–A sus órdenes –lo saludó éste–. El general se encuentra en el despacho que hay al final del pasillo. Está reunido con otros oficiales.

–Bien, gracias. Vamos, periodista.

Unos pasos más adelante, ya se podían escuchar los gritos del general. Los dos amigos se miraron. Aquello no pintaba nada bien. Aun así, entraron con decisión.

29

–¿Da su permiso, mi general? Se presenta el teniente coronel Primo de Rivera acompañado de Luis Codrán.

–¡Fernando! Adelante, por favor, qué alegría verte.

Navarro, rodeado de varios oficiales, estudiaba un mapa de la zona que estaba colgado en la pared, pero en cuanto entró el oficial del Alcántara se acercó a saludarlo y le estrechó la mano de forma amigable.

–Ya me han contado lo bien que se ha comportado el Alcántara bajo tu mando. Buen trabajo, Fernando.

–Sólo cumplimos con nuestro cometido, mi general. Me acompaña Luis Codrán; trae órdenes del general Silvestre.

–¡Silvestre! ¿Está vivo? –preguntó Navarro con alegría, agarrando a Luis por los brazos.

–Lamento... no poder confirmar eso, mi general. Cuando dejé el campamento de Annual con las órdenes que me entregó, el general estaba vivo, pero... durante la retirada nos han dicho que creen que ha muerto...

Con gesto serio, Navarro soltó a Luis y se dirigió de nuevo al mapa donde lo aguardaban los otros oficiales.

–Debemos suponer que sigue con vida hasta que no tengamos plena confirmación de lo contrario. La noticia de su muerte puede causar un duro golpe para la tropa.

–La tropa ya lo sabe... –repuso el periodista.

–¡La tropa sabrá lo que nosotros digamos! –lo cortó con brusquedad Navarro–. Y le ordeno que...

–En eso se equivoca, general –lo interrumpió entonces el periodista. Navarro lo miró enojado–. No soy militar, soy periodista, y por tanto no estoy sujeto a sus órdenes. Nos conocimos en el muelle de Melilla, justo cuando se iba a Madrid..., a ver una corrida de toros, ¿se acuerda? Éstas son las órdenes de Silvestre, y en ellas dice que hay que resistir aquí hasta la llegada de refuerzos.

Codrán había sacado el documento y se lo tendió a Navarro, que lo leyó en silencio y se dio la vuelta, dándole la espalda, para mirar de nuevo el mapa que estaba en la pared.

–Puede usted marcharse, señor Codrán. Esta reunión es sólo para... militares. Buenas tardes.

Primo de Rivera dedicó a Codrán una mirada tranquilizadora, y éste salió de la estancia y cerró la puerta.

«Estúpido engreído», pensó. No necesitaba a Navarro. Había cumplido con Silvestre, y ahora, libre de su promesa al general, se dedicaría a cumplir la que le había hecho a su amigo Benítez. Debía contar lo que estaba pasando. A fin de cuentas, él era periodista, en eso consistía su trabajo. Decidido, se adentró en la comandancia con la idea de averiguar algo. Con suerte, conseguiría algún lápiz y hojas.

Anduvo abriendo puertas hasta que encontró una especie de despacho administrativo. Miró detrás de él, para comprobar que no hubiera nadie, y entró, cerrando la puerta tras de sí. Abrió los cajones de una de las mesas y removió en su interior en busca de información o de cualquier cosa que pudiera serle útil. No tardó en encontrar unos lápices y varios folios que metió en una cartera que estaba junto a la mesa. De repente, se quedó parado. Al instante siguiente, se volvió lentamente y se acercó despacio a uno de los estantes que había en la pared. Ladeó la cabeza frente a un archivador A-Z, moviendo los labios en silencio mientras leía el rótulo. Miró instintivamente hacia la puerta del despacho, cogió el A-Z y empezó a pasar páginas, hasta que se paró en una de ellas. Con el dedo índice iba señalando diferentes epígrafes, que inmediatamente iba copiando en una hoja. Pocos minutos después, aún enfrascado en la tarea, escuchó un ruido que provenía del pasillo exterior. Alguien que se acercaba. No tenía tiempo, así que arrancó varias hojas y colocó el A-Z en el estante. A toda prisa, recogió los folios, los introdujo en la cartera y tomó un mapa que había sobre la mesa. Cuando ya iba a abrir la puerta para abandonar aquella sala, reparó en una botella de coñac que estaba semiescondida. Sin pensárselo dos veces, se la guardó también en la cartera.

Al salir, tropezó con un oficial. Codrán se quedó mirándolo por unos segundos que se le hicieron eternos. Todo estaba perdido.

–A sus órdenes –murmuró al fin.

El oficial guardó silencio.

–Me…, me han ordenado que lleve esto al general –tartamudeó Codrán, indicando la dirección del pasillo con la mano.

Aún con mirada inquisitiva, el oficial asintió y se apartó para que el periodista continuara su camino.

–¿Dónde está su guerrera? –preguntó el oficial

Codrán se volvió, temblando. Sintió que el corazón iba a salírsele del pecho; la sangre le golpeaba las sienes y un calor le invadió el cuerpo, haciendo que mil agujas se clavaran en sus extremidades.

–Eh… Yo…

–No me importa cuánto calor haga. Vístase adecuadamente o lo encierro en el calabozo.

–A la orden… Ahora mismo me la pongo –contestó, aliviado.

–¡Vamos! No haga perder el tiempo al general –le ordenó el oficial con un ademán.

Codrán saludó militarmente y se marchó a toda prisa, dejando atrás al oficial moviendo la cabeza negativamente. En cuanto dobló el pasillo, aceleró aún más el paso. Cuando se detuvo junto a Centella, resopló, aliviado, y apoyó la frente sobre la silla.

Pero no había tiempo que perder. Se colgó la cartera cruzando el correaje por la espalda y montó. Debía dirigirse a la cantina, tal y como había acordado con Armijo; un antro donde había tan poca luz como aire limpio.

Los murmullos de los corrillos se silenciaron en cuanto Luis entró. Todos los ojos se clavaron en él. Sin decir nada, éste cerró la puerta tras de sí, y los presentes volvieron a sus conversaciones.

Aquel lugar era perfecto para poder componer su primera crónica desde que salió de Igueriben. Tras examinar sus notas, tomó un folio en blanco y empezó a escribir de manera acelerada, con ansiedad. Tenía mucho que contar. Y, esta vez, sus textos no se perderían.

30

Crónicas del Rif
Retirada a Dar Drius

De nuevo frente a la hoja con un lápiz como única arma. De nuevo cara a cara con la realidad más cruel, antigua y verdadera. De nuevo junto a la Muerte, nuestra compañera de viaje; leal compañera que en algún momento nos llamará a su lado.

Ayer, con el comandante Benítez en Igueriben. Hoy, en Drius con el teniente coronel Fernando Primo de Rivera y sus cazadores, el Regimiento de Caballería Alcántara 14. Mañana, quién sabe... La muerte de Benítez ha supuesto para mí la pérdida de un amigo. Una amistad forjada en breve espacio de tiempo, pero intensa, como son las batallas; una amistad sólo disuelta por la guerra. Tal vez, ni aun así, pues en mi interior sigo oyendo sus palabras.

Veo en el teniente coronel Primo de Rivera la fuerza de Benítez, su amor al uniforme y la lealtad a sus hombres, a sus centauros. Inspira, con su coraje y presencia, siempre en primera línea. No se oculta, se expone. No retrocede, avanza. Es un jinete, un cazador. El hombre tranquilo en la batalla.

Sé que estaría a salvo en casa, lejos de todo este infierno, de todo este caos. Pero ¿es ésa nuestra razón de ser, de existir? Vivir es algo más que respirar, comer y beber. Vivir es luchar por un objetivo, una meta, un amor..., y morir por ello si fuera necesario. Vivir es sentir el viento y el sol en la cara, es saber que tal vez no verás el próximo anochecer o amanecer, y eso te hace saborearlo, descubrir matices que el ojo cotidiano no percibe. Vivir es apostarlo todo a una mano. Y yo he apostado por el Alcántara. Me quedo con ellos.

Quiero contarles a ustedes lo que hacen por sus hermanos de armas. Cómo se interponen entre ellos y el proyectil rifeño. Contarles que, mientras en España hay quien decide nuestros destinos en una mesa, ellos, a lomos de sus caballos, nos protegen para evitar que ese destino sea la muerte. Porque los centauros existen, no son una leyenda ni personajes mitológicos de la antigüedad; son reales.

Nos encontramos en el campamento de Dar Drius. El Regimiento Alcántara está salvando lo que queda de un ejército en retirada, salvando la dignidad de un país, lo que queda de lo que un día fuimos. Nos están salvando de nosotros mismos, y ustedes deben saberlo. Para que su sacrificio no se pierda como el agua que se evapora en este maldito desierto. Recuerden al Alcántara.

31

–Por fin te encuentro, periodista –lo saludó el teniente Armijo.

–Bueno, sabía que tarde o temprano me encontrarías aquí –le sonrió éste.

El teniente se sentó y pidió al cantinero dos platos de lo que parecía ser un guiso de lentejas. Mientras se lo servían, sacó una botella de vino de las alforjas de lona que le colgaban del hombro.

–Supongo que tendrás hambre.

–Me has calado rápido, teniente Armijo.

Codrán, agradecido por el gesto, decidió mostrarle lo que había conseguido y sacó de la cartera la botella de coñac.

–Esto no me lo esperaba... –se sorprendió el oficial.

Tras admirar el etiquetado, Codrán quitó con la boca el corcho y ofreció la botella a su amigo, haciendo un gesto con la mano para cederle el honor de ser el primero en degustar el licor. Tras darle un trago y saborearlo, Armijo sonrió.

–Y bien..., ¿qué hacemos ahora? –preguntó el cazador.

–¿Me preguntas a mí?

El teniente se encogió de hombros y miró a su alrededor.

–No tengo más amigos por aquí –dijo sonriendo, al tiempo que levantaba la botella de coñac con la mano a modo de brindis y se la volvía a llevar a la boca.

–Verás –continuó el periodista, acercándose al oficial para que nadie pudiera escucharlo–, el campamento es grande, es defendible y tiene buena visión de tiro por lo que he comprobado cuando veníamos aquí, ¿me equivoco?

–Vas bien, Plumilla. Sigue.

–He…

El cantinero, mostrando evidentes signos de nerviosismo, interrumpió la conversación y dejó dos platos en la mesa, que no abandonó hasta que el teniente captó la indirecta y le pagó las viandas. Acto seguido, el cantinero entró en la trastienda de la cantina. Los dos amigos supusieron que con la intención de recoger cuanto tuviera de valor por si hubiera que salir poniendo pies en polvorosa.

–He encontrado –continuó el periodista– cierta información, registros de provisiones, vituallas, armamento, convoyes… –Le enseñó los listados–. Ya ves, hay municiones en gran cantidad, y los almacenes de víveres están prácticamente al completo. Mira esto, es la orden que manda ir acumulando en Drius y Tieb todo tipo de suministro para su posterior distribución al frente.

–¿De dónde has sacado todo esto?

–Eso no importa –contestó Codrán, dando un sorbo al coñac–. Creo que nos quedaremos aquí a esperar a los refuerzos de Melilla. Es lo más lógico. Más si tenemos en cuenta las órdenes de Silvestre. Además, la aguada está a tiro de piedra, y con el Regimiento Alcántara al completo y los cañones…, nuestro abastecimiento está garantizado.

–Bien visto. Pasaremos aquí una temporada –asintió Armijo–. Además, si nos quedamos en Drius, Abd el-Krim no podrá avanzar más. No creo que quiera tenernos en su retaguardia.

Codrán atacó las lentejas. Pero tras dos cucharadas, y sin dejar de masticar, apartó el plato para hacer sitio en la mesa y sacó el mapa que había sustraído del despacho de la comandancia de Drius.

–Es cierto –dijo el periodista después de tragar otra cucharada–. Pero… mira esto. Aquí está Drius y, si sigues la carretera…, Batel, Tistutin y Arruit.

–Conozco el territorio, Plumilla. –Armijo dio un nuevo sorbo al coñac–. Mi culo lo ha sufrido.

–Sí, pero fíjate bien. Hay carretera a partir de Drius, ¿verdad? Y desde Tistutin a Melilla hay un ferrocarril que pasa por Monte Arruit y llega a Melilla.

–¡Bravo por los ingenieros! –dijo el oficial, haciendo un ademán de brindis.

–¿Y si resulta que Navarro sigue ese camino? ¿Y si, en vez de resistir aquí, quiere acercarse a Melilla todo lo posible?

–¿Por qué iba a querer hacer eso? –El semblante del oficial se tornó dubitativo. Dejó la botella en la mesa y miró al periodista.

–Es..., era el segundo al mando de la comandancia, su puesto no tenía un carácter militar. En Melilla se decía que Silvestre era el guerrero y Navarro, el político. Ha perdido a su referencia, a quien daba las órdenes, a su amigo, y quizá...

–Vamos, vamos, no digas tonterías. Navarro es militar, y, ante todo, un militar cumple órdenes. Si tiene orden de quedarse aquí, no hay más que hablar.

–Órdenes de un oficial que ha muerto, no lo olvides. Ahora, él tiene el mando.

–No, el mando lo tiene el Alto Comisionado, Berenguer, y lo que mande éste, Navarro lo ejecutará. No creo que cambien las últimas órdenes de Silvestre.

–Eso espero..., por nuestro bien.

–¡Ea! Acabemos con las lentejas y salgamos fuera. Pronto oscurecerá, y debemos buscar un sitio para pasar la noche.

–Están malas, pero no me he comido un plato de lentejas con más ganas en toda mi vida. –El periodista se echó a reír.

–¿Oyes eso, Plumilla? Es el cañón de la posición A. Esos valientes están vendiendo caras sus vidas.

Codrán torció el gesto. Sabía lo que suponía aquello: la agonía de la sed, ver a tus amigos caer uno a uno y saber que, en cualquier momento, puede llegar tu turno; ese segundo en el que dejarás de sufrir.

–Se quedarán allí hasta el final, nadie irá a socorrerlos, y no se retirarán –susurró Armijo con tristeza.

–Nadie irá a por ellos porque no son imprescindibles. No, no somos imprescindibles... –musitó Codrán.

Agarró la botella de coñac y dio un largo trago. El líquido le quemó al pasar por la garganta.

–Tal vez corramos la misma suerte que esos valientes y nadie venga en nuestro auxilio.

Aquellos valientes estaban rodeados. Sin nada que echarse a la boca. Sin esperanza de salir con vida. Y saber eso los entristecía, aunque a la vez los llenaba de orgullo y fuerza para continuar. «Qué paradójico es todo esto», pensó Luis. La guerra suponía sentimientos encontrados, actitudes dispares, conductas imposibles, actuaciones divergentes. Y todas ellas convivían en un mismo escenario, en una misma persona incluso. Y al mismo tiempo.

–Vamos, deja de pensar así. Dentro de pocos días estaremos en Melilla, y todo esto sólo habrá sido un mal sueño.

Los dos amigos salieron de la cantina en silencio. Codrán guardó el mapa y la documentación en la cartera, que colgó en la silla de Centella, y caminaron con sus monturas por aquel campamento que empezaba a sumirse en las sombras. Las edificaciones se recortaban en un horizonte rojizo, y, de fondo, sólo se escuchaba el eco de aquel cañón que peleaba por seguir vivo.

32

–El puesto de mando, con Navarro, se ha trasladado fuera del campamento, en Casa Drius –comentó el teniente.

–¿Casa Drius?

–Sí, una vivienda que está junto al muro este. La usaba la Policía Indígena, pero ahora... La mayoría ha desertado, y a los que no lo han hecho los han largado, como han hecho con los regulares. Ya no se confía en nadie.

Codrán miró a su amigo. Éste torcía el gesto.

–Los regulares se portaron valientemente en los convoyes a Igueriben –comentó el periodista–. Y en la retirada han cumplido como el que más.

El teniente Armijo se limitó a mirarlo y a encogerse de hombros. No le gustaba aquella decisión, pero nada podía hacer.

–Parece que hay bastante alboroto, ¿no crees? –preguntó entonces.

–Algo no va bien.

–Ahí viene uno de los nuestros, le preguntaré. –Armijo se volvió–. ¡Alférez! ¡Alférez! ¿Qué está pasando?

–Alférez Maroto, mi teniente, a sus órdenes. El general Navarro está organizando una columna para Batel. Heridos, ganado, material de artillería inútil... Para mi desgracia, me ha tocado en suertes escoltarla. Lamento no poder quedarme con ustedes aquí.

–No se lamente, alférez, vamos donde nos necesitan.

–De Batel iremos a Arruit, y de allí hasta la plaza –continuó el alférez.

–¿Quién va con usted?

–El teniente Del Campo.

–Lo conozco, buen oficial. Tiene usted una difícil misión que cumplir, y estoy seguro de que lo hará muy bien –afirmó Armijo.

–¿Cuántos hombres componen la columna, alférez? –preguntó Codrán.

–No sé muy bien, creo que pasan de setecientos soldados, todos desarmados. El Alcántara es su escolta, su única escolta. Sólo sesenta cazadores y un servidor, con los peores caballos –señaló.

–Lo harán muy bien, estoy seguro de ello. –Armijo le tendió la mano para despedirse de él.

–Gracias, mi teniente.

–Buena suerte, alférez, espero verlo pronto –dijo el Plumilla, estrechándole también la mano–. Quisiera pedirle un favor.

–Dígame.

–Cuando lleguen a la plaza, ¿le importaría entregar esto en *El Telegrama del Rif*? Es mi crónica del día y una carta para mis padres, para que sepan que sigo vivo. Pregunte por Boris..., por Esteban Valenzuela; él ha sido mi mentor y es un buen amigo. Lo ayudará en todo lo que necesite.

–Por supuesto, descuide, así lo haré. Y después pienso volver aquí con ustedes, en cuanto cumpla la misión.

–¡Bien dicho, Maroto! –exclamó el teniente, que se llevó la mano a la frente como saludo antes de dejarlo marchar para continuar con su misión. Se había alejado unos pasos ya cuando preguntó–: ¿Qué opinas, Plumilla?

–Que, si quieres correr..., debes aligerar la carga.

Se cruzaron una mirada fugaz. Ciertamente, parecía que Navarro quería salir de Drius. Y que lo haría esa misma noche.

–Salgamos de dudas. Nos acercaremos a Casa Drius. Allí, según has dicho, está Fernando. Espero que nos pueda aclarar algo esta situación –dijo Codrán.

–De acuerdo. ¡Si yo sólo soy tu niñera! –indicó, cómplice.

Montaron sobre sus respectivos caballos y se dirigieron hacia la nueva ubicación del puesto de mando. Curiosamente, el revuelo empezaba a apagarse conforme en el orbe celeste iban apareciendo de forma tenue, casi imperceptible, los testigos del hombre; esos espectadores que, durante siglos, cada noche, con su intermitente brillo, nos observan, nos vigilan y nos hacen soñar con un nuevo día; un día mejor, en el que el anterior no ha existido.

–¿No habrá pacos? –preguntó Codrán cuando salieron de la protección del campamento.

–El Alcántara ha montado el servicio de vigilancia nocturna. Puedes cabalgar tranquilo, amigo mío. Además, supongo que el enemigo estará celebrando su victoria –dijo con amargura.

–Hoy os vais a ganar el sueldo teniente.

–No hay trabajo mejor en el mundo, Plumilla –asintió, mirando a Codrán, y dibujó una amplia sonrisa.

–Aquel resplandor… –repuso el periodista– debe de ser la Posición A.

–Resisten… ¡Que su sacrificio nos dé valor, amigo mío!

–¡Alto!

Aún estaban a varios metros del puesto de mando, pero los soldados de guardia pararon a los jinetes, y al momento tres centinelas se acercaron a ellos fusil en mano con las bayonetas caladas.

–Teniente Armijo, del Alcántara. Quiero hablar con el teniente coronel Primo de Rivera.

–A sus órdenes, mi teniente, disculpe. Todos los oficiales están en la casa –contestó al momento uno de los soldados, señalando con su mano la dirección.

–Gracias. Vamos, Plumilla.

Los dos hombres desmontaron y, dejando los caballos en manos de los centinelas, caminaron hacia la casa. Se encontraron a Primo de Rivera apoyado en el marco de la puerta de entrada. Al verlos, se acercó a ellos. Dentro, apenas unas velas iluminaban el interior de la estancia para hacerla menos visible a los francotiradores rifeños que pudieran merodear por los alrededores.

–Buenas noches, mi teniente coronel.

–Teniente, periodista… Procurad descansar, Navarro tiene intención de retirarse a Batel en pocas horas.

33

–¿Por qué? –preguntó Codrán, furioso.

–Tiene información de Villar. Según sus confidentes, la cabila de Beni Sidel se va a levantar contra nosotros, si no lo han hecho ya. Cortarán el camino a Batel y, al ser nuestra única vía de comunicación con Melilla, teme que...

–Teme no poder escapar a Melilla –lo interrumpió el periodista–. He visto los mapas de la zona. Batel y Tistutin tienen carretera a Arruit, y desde allí hay vía férrea a Melilla. Navarro quiere escapar.

–Nadie quiere escapar, periodista –lo amonestó, severo, Primo de Rivera–. El general debe tomar la mejor decisión para la tropa, y ésta es la que considera ahora más acertada.

–¿Y tú? ¿Crees que es la más acertada? –le preguntó directamente.

–Yo sólo creo en Dios, amigo mío. Aquí cumplo órdenes.

–Navarro también debería cumplirlas... ¡Silvestre le ordenó quedarse en esta posición!

Primo de Rivera miró al teniente Armijo, y éste, comprendiendo sin que mediaran palabras, asintió.

–¡Ea! Amigo mío, descansemos un rato, bebamos algo y recuperemos fuerzas, que las vamos a necesitar –terció al fin Armijo.

–Sí, pero me quedaré aquí. Quiero ver la cara de Navarro cuando salga de esta casa incumpliendo la última orden que su amigo, su superior, le dio –exclamó con vehemencia Codrán–. Quiero ver su cara cuando salga por esta puerta y me oiga decirle cobarde.

Primo de Rivera tomó a Codrán por los hombros y lo miró fijamente.

–Valoro tu lealtad a Benítez y a la misión encomendada por el general Silvestre. Eso te ennoblece. Y, escucha, no quiero retirarme, quiero luchar, así se lo he manifestado a Navarro, pero los soldados cumplimos órdenes. Nos guste o no, es lo que hay. Y debemos cumplirlas lo mejor posible.

Primo de Rivera hizo un gesto con la mano al teniente Armijo en ademán de llamada, y éste se acercó.

–Vete con el teniente, descansa, duerme un poco. Te necesito a primera hora de la mañana bien despejado. Alguien debe tomar nota de las gestas del Alcántara, ¿no crees?

–De eso puedes estar seguro –afirmó Luis–. Tomaré buena nota de todo lo que suceda aquí.

Armijo agarró la brida de Centella y Linares que sostenían los centinelas y animó al periodista a seguirlo. Éste lo hizo, pero sin mucha gana; el desánimo y la rabia lo invadían a partes iguales. Cerca de la entrada, en un poste, amarraron a sus monturas, les quitaron las sillas y doblaron la esquina de la caseta para sentarse en un lateral, junto a una especie de cobertizo adosado. Luis estaba decidido a no alejarse de Casa Drius. Pasara lo que pasara, sería testigo y relator de lo que aconteciera.

Apoyados en aquella pared, bebieron un par de tragos en silencio, hasta vaciar la botella de coñac. Entonces, estiraron las piernas. Los gestos de cansancio y dolor, evidentes, fueron acompañados con exclamaciones y quejidos.

–Todo esto es un error –comentó al fin Codrán, al tiempo que lanzaba la botella lo más lejos que podía–. Cada paso que demos en dirección a Melilla los estaremos acercando más y más allí –se quejó.

–Sí. No me gusta la idea de correr. Somos de caballería, lo nuestro es cargar contra el enemigo, no retirarnos. Pero..., bueno, estaremos donde nos llamen, y hagamos lo que hagamos lo daremos todo –repuso Armijo, golpeándolo amistosamente en la pierna.

–Estoy cansado –repuso éste, cerrando los ojos y acomodándose como podía en aquella pared llena de desconchones–. Estoy muy cansado...

–Descansemos un rato y mañana... Dios dirá –murmuró a su vez el oficial con un gruñido. Había empezado a dar cabezadas sin poder evitarlo.

La noche, serena y templada, arropó a los dos hombres, que pronto quedaron sumidos en los brazos de Morfeo. Dormían confiados en la seguridad del servicio de guardia, siempre vigilante.

Aquella noche ponía punto final a un día duro y sangriento. Y, a su vez, aquella noche precedía a un nuevo y largo día. El más largo quizá, y, para muchos, el último.

34

Dar Drius, a 71,5 km de Melilla

Los hay que se mantienen al margen; que cierran los ojos para no sentir y, prudentemente, dan un paso, apartándose. Dejan así que sea otro el que se lleve el golpe, en lugar de compartir el dolor y el camino. Otros, en cambio, no saben hacer tal cosa, sino que caminan a tu lado sabiendo que les partirán la cara o incluso que no volverán a ver el azul de un nuevo amanecer. Y así, cabalgando juntos, compartiendo destino con el que hasta ayer era un desconocido y hoy es tu hermano, se forjan las leyendas. Porque nada vincula más que mirar unidos cara a cara a la muerte.

Aún no había amanecido cuando los toques de clarín de los trompetas del Alcántara llamaron a levantarse en Drius. Éstos habían decidido reunirse en el patio del campamento. Tal vez aquella fuera su última cabalgada, de forma que tocarían juntos una última diana.

Codrán abrió los ojos, pero permaneció inmóvil. Su cuerpo aún no se había despertado y se negaba a cumplir lo que le ordenaba el cerebro. Inspiró con fuerza para que los pulmones se le llenaran de aire. Luego, sonrió al teniente Armijo, que lo miraba fijamente, agachado delante del periodista.

–Aún no ha salido el sol… –murmuró, somnoliento.

–Poco le falta. La caballería, siempre lista al alba –le devolvió la sonrisa y le alargó una mano para ayudarlo a incorporarse.

–¿Qué tocan?

–Se llama *Diana Floreada.* ¡Se han juntado todos los trompetas!

El periodista estiró los brazos y las piernas, entumecido por la postura mantenida durante las horas de sueño. Se frotó la cara con sus manos como si se la estuviera lavando con agua, en un intento de espabilarse del todo.

–Suena bien –dijo al fin, incorporándose con dificultad y tocándose la zona de los riñones con evidentes signos de molestia.

–Y mejor que te va a sonar cuando sepas que el regimiento se pone en marcha... Descubierta, protección de aguada y socorro a las columnas que se retiran a Drius.

–Entonces... –se sorprendió Luis.

–El alférez Maroto comunicó anoche que habían llegado sin contratiempos a Batel. Y... me han dicho que nos quedamos aquí. –El teniente mostró su mejor sonrisa.

El periodista le dio un ligero puñetazo en el hombro. En su cara se adivinaba la satisfacción.

–Ya se me ha quitado el dolor en las posaderas –bromeó Codrán–. Dios mío... ¡Cómo duelen!

–Parece que se van a cumplir tus deseos, Plumilla –continuó Armijo, entregándole las riendas de Centella.

–No son mis deseos..., y lo sabes. –El periodista echó un trago de la cantimplora–. Pero sé, al igual que tú, que seguir retirándonos es lo peor que podemos hacer. Benítez lo creía así, supongo que Silvestre también, y yo... Yo no quiero morir por un tiro en la espalda.

–Eso me lleva preguntarte una cosa: ¿qué leches haces tú aquí?

Codrán lo miró un momento y, con un suspiro, comenzó a colocar la silla sobre su montura y a ajustar los correajes conforme le había indicado su amigo.

–Mis padres sobornaron a un médico –comenzó a hablar al fin–, y éste me declaró incapaz para el servicio, así que no entré en la caja de recluta. –Hizo una pausa y suspiró profundamente–. Después surgió la oportunidad de venir a Melilla de corresponsal de mi periódico, *La crónica de España.* Quería contar la victoria de Silvestre el Alhucemas... Pero ya ves.

–Debes de estar loco. Supongo que tus padres hicieron lo que cualquier padre haría en caso de tener dinero.

Una vez tuvieron las cinchas ajustadas, subieron a sus caballos y se dirigieron al campamento. Las primeras luces del día les acariciaban el rostro.

–Es posible, pero, si es así, si estoy loco, es imposible estar en mejor compañía –replicó Codrán con una sonrisa.

Armijo asintió, orgulloso por la respuesta.

–El general Navarro ha ordenado que se evacúe a los heridos, y ya se está preparando un nuevo convoy para llevarlos a Batel. Esta vez, como es de día, irán en los camiones –explicó–. Esta madrugada, mientras Navarro y su Estado Mayor estudiaban qué hacer, recibieron un telegrama de Berenguer con orden de que se mantuviese esta línea defensiva. Las demás posiciones se incorporarán a Drius. Ya te lo dije. Cuestión resuelta, periodista.

Codrán meneó la cabeza. Aquello estaba claro. Berenguer no quería que los rifeños se acercaran a Melilla, y Navarro quería ir a Melilla. Pero a Navarro no le quedaba otra que obedecer, muy a su pesar.

–¿Cuándo sale el regimiento?

–En breve. El teniente coronel está ya en el campamento, y la diana ha terminado. Deben de estar acabando de preparar las monturas. Van a ser las seis de la mañana... Calculo que en menos de una hora estarán cabalgando.

–Quiero ir.

–Ya suponía yo eso. Pero ¿no prefieres ir con los camiones? –Codrán negó con la cabeza–. De acuerdo, quizá sea una marcha larga, aburrida y calurosa bajo el sol, pero si estás tan loco como para venir con nosotros y jugarte la vida...

–Debo contar lo que pase. –Codrán levantó el brazo y señaló en dirección al campamento–. Lo que les pase a ellos. Es lo menos que puedo hacer.

–En ese caso, será mejor que te familiarices con las voces de mando en la batalla. Aunque, como comprenderás, en la caballería lo que más usamos son los gestos. Atento...

35

Codrán manejaba bien a Centella, y éste era noble y estaba bien entrenado, lo que le facilitaba la tarea. No tardó Armijo en enseñarle las órdenes más importantes: carga, retirada, derecha, izquierda, reagruparse...

Al llegar al campamento, se cruzaron con la sección de jinetes al mando del teniente Troncoso, a los que habían destinado a proteger la aguada en el cercano río Kert. Les desearon buena suerte en la misión; cruzaron bromas, de esas que se hacen cuando sabes que puedes morir, y se despidieron como lo hacen los amigos, con un «hasta pronto» cuando tal vez dices «adiós». Tras verlos partir, continuaron con su trayecto.

Los oficiales del Alcántara estaban reunidos en una especie de cobertizo. Había buen humor en los corrillos de jinetes, se charlaba animosamente, se percibían ganas por salir y ajustar cuentas. Algunos caballos estaban con las sillas y la impedimenta dispuesta, otros en cambio aún estaban siendo aseados por los cazadores. Les pasaban la bruza, los calmaban y les procuraban algo de comida.

–¡Qué bien te veo, Bravo! –saludó Armijo a un oficial que estaba tumbado en una hamaca improvisada.

–No me puedo quejar –contestó éste con pereza, estirándose–. Me alegro de verte, Armijo. –Se incorporó y le tendió la mano.

Al saludo cortés le siguió un cálido abrazo, acompañado de sonrisas alegres, nerviosas. «Están vivos y van a entrar en combate. Y lo saben», se dijo Codrán.

–He visto a Troncoso.

–Sí, luego iré yo a relevarlo. El quinto ha salido para hacer la descubierta. Parece que nos quedamos. La tropa está comiendo algo. –Señaló con la cabeza hacia donde estaban los cazadores–. Ya han terminado de alimentar a los caballos.

–Te presento a mi amigo Luis Codrán, periodista.

–¿Qué tal, periodista? Aquí vas a encontrar noticias, amigo –lo saludó Bravo, al tiempo que le estrechaba la mano.

–Ésa es...

En ese momento, empezó a percibirse en la distancia el eco de varias detonaciones de fusilería, y todos los que allí estaban se volvieron para otear hacia el exterior del campamento. La algarabía, las risas y el revuelo desaparecieron al instante para dejar paso a un riguroso silencio. El silencio que precede a la batalla.

–¡Tocan botasilla!

–Bueno... Pues, cuando nos llaman, respondemos –exclamó Bravo–. Parece que hoy me quedo sin desayunar.

–No le vendrá mal a esa barriga.

Los dos militares se echaron a reír y se volvieron a fundir en un abrazo. Tal vez el último.

–¡Vamos, Plumilla! Hora de ponerse en marcha.

–¡Te sigo!

Los oídos empezaron a captar el sonido del clarín-cornetín que llamaban a aprestarse al combate. Las notas resonaban en aquel aire lleno del olor sulfuroso del estiércol de los caballos. Los sargentos trataban de imponer con sus gritos la disciplina. Y, por todas partes, los hombres iban y venían con mantas, alforjas, sillas o correajes, y los caballos eran llevados desde los establos a la calle principal para pasar revista. Nerviosos, los animales relinchaban, se alzaban sobre sus patas traseras y chocaban entre sí. Bestias y personas se animaban, se envalentonaban, se prestaban al combate. Y confiaban en su racha de buena suerte.

Luis Codrán miró a su alrededor. Se dio cuenta, apenado, de que tenía más experiencia de combate que muchos de aquellos soldados, llegados a Melilla poco tiempo atrás. Destinos como cocineros, limpiadores, asistentes, mensajeros o cualquier otro tipo de empleo diferente al de soldado los habían privado incluso de una mínima instrucción en el uso de las armas.

Peor aún lo tenían aquellos que eran enviados a los blocaos, donde el tedio, el estrés diario, la falta de higiene y la prohibición de practicar con las armas, por aquello de evitar malentendidos con la población indígena, provocaban que lo que supuestamente era un ejército preparado, equipado y alto de moral fuera un espejismo.

Sin embargo, no ocurría lo mismo con la caballería. El cabalgar y acatar las órdenes a la vez exigía una instrucción obligada para el cazador. Aquella tropa a caballo era la élite del ejército. Los hombres mejor preparados para el combate que había en todo el Rif.

Codrán conocía todo esto por boca de los soldados, oficiales y suboficiales con los que había hablado en bares, casinos y burdeles durante su estancia en Melilla. Entonces no les concedió mucho crédito; le parecieron chismes en charlas discretas, en horas nocturnas, en lugares poco recomendables y bajo la influencia de bebidas espirituosas. Pero ahora era plenamente consciente de que, en verdad, todo era una triste y aplastante realidad.

En ese momento, el Plumilla notaba que su corazón latía rápido y con fuerza, como en las anteriores ocasiones en que su vida había corrido peligro. Pero, como diferencia, el golpe seco en la boca del estómago que le impedía respirar había desaparecido. No es que no tuviera miedo, lo tenía; también sentía la emoción del momento, el saber que estaba vivo y que ése podía ser su último amanecer. Aun así, se mantenía templado. Tal vez, se dijo, fuera por la simple y aburrida costumbre; la experiencia lo hacía actuar de forma más automática, más profesional. Tal vez las terribles imágenes de las que había sido testigo la jornada anterior, la sangría de aquella retirada y su bautizo de fuego en Igueriben habían transformado el corazón del periodista.

36

Dar Drius, a 71,5 km de Melilla

Nunca se olvida el nombre de quien entierras ni la mirada de quien matas. Quedan en tu memoria, imborrables, en rincones ocultos, como fantasmas. Tus fantasmas. Al final, se trata de algo muy simple: vencer o ser vencido, rendirse o resistir, golpear o recibir el golpe. Matar o morir. Pero hay una diferencia. En batalla, cuando matas, golpeas o te rindes, lo haces en solitario. Es un acto cuyo único protagonista eres tú. Pero, cuando mueres, lo haces en compañía de tus hermanos de armas, rodeado de quienes sangran contigo, de quienes cabalgan y cabalgarán a tu lado en valles soleados o en oscuros y sombríos parajes.

Pese a que sólo hay un amanecer, cada uno en Drius lo percibe de forma diferente. El perfil, oscuro aún en la distancia, de laderas y colinas rodean el valle del Septsa, queda en contraluz gracias a una franja amarilla cálida que va dando paso a un azul que gana protagonismo a medida que el sol asciende. Algunos lo observan con un sentimiento de nostalgia mientras un frío premonitorio les recorre el cuerpo; otros, con los ojos cerrados, perciben cómo los cálidos rayos ya les bañan los rostros. Pero nadie quiere perderse el que tal vez sea su último amanecer.

–¡Espabila, periodista! –gritó Primo de Rivera–. Nos vamos. La columna de Cheiff necesita apoyo. El regimiento se pone en marcha, y supongo que te apuntas...

Codrán se volvió, contento por la propuesta, para ver cómo Primo de Rivera llegaba hasta él por detrás. Por primera vez no lo había advertido del peligro, no le había aconsejado quedarse atrás. Daba por segura su compañía. Y Luis empezaba a sentirse uno más de ellos. Otro centauro.

–Puedes jurarlo –dijo Codrán.

–Salimos ya. Come algo si puedes, pero primero va Centella. Ya sabes: alimenta a tu caballo, rellena la cantimplora, comprueba silla, brida, riendas y ¡no olvides tu fusil!

–Así lo haré –afirmó Codrán. El teniente coronel había vuelto la mirada hacia Armijo, que asentía, sabiendo que aquello era una orden para que se ocupase del novato.

–Os quiero conmigo al principio de la columna, ¿de acuerdo?

–A la orden –contestó Armijo.

–¡Andando!

El jefe del Regimiento Alcántara continuó supervisando a los cazadores. Y, además, les infundía ánimos, charlaba con ellos. Los apreciaba. Aquellas conversaciones triviales hacían que por unos segundos todo pareciera normal, un día como otro cualquiera; revisaba sus monturas, ajustaba correajes, acariciaba los cuellos de los caballos que escarceaban a su paso como para saludarlo y, al despedirse de sus jinetes, se llevaba la mano a la sien. Ocultaba la tensión del momento tras una sonrisa animosa, aunque fuera forzada. Los oficiales de los diferentes escuadrones lo acompañaban y trataban de imitar el ejemplo de su líder. Comprobaban armas, revisaban alforjas y gastaban bromas. Dadas las circunstancias, abotonarse la casaca hasta el último botón o llevar el chambergo de una u otra forma carecía de importancia, pero aun así hacían chanza de la vestimenta, conscientes de que la cohesión del grupo era fundamental. Las bromas, las charlas, el hermanamiento entre oficiales y tropa en los momentos previos al combate, el respeto mutuo y la confianza son la diferencia entre vivir o morir en el campo de batalla.

Un tercio de los cazadores acababan de llegar a la posición. El nuevo reemplazo. Con veinte años, los más jóvenes ya son hombres. Jinetes excelentes que trabajan bien, se esfuerzan, cumplen con sus obligaciones y hacen lo imposible por agradar a los más veteranos. Viven juntos, cabalgan juntos, duermen juntos. Y morirán juntos.

–¿Cómo se llama, cazador? –preguntó a uno Primo de Rivera.

–José Picón, del cuarto escuadrón, mi teniente coronel.

–¿Del cuarto? A las órdenes del teniente Arcos.

–Sí –exclamó el joven.

El teniente coronel sonrió. «Buen teniente, buen teniente», murmuró al tiempo que daba una afectuosa bofetada en la mejilla del cazador.

–Rogelio..., pecho lobo.

–La guerrera no tiene botones, mi teniente coronel –se excusó éste.

–Porque tú se los habrás arrancado –contestó el oficial con una mueca–. A la vuelta quiero esa casaca y la camisa con todos sus botones y abrochada, ¿estamos?

–A la orden, mi teniente coronel.

Rogelio se había llevado la mano a la sien y había contestado con aplomo. No porque el jefe del regimiento le hubiera perdonado la falta en la uniformidad. Como cazador veterano, conocía a su líder y sabía que en ese momento Fernando Primo de Rivera estaba haciendo era algo más que una inspección rutinaria.

–Hola, veterinario, también te apuntas...

–Es sábado, mi teniente coronel, hoy libro... Además, si va el páter..., yo no me voy a quedar en las cuadras.

Primo de Rivera sonrió y palmeó con animosidad el hombro del teniente veterinario. Luego, se volvió y miró a su alrededor. A pesar de las risas y de la confianza mostrada por sus hombres, sabía que se sentían abrumados por la responsabilidad y la dureza de la misión.

–Saeta, Moreno. ¿Teníamos pendiente a un prisionero?

–Mi teniente coronel..., es que..., no quisieron venir por las buenas –contestó Saeta. A su lado, Moreno inclinó la cabeza para ocultar una sonrisa.

–Supongo que no se lo pedirías con educación –bromeó Primo de Rivera sin detenerse.

En cuanto dejó atrás a Moreno, éste estalló en una carcajada.

–¡Cazadores del Alcántara! ¡Cazadores del Alcántara! –gritó entonces Primo de Rivera–. ¡Sé que estáis nerviosos! ¡Sé que estáis ansiosos! ¡Que vuestra boca está seca y vuestro corazón late con fuerza! Lo sé, porque a mí también me pasa.

Se escucharon algunas risas nerviosas. Primo de Rivera se acercó a sus hombres y los miró fijamente.

–Pero también sé que cumpliréis con vuestro deber. Sé que haréis aquello para lo que os habéis preparado, que, a pesar del miedo que os atenaza, sabréis responder a la llamada del deber. ¡Sois cazadores del Alcántara, y por Dios que no hay nada mejor en este mundo!

Los hombres lo jalearon.

–¡No lucharéis en la batalla para salvar vuestras vidas! ¡Eso sólo lo hacen los cobardes! ¡No lucharéis por el afán de matar, pues eso sólo lo hacen los asesinos! ¡Lucharéis para salvar la vida del que está a vuestro lado!

Los hombres lo miraban en silencio.

–¡Y yo daré gustoso mi vida por defender la vuestra! ¡Hermanos! ¡Eso es lo que somos y lo que seremos hasta el fin de nuestros días! ¡Seguidme en la batalla…, y yo os guiaré hacia la victoria! ¡Os guiaré a la gloria! ¡Viva el Alcántara!

–¡Viva el Alcántara! –corearon los hombres a voz en grito.

–¡Hermanos! ¡Si nos llaman…!

–¡Respondemos! –vocearon todos al unísono.

37

La arenga había concluido, y el regimiento estaba listo para la batalla. Codrán hizo una cuenta aproximada: seiscientos cincuenta cazadores, seiscientos cincuenta centauros. Eso era el Alcántara.

Los jinetes, de pie junto a sus monturas, sujetando con la mano derecha la embocadura de la brida, esperaban la orden. Estaban alineados en el camino principal de Drius, el que cruzaba el campamento, en una larga columna en filas de a cuatro. Primo de Rivera se dirigió a los jefes de escuadrón y les transmitió las órdenes. El tercer escuadrón se quedaba en casa, reforzando la posición.

–¡Prepárense para montar!

Los jinetes se colocaron a la izquierda de sus monturas, frente a las sillas.

–¡A caballo!

De inmediato, el trompeta rugió y el aire se tensó entre tonos y sonidos metálicos, y todos colocaron el pie izquierdo en el estribo y, agarrando el borrén delantero de la silla con la mano derecha y cogiendo las crines del caballo con la otra, tomaron impulso y se colocaron en las sillas de sus monturas.

Tras una última revisión, Primo de Rivera se dirigió a la entrada del campamento a lomos de Vendimiar. Allí saludó a Navarro, que aguardaba la marcha de la tropa, y ordenó al portabanderas que descubriera las enseñas del regimiento.

–Capitán..., adelante. Al paso.

–A la orden. ¡Maaaarchen!

A una mirada del capitán Ballenilla, el trompeta sopló por la embocadura metálica, y, al instante, el resto de los clarines repitieron la orden. Las notas se mezclaban con los relinchos de los animales, con los sonidos de los cascos al golpear el suelo, con los silbidos y sonidos de arreo, con el golpeo de los sables en los estribos y el crujir del cuero de las sillas de montar. El Alcántara salía de Drius. La columna iniciaba su marcha.

Navarro mantenía su posición junto a la puerta, al lado de Primo de Rivera; quería despedir personalmente al regimiento. Luis Codrán, montado en Centella, y el teniente Armijo se habían apostado a unos pasos del general. El periodista no le quitaba el ojo de encima. Él mismo le había contado que el Alcántara se movilizaba para proteger la retirada de las tropas en las diferentes posiciones cercanas a Drius. Se escuchaban disparos desde muy temprano, así que no había duda del hostigamiento que debían de estar sufriendo. En ese momento, el general saludaba con la mano en la frente al paso de los escuadrones.

–Por cierto, amigo Plumilla, tengo una cosa para ti. –El teniente Armijo cortó sus pensamientos.

Codrán lo miró y, al ver que le tendía unos prismáticos, sonrió.

–¿Y esto?

–Órdenes. No puedo dejar que te acerques a la zona de combate, pero... sí puedo acercarte la zona de combate –repuso, guiñándole un ojo.

–Te lo agradezco. Esperemos que... no tenga que usarlos –dijo Codrán, devolviéndole el guiño–. ¿Adónde vamos primero?

–Al oeste: a Ain Kert y Cheiff. La retirada de esas guarniciones está siendo movidita.

–Navarro quería llegar a Melilla –repuso en tono agrio el periodista.

–Bueno, ahora tiene órdenes del mismísimo alto comisionado –le contestó su amigo.

–¿Las cumplirá?

Aquella pregunta atormentaba a Codrán, que volvió a dirigir la mirada hacia la figura del general Navarro, quien seguía despidiendo a la magnífica fuerza ecuestre. En ese momento, Primo de Rivera presionó con las piernas en los costados de Vendimiar, y con un suave movimiento tiró de las riendas para sacar a su montura de la formación. Se colocó frente a Navarro y, tras saludarlo marcialmente, se incorporó al regimiento.

–¿Nos vamos, teniente? –preguntó Codrán

–Vamos allá…

«Navarro quiere ir a Melilla, y Berenguer pretende alejarlo de Melilla», pensaba el periodista. «Una guerra dentro de otra. ¿Quién ganará?».

38

Codrán y el teniente Armijo avanzaron hasta la vanguardia, donde se encontraba Primo de Rivera.

–Disipa, como el sol, las nubes a su paso –comentó el teniente Armijo con una sonrisa.

–¿Cómo?

–Disipa, como el sol, las nubes a su paso. El lema del regimiento, Plumilla –le aclaró el oficial–. Creo que no te lo había contado.

–Me gusta –dijo, pensativo, el periodista–. ¿Qué distancia hay hasta Cheiff?

–Ocho kilómetros.

–¿Quién va junto a Primo de Rivera? –preguntó Codrán.

–Pues es el comandante Gómez Zaragoza. Ha venido esta mañana temprano, en un rápido, con el capitán Castillo –contestó Armijo.

–Han venido todos... Parece que nadie se quiere perder la fiesta.

–Eso ni lo dudes, Plumilla. Ya sabes: si nos llaman, respondemos.

–El Alcántara al completo entonces, menos los escuadrones que se han quedado en Drius. Vaya... Castillo, Ballenilla, Fraile, Arcos y Chicote, si no me equivoco. Todos los jefes de escuadrón junto a Primo. Esperando la llamada.

El periodista se volvió en su silla y miró hacia atrás para contemplar al regimiento. Aquella vez era diferente. Aquel 23 de julio cabalgaba a la batalla.

Se fijó en la polvareda que se levantaba al paso de los caballos. El factor sorpresa debía descartarse, sin duda. El enemigo los estaría esperando; una dificultad más que había que añadir a la misión de rescate. Codrán se fijó en que un jinete salía de la columna para acercarse a uno de los comandantes, y se aupó sobre sus estribos para ver mejor.

–Tranquilo. Están siguiendo el procedimiento habitual. El alférez mandará que salgan los exploradores.

Efectivamente, el alférez dio media vuelta y, en su camino en dirección contraria a la de la columna, empezó a gritar:

–¡Exploradores! ¡Flanqueadores!

Varios jinetes salieron de la formación a todo galope.

–Te lo dije. Asegurarán el camino, y de paso nos informarán cuando encuentren a las columnas que se están replegando.

El teniente coronel ya había llamado, entretanto, al capitán Chicote. Codrán vio cómo se daban la mano y se saludaban, y acto seguido, el capitán volvía grupas hacia la cola de la columna. «¿Camino a dónde?», se preguntó el periodista. Pero los clarines sonaron de nuevo por toda la columna, y al momento un grupo de cazadores salió por la izquierda.

–Chicote va hacia Ain Kert, a juzgar por la dirección que toma –le explicó Armijo.

–Entonces, nosotros a Cheiff, con los demás escuadrones.

–Yo voy donde tú, Plumilla; ésas son mis órdenes. Ahí va Cistué con Chicote, y parece que se lleva una sección del cuarto para apoyarlo.

–¿Cuánto tardaremos? –preguntó el periodista

–A este paso..., pocos minutos. Deberíamos...

El clarín sonó de nuevo. El ritmo aumentó. Las lejanas detonaciones, de repente, se habían vuelto más intensas. Uno de los exploradores había vuelto para informar del contacto con el enemigo, y los jefes de escuadrón marcharon junto a sus unidades. La partida estaba a punto de comenzar.

Codrán se dio cuenta de que no conocía los nombres de aquellos que cabalgaban a la batalla. Y, cuando tantos de ellos desaparecieran, seguiría sin conocerlos. «Quizás eso forme parte del juego de la guerra: luchar junto a hombres que no conoces, hombres cuyos nombres se disolverán en las arenas del desierto, hombres que morirán por salvar la vida del que tienen a su lado. Qué ironía», se dijo. Quizás en Madrid no se hubieran mirado al pasar uno junto al otro en la calle, y sin embargo en ese momento el periodista se sentía capaz de desangrarse por ellos, como ellos lo harían por él. Miró al teniente Armijo, y éste le devolvió la mirada con una sonrisa. Pese a la tristeza que lo embargaba, Luis también sonrió. Acarició el cuello de Centella, casi lo abrazó. Como dos amigos que se despiden.

En una última cabalgada con el Alcántara.

39

–¡Ahí!

La columna de Cheiff estaba delante. El enemigo disparaba desde una pequeña elevación que dominaba la carretera. A cada metro de terreno que ganaban, aquellos hombres que habían iniciado la retirada sufrían más y más bajas. Hasta que eran tantas que les resultó imposible continuar la marcha; decidieron parar y resistir, parapetados tras cualquier cosa, a la espera de la salvación o la muerte. Tumbados, protegidos por los cuerpos de los compañeros caídos, escondidos en las rocas o entre los carros que llevaban, intentaban repeler el ataque.

Primo de Rivera hizo una señal a los trompetas. Los españoles que ahí se defendían de los rifeños debían saber que el Alcántara llegaba. Acto seguido, desenvainó el sable y se lo apoyó sobre el hombro derecho. Aquellos soldados, al escuchar aquellos clarines, soñarían con la salvación. Codrán miró a Armijo intrigado.

–¿Qué está haciendo? –preguntó Codrán.

–Primo se pone delante de la columna, a la izquierda. Se desplegarán en abanico y cargarán de frente para proteger a esos hombres. ¡Vamos! Nosotros nos quedamos con la tropa de Cheiff. Mientras, la sección de ametralladoras apoyará la carga.

–¿Por qué?

–¡No discutas! ¡Obedece!

Los centauros se interpusieron entre los rifeños y la columna de españoles hostigada, y el clarín tocó de nuevo. Esta vez el periodista no necesitó de su amigo para saber lo que significaban aquellas notas: carga.

Primo de Rivera señaló al enemigo con su sable, y un segundo después el resto del regimiento lo imitó. Entretanto, los clarines no dejaban de sonar. Repetían la orden. Carga.

Y luego todo sucedió muy rápido. Apenas había cien metros entre los rifeños y aquel camino pedregoso que los españoles llamaban con sorna «la carretera». Los jinetes, para superar la pendiente, tomaron impulso y azuzaron a sus monturas. La velocidad era crucial. Y todos, al unísono, cargaron.

–¡Si nos llaman, respondemos!

Desde la carretera, el periodista intentaba ser testigo de la batalla, pero la nube de polvo le impedía ver con claridad. A su alrededor, todo eran gritos, relinchos, disparos, toques de clarines, sonidos metálicos, temblor de cascos sobre el suelo terroso. Caos. El ordenado caos que supone la lucha por la vida en un combate.

–¡Las ametralladoras no podrán hacer nada!

–¡Lo sé, no te preocupes por eso! –contestó Armijo–. ¡Ya se encargarán ellos! ¡Organicemos la columna para que sigan avanzando! Nosotros nos ocuparemos de los heridos.

–¡De acuerdo!

Codrán avanzó con Centella hacia la cola de la columna mientras Armijo daba media vuelta y se dirigía a la vanguardia. Buscaban al oficial al mando. Los españoles que hasta el momento aguardaban allí, al ver que la caballería había llegado, se dejaban caer al suelo, exhaustos.

–¿Dónde está el oficial al mando?

–¿Quién manda aquí? ¡No os paréis! ¡Seguid avanzando! ¡Seguid avanzando!

Pero nadie respondía al periodista. Aquellos hombres estaban ocupados en recuperar el resuello, beber algo de agua, intentar curar sus heridas o respirar y dar gracias a Dios por seguir con vida. Codrán, desesperado, cogió los prismáticos, los ajustó con torpeza y miró hacia el terraplén. A pesar de que el polvo lo cubría todo, podía vislumbrar a los jinetes apareciendo y desapareciendo entre los jirones que el viento o el propio movimiento de los caballos provocaba entre la neblina. Figuras no definidas de hombres y caballos de aquí para allá, sin rumbo establecido, sin un plan definido. Centella no paraba de moverse, nervioso, lo que no le permitía observar bien el desarrollo la batalla. Codrán desmontó y, tras buscar un lugar con mejor línea de visión, volvió a ajustar los prismáticos, nervioso, y los movió de un lado a otro. Buscaba a Primo de Rivera. Se temía lo peor. Un caballo blanco galopando al frente de una línea de jinetes que cargan contra el enemigo con el sable dispuesto a teñirse de rojo era un claro objetivo.

Los caballos pisoteaban a los rifeños que trataban de escapar a la carrera de aquellos animales que lo arrollaban todo a su paso. Y, mientras, los cazadores ensartaban o golpeaban con sus sables a los pocos que se atrevían a hacerles frente. Algunos eran derribados de sus monturas, y al momento el enemigo se arrojaba al suelo para rematarlos e intentaba hacerse con el caballo para poder huir. Los animales, acosados y sin jinete que los dominara, se levantaban sobre sus patas traseras y, encabritados, golpeaban a cualquiera que se acercaban.

Codrán apartó los prismáticos y se secó el sudor con la manga de la camisa. Al poco, volvió a colocárselos sobre los ojos.

Su respiración se acelera; ahora su corazón late con brío. No está en la batalla, pero verla tan de cerca y no poder ayudar es casi peor.

El regimiento ha rebasado las filas enemigas, están fuera de su campo de visión. Codrán sólo puede ver lo que queda tras la cabalgada: caballos despanzurrados que aún patalean en el suelo; hombres que gatean y se dejan caer, agotados o moribundos; jinetes que deambulan aturdidos arrastrando el sable en la mano. Los hay que están de rodillas y, clavando el sable en el suelo, se ayudan de él para levantarse; otros rematan a los rifeños que aún se mueven. La niebla terrosa empieza a desaparecer, y todo se ve más nítido, más cruel. Más real.

Se oye a los trompetas tocando llamada. El regimiento se reagrupa. El líder del Alcántara asoma por el borde de la loma.

Primo de Rivera caracolea con su caballo llamando la atención de los cazadores del regimiento. Mueve el sable en alto haciendo círculos en el aire, los llama. Baja por la pendiente, tratando de no tropezar con los cuerpos caídos. Los hombres, siempre dispuestos, lo siguen y marchan hacia la carretera.

Todo ha sucedido en apenas unos minutos. Unos agónicos e interminables minutos.

40

Centella no está con él. Cuando bajó del caballo para observar mejor la batalla, lo había hecho sin agarrar las riendas. Resignado, aunque maldiciéndose, comenzó a andar hacia la cabecera de la columna en busca del teniente Armijo.

Los cazadores se abrazaban, alborozados, felicitándose por la carga. Han vencido al enemigo y salvado a sus camaradas; no se puede pedir más. Sin embargo, Codrán no puede compartir esa alegría. En su camino, ha pasado junto al cadáver de un soldado tirado en la carretera. Tenía una expresión de sorpresa. Las victorias, en la guerra, al igual que las derrotas, se pagan muy caras. Con la misma moneda.

–Me alegro de verte. –Una voz amiga lo sacó de sus pensamientos.

–La columna está a salvo, teniente coronel. Enhorabuena.

El oficial asintió.

–No todos podrán celebrarlo –dijo con pesar–. Esperemos que el coste haya merecido la pena. ¿Y tu caballo?

–No..., no sé. Lo he perdido. Lo solté al acercarme para ver mejor la carga...

–Ya lo encontraremos. Vamos. –dijo Primo de Rivera, desmontando para caminar junto al periodista–. Iremos a pie un par de kilómetros y así daremos descanso a los caballos. Una sección nos dará cobertura y otra se encargará de los heridos.

El teniente coronel hizo una señal a un jinete para que recogieran el cadáver del desdichado soldado.

–Es difícil... acostumbrarse a esto –apuntó el periodista.

–La muerte forma parte de nuestro trabajo. Si vas a estar aquí, debes aceptarla. Es algo que nos sucede tarde o temprano. En el fondo, ése es el secreto para vencer. Abandonar toda esperanza de sobrevivir a la batalla, aceptando que vamos a morir y limitándonos a cumplir con nuestro deber, con nuestra obligación hacia nuestros hombres. Sólo así es posible la victoria.

–Aceptar la muerte... Entiendo. Tal vez todos los que vienen al Rif de un modo u otro lo tienen asumido.

–¿Qué ves en ellos, periodista?

Codrán no supo qué responder.

–Fíjate. Son jóvenes que al llegar aquí aceptaron la muerte, en efecto, pero lo hicieron con resignación, con miedo. Jóvenes que tenían una vida en España; dura y difícil, pero una vida, al fin y al cabo. Vienen de ciudades, del campo, de pueblos donde hay que sacrificarse y trabajar de sol a sol para poder llevar un trozo de pan a casa, donde no se ven a ancianos por las calles. Quizá no debieran estar aquí... Es injusto, lo sé, pero aquí están. Mi trabajo consiste en quitarles ese miedo, en darles fortaleza, hacerles comprender que, por encima de sus vidas, está la del que cabalga a su lado. Hay que mostrarles un ideal, algo a lo que aspirar, y que se superen a sí mismos. Querer ser mejores y honrar el uniforme que llevan. Procedemos de lugares diferentes y hacia donde vamos sólo Él lo sabe –dijo, apuntando con el dedo índice al cielo–. Pero aquí, en el Alcántara, donde sea que nos lleve el camino, vamos todos juntos, somos uno. Aquí, todos somos cazadores.

–Venir a morir... –susurró Codrán.

–Nadie escapa a la muerte, amigo mío... Como soldados, deseamos morir en batalla, de forma rápida y dando tu vida por un amigo, por tu hermano de sangre, sin importar su procedencia. Tenemos el privilegio de poder decidir cómo queremos abandonar este mundo. Así lo veo yo. Puede que creas en eso, o no, pero siempre será mejor que vivir con miedo a morir, huyendo de toda ocasión en la que tu vida peligra. Moriremos, entonces, dentro de muchos años, cansados de vivir con miedo, viejos, decrépitos, sin un ápice de autoestima y... sin dientes. –El oficial dio un codazo amistoso al periodista al tiempo que sonreía.

–¿Piensas en la muerte?

–En medio de una carga, yo no pienso que me van a matar, al igual que un pescador no piensa que su barco se va a hundir o un albañil que caerá del andamio. Sólo pienso en hacer aquello que me han ordenado, aquello para lo que me han entrenado, aquello que quienes cabalgan a mi lado esperan de su superior. El miedo a morir es bueno, hace que no cometas tonterías, que agudices tus sentidos. Pero nunca debe dominarte, o tú y quienes te rodean no veréis el final de la batalla. Aceptar la muerte no es lo mismo que querer morir de manera estúpida.

–No es cosa fácil.

–Nunca lo ha sido. Por eso el militar de carrera debe serlo por vocación. Vocación, y no tradición, interés o conveniencia.

El periodista se quedó pensativo. La muerte tenía para él ahora una perspectiva nueva. Nuevas preguntas. ¿Podía ser heroica la muerte? ¿Tal vez, buscada?

–Dejar un legado –concluyó, al fin, Codrán.

–¡Exacto! Ellos son siempre los grandes olvidados de las guerras. Sólo son una cifra. Los titulares, las medallas, loas y elogios serán para otros, para los que no derraman una gota de sangre propia. Ese olvido es peor muerte que recibir una bala, y sin embargo ellos se merecen todo nuestro respeto y reconocimiento.

–¿Crees que alguien reconocerá su sacrificio?

–Eso depende de ti, amigo mío.

–No sé si seré capaz... Expresar en palabras lo vivido aquí estos días se me hace complicado.

–Seguro que sí. Piensa en ellos cuando te pongas delante del papel, y te saldrán las palabras. No vendrán de tu cabeza, sino de tu corazón.

–¿Cómo llega Fernando a lomos de Vendimiar?

–¿Cómo llega un periodista a coger un fusil?

Codrán miró al suelo y se encogió de hombros antes de contestar:

–En realidad, no soy periodista; estudio Derecho en Madrid. Esto es sólo un trabajo temporal, para pasar el verano. Yo quería escribir una crónica desde Alhucemas, pero...

Primo de Rivera se paró y le puso la mano en el hombro.

–Nunca serás abogado. Eres periodista. Quizás aún no lo sepas, pero tu futuro no está vistiendo una toga. Míralos. –Primo de Rivera señaló a los soldados que andaban por el camino–. Necesitan a alguien que cuente lo que son, lo que hacen. A alguien que cuente lo que fueron, para que no mueran nunca. Sus historias son su legado. Deja el fusil y coge la pluma.

–Bueno... Supongo que ahora toca coger el fusil, yo también quiero ayudar. Tal vez..., pagar una deuda.

Primo de Rivera lo miró fijamente.

–Las peores deudas son con uno mismo, y ésas nunca se saldan. No cometas el error de contraer una deuda que no tienes contigo mismo.

En ese momento vieron aparecer al teniente Armijo montado a caballo. Traía con él a Centella.

–Aquí tienes a tu fiel compañero, Plumilla –le dijo.

–Centella...

El periodista acarició el lomo del animal, alegre por reencontrarse con su montura, y apoyó la cabeza en su cuello, como si quisiera transmitirle sus sentimientos.

–No volveré a dejarte solo, amigo mío –dijo Codrán.

–Se acabó el descanso –anunció Primo de Rivera, montando de nuevo sobre Vendimiar–. Luis, no eres abogado. Si alguna vez lo fuiste, se quedó en Igueriben. Y siento decirte que tampoco eres soldado. Escribe, cuenta lo que ves, da testimonio de ello, y nosotros tendremos entonces una deuda contigo. –Y, diciendo esto, se alejó al trote, al tiempo que llamaba a uno de los trompetas para que tocara la orden de montar.

–¿Qué tal? –preguntó Armijo a Luis con una sonrisa en los labios.

–Cada vez mejor –respondió éste, que seguía acariciando el cuello de su caballo–, cada vez mejor.

41

Las guarniciones cercanas de Carramidar y Ain Kert ya se encontraban en Drius cuando la malograda columna de Cheiff llegaba a sus puertas junto con el resto de los escuadrones del Alcántara. Primo de Rivera escoltaba a los últimos rezagados; heridos y agotados, apenas podían sostenerse. Aunque eran pocos, se lamentaba el oficial, pues la mayoría había muerto durante el repliegue.

El regimiento que había permanecido en Drius ovacionó a los que iban entrando, y éstos respondían a las muestras de agradecimiento. El mismo general Navarro, emocionado, salió a recibirlos.

–¡Grandioso, Fernando! Lo hemos podido ver con los prismáticos desde lo alto del muro. Bueno..., lo que nos dejaba ver el polvo levantado por los caballos, claro.

–Lo han hecho muy bien. Han cargado como una unidad de caballería debe hacerlo –dijo Primo de Rivera–. Estoy muy orgulloso de mis cazadores.

–¡Bravo!

–Lamentablemente, el jefe de la posición, el teniente coronel Romero..., no lo ha conseguido –informó Primo de Rivera.

–Conocía a Romero. Una gran pérdida...

Los jinetes, en su camino, rompieron entonces en vítores a su líder, en una manifestación de respeto y agradecimiento, y Primo de Rivera levantó el sable y caracoleó con su caballo para responder a la muestra de afecto. Por unos instantes, la moral de la tropa, aturdida, incrédula y herida de muerte, que se veía abandonada a su suerte en aquel desierto, pareció levantarse. Aquellos soldados se encontraban no sólo en el pozo del miedo, sino en el abismo que es la desesperanza y la falta de ganas.

–¡Comandante, que los jefes de escuadrón coman algo! El resto, que repongan municiones, den de beber a los caballos y descansen. ¡Pero sin quitar las sillas! Que rellenen cantimploras y se refresquen. Tal vez tengamos que salir en breve para dar protección a otras columnas –dijo Primo de Rivera al bajar de su caballo.

–A la orden –contestó el comandante Zaragoza, y, cogiendo las riendas de Vendimiar, se dispuso a cumplir la orden.

–¡Zaragoza! –lo llamó Primo de Rivera–. Buen trabajo. Felicite a los escuadrones de mi parte.

–Descuide, teniente coronel. Así lo haré.

Zaragoza sonrió, agradecido, ante el cumplido de su jefe y se marchó dando un par de chasquidos con la boca para azuzar a los equinos.

–Fernando..., acompáñame al puesto de mando. –Navarro tomó del brazo a Primo de Rivera.

–¿Noticias de Melilla?

–Las comunicaciones se han cortado. Sabemos que hay varias posiciones cercadas y que no pueden replegarse. Temo que Drius quede aislada.

–Puedo destacar una escuadra para que salga e inspeccione el camino.

–Tengo otra misión para ti, Fernando.

–A sus órdenes.

–Esta mañana, después de que salieras, he mandado un convoy de heridos hacia Batel. Al parecer, ha sido interceptado. La situación es grave. –Navarro miraba al suelo, sin esperanza de que aquellos hombres siguieran con vida–. Dos de los camiones han logrado escapar y han llegado hasta aquí.

–¿Se sabe en qué zona?

–Han localizado al enemigo en las lomas de Dar Azugaj. Los tienen bloqueados.

–Saldremos de inmediato, en cuanto mis hombres se hayan reaprovisionado de agua y munición –contestó Primo de Rivera.

–Es un gran esfuerzo lo que te estoy pidiendo... El sacrificio será alto.

–Todo sacrificio es poco para salvar la vida de unos compatriotas, general.

Navarro se quedó mirando al líder del Alcántara, como dilucidando si en sus palabras había algún tipo de reproche o toda una declaración de intenciones.

–Sí..., claro. Confío en ti. El camino a Batel debe estar despejado de enemigos, y el convoy de heridos debe llegar a su destino. Que Dios te acompañe.

42

–Caballeros, sé que apenas han tenido tiempo para reponer fuerzas y tomar algo, pero el convoy de heridos que iba a Batel ha sido atacado cerca de las lomas de Dar Azugaj. El mapa... –comenzó a explicar Primo de Rivera a los jefes de escuadrón. Extendió el brazo, y el comandante Berrocoso le tendió el plano–. Acérquense, por favor. Ésta es nuestra carretera, y más o menos el convoy ha sido interceptado en esta zona, el enemigo les hace fuego desde estas lomas cercanas... Los tienen inmovilizados ¿Cómo lo ves, Tomás?

El comandante Berrocoso apretó los labios y gruñó, pensativo.

–Calculo que hay entre trescientos y cuatrocientos metros hasta la carretera –dijo, moviendo la mano sobre el mapa–. Habrá que picar espuelas. Las ametralladoras nos pueden cubrir desde aquí y aquí... Hay que ser rápidos, para que la carga sea lo más efectiva posible. ¿Sabemos de cuántos hombres dispone el enemigo?

–No, los conductores que han regresado no han sabido decirnos nada. En cualquier caso, la orden es que salgamos todos. Salvo la sección que protege la aguada de Drius, el Alcántara al completo irá al rescate del convoy. Ya sea por la ventaja de número que pueda darnos o por el efecto disuasorio que se pueda crear al enemigo ver a la caballería, Navarro estima que es lo mejor.

–¿Alguna pregunta?

–¿Cuál es el orden de batalla?

–Nos organizaremos en dos grupos –explicó Primo de Rivera–. Grupo I: escuadrones primero y segundo. Grupo II: escuadrones tercero, cuarto y quinto. El de ametralladoras se dividirá para dar apoyo a ambos. En vanguardia, el grupo II; flanco izquierdo de la carretera para el cuarto, y flanco derecho para el quinto. Al frente de la columna principal irá el tercero, seguido del de ametralladoras para apoyar las cargas, y en retaguardia el grupo I. –Hizo una pausa–. ¿Más preguntas?

Los jefes de escuadrones permanecieron callados.

–En fila de a cuatro en carretera, flancos y retaguardia con una sección de flanqueo. Salimos al galope, no tenemos tiempo que perder. Al primer contacto con el enemigo, formamos en dos líneas y, en cuanto descarguen las ametralladoras, cargamos. Atentos a las órdenes de disposición de escuadrones. ¿Listo?

Todos asintieron. Eran oficiales con experiencia y bastaban pocas palabras para planificar la operación. Primo de Rivera los miró uno a uno y, en tono suave, con voz serena y firme, les dio la orden:

–Monten.

Rápidamente, los sargentos movilizaron a los cazadores, que, apenas habían tenido tiempo de refrescarse tras su primera salida. El orden de la caballería es sencillo: primero es el caballo, y después el jinete.

–¡Nos vamos!

–¿Ya? Pero si apenas me ha dado tiempo a echar una meada, sargento.

–Ya lo harás por el camino. Coge munición y sube las posaderas a tu caballo.

–A la orden, a mi sargento.

–Monten, desmonten, monten, desmonten... ¡Vaya semanita!

–Deja de quejarte.

–Si yo no me quejo, mi sargento, me limito a describir la realidad...

–Sigue así y tu realidad va a estar en los establos recogiendo boñigas de caballo..., y de lo que no son caballos.

Las risas de aquel grupo de cazadores no eran las únicas. El regimiento, animado por sus oficiales y por el buen trabajo realizado, hacía gala de buen humor. Aun así, los sargentos, conocedores del oficio, procuraban que los jinetes no se desmadraran y se prepararan para la nueva misión. Porque ellos, los sargentos, saben que son la clave, la rueda dentada que une a oficiales y tropa, el engranaje para que la máquina funcione. Codrán había podido comprobarlo en Igueriben. Con oficio; indulgentes en el trato con el soldado, pero con mano dura cuando era necesario. Fiables, leales y letales.

–¡A caballo! –gritó el sargento–. ¿Listo, amigo Picón?

–Listo, mi sargento –contestó el cazador, esbozando una sonrisa.

–Pues andando, somos la sección de flanqueo y los primeros en llegar.

–Y los primeros en cargar –sentenció el cazador Picón.

El sargento asintió con orgullo. Sus hombres, pese a llevar poco tiempo en el regimiento, darían la talla. Y por eso el sargento Bernardo Bizmes los respetaba y daría su vida por ellos.

El Alcántara salió de Drius en formación de a cuatro, con los escuadrones flanqueando la carretera y Primo de Rivera al frente de la columna.

–¿Qué te ocurre, Plumilla? –preguntó Armijo.

–Un escalofrío, teniente. No soy supersticioso, pero…

–Tranquilo, todo saldrá bien –repuso el teniente con voz amigable–. Ahí viene el teniente coronel.

Primo de Rivera avanzaba por la calle principal de Drius al trote con su caballo animando a los soldados.

–¿Qué les dice?

–Cualquiera sabe…

En la vanguardia de la columna lo esperaban sus comandantes y Codrán, y Primo de Rivera le guiñó un ojo al pasar junto a él. Todos aguardaban su orden para salir. El general frenó a Vendimiar y, prácticamente al paso, se llegó a la puerta de Drius, donde reinaba un silencio absoluto. Sólo entonces se volvió hacia sus jinetes, hacia sus centauros; su caballo resopló, y casi instintivamente el jinete hizo lo mismo.

–¡Jinetes del Alcántara! ¡Recordad por quién lucháis! ¡Recordad por quién derramáis vuestra sangre! ¡Recordad a vuestros hermanos caídos! ¡Si nos llaman…!

–¡Respondemos!

43

Dar Azugaj, a 65 km de Melilla

Hace mucho calor, pero no es algo que lo incomode. Aziz ha crecido aquí, y desde muy joven ha aprendido la ley del Rif. Y en el Rif sólo hay una ley: la del más fuerte. Su padre, además del rezo mirando a Oriente, le enseñó el manejo del fusil, a cazar en las montañas, a buscar agua y alimento. Y también a no doblegarse al frío de la noche ni al calor del día, a aguardar paciente la llegada de la presa, a que el pulso no le temblara por el hambre o el ansia por apretar el gatillo. Hace muchos años de eso, pero hoy debe poner en práctica las lecciones aprendidas. Durante la noche, ha excavado en el duro suelo la trinchera donde ahora se oculta; apenas un metro de profundidad, pero suficiente para procurarse protección. Tras descansar un poco, comió un par de higos chumbos para desayunar y cumplió con Alá recitando el *salat* del amanecer. Tiene la gumía bien afilada con una piedra. Una gumía cuya hoja puede cortar huesos, músculos y tendones como si fueran mantequilla.

El sol está alto y castiga con dureza, pero no le importa. Está matando españoles, y piensa en el dinero que podrá conseguir desvalijando los cuerpos de los soldados a los que dispara. Quiere su parte del botín, pero deberá ser más rápido que los demás. Por eso mira receloso a los que lo rodean; sabe que ellos están pensando en lo mismo. Debería hacerse con un fusil Máuser; le gusta más que el Lebel que tiene, pues pesa menos y es más fiable.

–*Allahu akbar!* –oye que gritan sus compañeros alabando a su dios–. *Allahu akbar!*

Él también grita. La presa es buena. Quiere matar. Y, sobre todo, vengar la muerte de su padre. Vengar aquel día cuando, con doce años, en la montaña del Gurugú, los españoles lo dejaron huérfano, pues su madre ya había muerto durante el parto.

La vida en el Rif no ha sido fácil para Aziz. Tuvo que abandonar la tierra que lo vio nacer y trabajar en las minas. Ya ha pasado mucho tiempo desde entonces. Pero hoy está de suerte: dentro de los camiones hay muchos españoles desarmados, y fuera son pocos los que aún resisten. Pronto acabará todo. Sólo debe ser más rápido que los demás. Debe arriesgarse. Por eso, vuelve a mirar a su alrededor. De repente, sale de la trinchera de un salto, disparando, y tras correr unos metros zigzagueando se acurruca en una roca cercana. Un proyectil impacta en la protección pétrea. Instintivamente, se agacha. Se gira despacio, apoya la espalda en la roca. Puede ver al resto de la *harka* disparando contra los españoles. Y entonces sonríe. Que gasten ellos su munición; él está más cerca del premio, más cerca de arrebatar de las frías manos de un cadáver español un fusil Máuser y despojarlo de su dinero.

Ahora hay más con él. Otros lo han seguido, y también lucharán por el botín. Uno de los camiones que cerraba el convoy ha quedado aislado, y sus conductores están muertos. Es el objetivo más fácil.

A la carrera, algunos rifeños llegan hasta el camión y abren las compuertas. Los soldados españoles tumbados en las camillas levantan las manos y se cubren los ojos dañados por la cegadora luz del sol. Pero sus súplicas no son escuchadas. Los rifeños acaban con ellos. Tienen prisa, y eso los libra de ser degollados y sufrir una muerte más vil. Disparan a matar. Y entonces comienza el saqueo, pero algo pasa. Desde las trincheras, sus compañeros los apremian, les hacen señales. Algo viene por el oeste. Se mueven, inquietos.

–*Yaallah!* –gritan.

–*Yaallah!* –repiten.

Entonces, Aziz lo ve, y su respiración se acelera. Desde la piedra que le ofrece resguardo, mira nervioso a su alrededor, como si buscara refugio. Una columna de polvo se levanta en la carretera. En los otros camiones, los españoles comienzan a gritar, aliviados. Eso lo enfada, y les dispara. «Malditos españoles», piensa. Pero no tiene mucho tiempo para pensar. La columna de polvo sólo puede ser una cosa: caballería española. Vuelve a la trinchera a toda prisa entre balas que silban. Se tira dentro, tose, nervioso, por la falta de aire; respira, se recompone. Y en ese momento sí los distingue bien. Cientos de caballos acercándose por la carretera, cientos de sables brillando entre la nube de polvo. Dispara de nuevo, porque cree que Alá está con él. Además de un fusil, conseguirá un caballo. Grita.

–*Allahu akbar!* –grita.

–*Allahu akbar!* –chillan a su alrededor.

Aquéllos siguen avanzando, y él introduce más proyectiles en su fusil y lo apoya entre las piedras que amontona en el borde de su trinchera para acomodar el tiro. El grueso de la caballería aún no está a su alcance, pero hay avanzadillas, y ésos serán sus primeros objetivos. Los primeros en caer. Sabe que el disparo no es seguro, pero en cualquier caso apretará el gatillo, porque no le importará fallar. Debe prepararse y apuntar para que los siguientes disparos sean efectivos. La carrera de antes y ver a las tropas españolas han hecho que su pulso se acelere y ahora esté temblando. No le importa admitir que siente miedo; si muere, irá al jardín de Alá, y eso lo reconforta.

Fija el blanco. Éste se mueve, pero eso no importa. Aziz es hábil, y, si falla el tiro, probará con el caballo; a fin de cuentas, es más grande y fácil de acertar. Apuntará al cuello del animal; si el caballo cae, el jinete también. Ya vienen. Ya se oye el ruido de los cascos de los caballos que galopan al rescate de los suyos. Ya resuena la tierra. Están cerca.

Pero, de repente, alguien grita, alguien ordena que nadie dispare. El europeo que va con ellos estuvo en la Gran Guerra, y él es el que manda; él decide cuándo dar la orden de abrir fuego contra los españoles. Ni a Aziz ni a la *harka* les hace mucha gracia tal cosa, sólo quieren saciar su sed de codicia y venganza, pero Abd el-Krim ha ordenado que deben obedecerlo.

Aziz ahora suda, y el pulso se le acelera. Quiere disparar, matar. Hasta que por fin escucha la orden. Entonces sonríe, satisfecho.

–*Feuer!*

44

Dar Azugaj, a 65 km de Melilla

Le parecía raro cómo en medio de aquel caos sólo podía escuchar su respiración fuerte y acelerada. Cómo, por ensordecedor que fuera el ruido de los cascos de cientos de caballos sobre la tierra, podía sentir y notar el latir de su corazón aguijoneándole en el pecho. Quiere hablar, gritar, animar a los que a su lado cabalgaban hacia la muerte. Pero no le salen las palabras de la boca. Sólo balbucea. Tampoco el esfuerzo de su animal, de su caballo, de su fiel compañero resoplando en la carrera no le es ajeno. Son dos, y van juntos a la muerte. No pudo evitar sonreír al pensar que no abandonaría este mundo solo. Seguirá cabalgando con su fiel alazán, aunque sea en el mismísimo infierno; juntos desafiarán al destino, y sus dos corazones latirán o se pararán a la vez, como uno solo. Pronto empezó a reír con fuerza. A su alrededor, el galopar de los caballos, el crujir del cuero de las riendas apretadas, el tintineo de la vaina de los sables golpeando en los estribos, las balas silbando peligrosamente y los hombres cayendo al suelo y las monturas relinchando en un torbellino de tierra y piedras.

–¡Iahhh! ¡Adelanteee!

–¡Cuarto escuadrón, cargueeeennn!

Se sintió más vivo que nunca.

–¡Viva el Alcántara! –aulló entonces.

–¡Viva el Alc…!

Las descargas de los fusiles rifeños hacían blanco en los jinetes que cargaban en una larga línea compacta. Pero, a pesar de las bajas, la orden se repetía, y ellos seguían cargando.

–¡Cargueeenn!

–¡Adelanteee!

Con los dientes apretados, gruñían, gritaban y continuaban espoleando a los caballos. Los que caían alcanzados por los proyectiles enemigos relinchaban, enloquecidos; los que conseguían avanzar entre las balas resoplaban, escupían espumarajos, y sus cuerpos se llenaban de manchas de sudor blancas en su carrera hacia la gloria. Trescientos metros.

Adelante, siempre adelante.

Los cazadores se inclinaban sobre los cuellos de sus monturas, empapados en sudor, para ofrecer un blanco más difícil al enemigo. La marea de sables erizados se movía al compás del terreno. Sin pausa, cargaban contra aquellos rifeños que disparaban desde sus parapetos en las rocas y las trincheras excavadas en la loma contra la primera línea de carga de la caballería española.

Doscientos metros.

Los primeros caballos en atravesar las líneas enemigas lo hicieron sin jinetes. Las solitarias monturas saltaron por encima de las trincheras cumpliendo la orden de los clarines, que seguían sonando. Adelante, siempre adelante. Disparar, golpear, atropellar y volver a cargar. Al verlos, los rifeños que se encontraban fuera de la protección de las trincheras se lanzaron sobre ellos como aves de presa. Caballos, armas y comida: un buen botín. Y ése fue su error...

Al momento, el fuego rifeño disminuyó, pero no así el empuje de los españoles, que a cada metro soltaban más la rabia contenida.

Cien metros.

Y entonces, el miedo, como las ondas que se forman al tirar una piedra en el agua, llegó a las trincheras. Y con él, el ensordecedor tronar de los caballos y sus relinchos, de los clarines, el grito de rabia que sale de las gargantas de cientos de los atacantes. El Alcántara había alcanzado su objetivo. A caballo, con el sable o a pie, disparando las carabinas, los centauros consuman la empresa.

En ese mismo momento, algunos rifeños intentaron huir a la carrera, en un vano intento de salvar sus vidas, pero la caballería ya los arrollaba. En cuanto superaron las trincheras, la primera línea del Alcántara saltó por encima. Sus ocupantes disparaban desde los agujeros, moviendo con rapidez los cerrojos de sus fusiles, conscientes de que iban a morir y que no habría prisioneros. Sin tiempo para recargar, comenzaron a saltar sobre los jinetes, gumías en mano, hiriendo a los caballos para hacer caer a los hombres. Pocos segundos después, la segunda línea de caballería arribó a las trincheras y se desató el caos. La tierra levantada no deja ver nada, boca y pulmones se llenan de tierra. Sólo cuando es demasiado tarde se ve el brillo del sable. Luego, la oscuridad.

Cargan. Adelante, siempre adelante. Los jinetes se reagrupan junto a Primo de Rivera, que los alienta sin cesar, con gritos de ánimo y de vivas a España. Los clarines vuelven a sonar; y otra vez resuena el fragor crepitante de la batalla.

45

–¡Proteged a los heridos! ¡Sacadlos de ese camión y cubridlos!

El capitán Ballenilla andaba con paso firme entre los camiones. Algunos de ellos tenían el motor ardiendo, y otros habían perdido a sus conductores, muertos o agazapados para protegerse de las balas rifeñas. Pero Ballenilla continuaba su camino sin miedo y daba órdenes a los soldados que se escondían tras los vehículos. Tras él, a pocos pasos, dos jinetes a pie le servían de escolta y llevaban a su caballo.

–¡Capitán! ¡El primer y tercer escuadrón preparados para el relevo! –le gritó un jinete.

–¡Mande un enlace al quinto! ¡Deben mantener la carretera por el sur, que aseguren nuestra retaguardia!

–¡A la orden!

–¡Y que los hombres se desplieguen en guerrilla por los flancos! ¡El centro es para la caballería!

–¡A la orden!

–¡Ustedes! –reclamó a dos conductores que se cubrían tras el chasis de la cabina del camión.

–¿Nosotros?

–¡Saquen de aquí este camión! Está obstaculizando la carretera.

Los soldados se miraron, extrañados, como dudando si acatar la orden.

–¡Ya! –ordenó Ballenilla, dando una patada a uno de ellos para que se levantara–. Avancen por la carretera en dirección a Batel, sin detenerse, y llévense a los heridos de aquí.

–Pero ¿y si no arranca?

–¡Lo empujan!

Los dos hombres se levantaron de inmediato. Mientras uno abría la puerta de la cabina, otro se preparaba para arrancar el camión accionando la manivela del frontal del motor. El primero, a través del sucio cristal de la cabina, agujereado por los proyectiles rifeños, hizo una señal a su compañero para que la accionara. Tras unos segundos, el motor rugió con fuerza, y casi instantáneamente el conductor pisó el acelerador sin dar tiempo al otro soldado a que subiera.

–¡Serás cabrón! ¡No me dejes aquí! ¡Capitán, capi...!

–¡Cállese, coja ese fusil y proteja a los heridos! ¡Compórtese como un soldado! –aulló Ballenilla–. ¡Cabo! ¡Cabo!

–¡A la orden!

–¡Toque formar en línea! ¡Tenemos que relevar al cuarto y al segundo! ¡Todos preparados, ya!

El cabo marchó al instante a buscar al trompeta. Las ametralladoras, ya desplegadas, mantenían a raya a una agrupación de rifeños que hostigaban el convoy en la zona sur de la carretera, cubriendo así la retaguardia. Un momento después, el capitán Ballenilla ya había montado y formaba en línea delante de los camiones; se ajustó la gorra de plato en la barbilla y, apoyándose el sable en el hombro derecho, asintió y miró al trompeta. Todo estaba preparado.

–¡Plumilla! ¡Ponte a cubierto, detrás del camión!

El teniente Armijo desmontó y, agarrándolo de la camisa, obligó a Codrán a hacer lo propio para llevarlo tras la protección que el vehículo español ofrecía.

–Ponte a cubierto, si no quieres salir en las necrológicas.

–¿No pretenderás irte?

–Aquí no hago nada, debo ir con los míos –dijo el teniente, tomando las riendas de Linares.

–¡No digas estupideces! ¡Eres mi escolta!

–¡Es mi regimiento! –protestó Armijo.

–Pues, si tú vas, yo iré contigo –dijo Codrán, poniendo un pie en el estribo de Centella.

–Maldito idiota... Tu sitio es éste. Eres periodista.

–¡Hoy, no! ¡Hoy soy un cazador, igual que tú! ¡Y no dejaré que cabalgues solo! –exclamó.

Codrán había desconectado de todo cuanto ocurría a su alrededor. Simplemente, clavaba la mirada en los ojos de su amigo, el teniente.

–Los dos o ninguno –concluyó con vehemencia.

Armijo lo miró fijamente por un instante. Era absurdo discutir en ese momento, así que asintió, orgulloso.

–De acuerdo. Prepárate, cuando vuelvan a cargar, iremos con ellos. Pero no te alejarás de mí, ¿entendido? –le advirtió.

–No me alejaré –sonrió Codrán, que ya caracoleaba a lomos de Centella.

–¡Vamos, loco del demonio! El capitán Ballenilla mandará cargar en breve. Debe estar esperando la señal. Los de la primera oleada no tardarán en necesitar un descanso, y ése será nuestro momento. No hagas tonterías..., comprueba el fusil..., sujeta firme las riendas sin tirar de ellas... ¡Qué demonios! ¡Estás listo! ¡Vamos! ¡Ha llegado el momento!

46

Entre la espesa niebla de polvo y humo que se levantaba en la cara oculta de la loma, tras los ecos sordos de los fusiles, de los gritos y el estruendo de la batalla, un jinete coronó el cerro.

El caballo caracoleó, y el hombre tiró de las riendas para refrenarlo y que no siguiera galopando por la pronunciada pendiente. Encabritado, el animal se elevó sobre sus patas traseras, y entonces el jinete agitó su sable en lo alto, de izquierda a derecha.

–¡A la cargaaaa!

Con el sable señalando hacia la loma, Ballenilla picó espuelas. Al momento, sonó la trompeta, y todos cargaron a un mismo grito. Ansiosos también, los caballos salieron al galope, relinchando, todos juntos. Siglos y siglos de una caballería igual, batalla tras batalla, guerra tras guerra, loma tras loma. El ruido atronador de los cascos golpeando el suelo retumbó una vez más, haciendo temblar al enemigo. Nada ha cambiado desde el inicio de los tiempos.

–¡Mantengan la línea!

Algunos rifeños, en un intento de repeler el ataque, permanecían en las trincheras excavadas en la cresta de la loma. Morir matando, así de simple. Pronto las primeras descargas rasgaron el denso aire en busca de los jinetes españoles, pero nada los detiene, ni siquiera el plomo que los penetra.

Segundos que se hacen eternos. Minutos de muerte o gloria. Azuzan a sus monturas, hay que jugarse el todo por el todo. Algunos caen de sus caballos para siempre, otros siguen avanzando. Han de coronar la loma. El resto del regimiento está tras la elevación y la señal ha sido clara: necesitaban refuerzos.

–¡No vacilen! ¡Por nuestros hermanos!

No hubo una tercera descarga. En cuanto los escuadrones de refresco del Alcántara alcanzaron las posiciones de los rifeños, los sables atravesaron la carne de los pocos que las defendían y los caballos aplastaron a los que creyeron que podían pararlos. Y, luego, siguieron avanzando. Algunos perdieron sus monturas, y hubo quien buscó con desespero otra para continuar la lucha. Otros avanzaron a pie. Nadie queda atrás, sólo los muertos. Entonces, al coronar la cresta, entre los jirones de polvo que el viento forma, surgió como de la nada el campo de batalla.

Como en un sueño, Codrán se sintió parte de aquel caos, de aquel cuadro pintado a base de valor, ira, odio, amistad, lealtad, sufrimiento, honor, miedo, oscuridad, coraje y paz.

–¡A por ellos, Plumilla! –oyó que le gritaba Armijo.

Los escuadrones de Primo de Rivera se habían reagrupado en el flanco derecho, algo alejados del centro de la refriega. Ahí justo se concentraba un irregular grupo de rifeños formado con los restos de la *harka* que ocupaba Dar Azugaj. A pesar de las numerosas bajas, el Alcántara había conseguido desalojar de sus posiciones a la mayoría de los enemigos. Toda aquella disciplina que en los últimos tiempos aquellos rifeños habían aprendido de los mercenarios europeos se disipó, y salió a la luz, de nuevo, el estilo propio del guerrillero del lugar: atacar y huir, con botín a ser posible. Pero, sobre todo, con vida. Y los jinetes españoles habían decidido que aquel día eso no sería así.

La caballería arrasa con todo. Codrán, arrastrado por el ímpetu, no sabe muy bien qué hacer y se deja llevar por Centella. Refrenarlo, tirar de las riendas o cambiar de forma brusca su dirección podría provocarle una caída de resultado fatal. No tiene tiempo de sentir miedo, tampoco de pensar; sólo actúa por instinto. No ve muy bien qué es lo que tiene delante, ni escucha nada con claridad, pues todo queda apagado por las detonaciones de los fusiles y los cascos de los caballos. En medio del combate, la adrenalina lo invade, y grita de rabia o emoción. Lo hace casi inconscientemente; de forma automática repite lo que hacen cuantos lo rodean. Grita, grita con todas sus fuerzas, como hicieron otros cuando cabalgaban hacia el enemigo en tierras de Castilla, de Úbeda o de Sagrajas. Grita, al igual que otros lo harán en las futuras guerras, mirando cara a cara a la muerte.

La garganta le arde, respira con ansiedad. De repente, empieza a notar como su corazón bombea sangre que golpea sin piedad sus sienes. Se siente agotado, y entonces se da cuenta: ya no está en la pendiente. Ha llegado al llano, y sospecha que pronto chocará con el enemigo. Se prepara, hace acopio de fuerzas. Instintivamente, se encoge de hombros y se pega al cuello del animal para protegerse. Pero el tiempo se detiene por unos instantes. La colisión no se produce, y los caballos reducen la velocidad. A lo lejos, los clarines tocan llamada. Empieza a toser; el polvo se le ha acumulado en la garganta. Desorientado, vuelve a escuchar el clarín que ordena organizarse. De repente, siente un sofocante calor. Necesita beber agua, calmar la aspereza de su garganta. No es capaz de pensar, pero Centella sigue a sus compañeros. Luis mira a su alrededor, pero no ve nada. Hace rato que, durante la carga, ha perdido contacto con el teniente Armijo. Poco a poco, las sombras se transforman en leves siluetas. Codrán logra detener a su montura y busca con la mirada al teniente. A su alrededor, todo es caos. Y entonces lo ve.

47

Eran decenas, tal vez un centenar de cuerpos esparcidos entre el llano y la pendiente. Rifeños y españoles yaciendo juntos, en la misma tierra. Y, junto a los jinetes, sus caballos. Sus compañeros.

–Mi capitán, no se mueva o terminará desangrándose –insistía Armijo sin dejar de presionar la herida.

–¡Miguel! ¡Miguel!

–¡Plumilla! ¡Aquí! ¡Vamos, rápido! –gritó el teniente al verlo–. ¡Busca a un enfermero! Es el capitán Del Castillo. Está grave –le pidió con urgencia.

–Ton... terías, es... estoy perfectamente –replicó el herido con dificultad, haciendo ademán de incorporarse.

–¡Corre! –lo apremió Armijo.

Luis se alejó a todo correr, buscando en todas direcciones y llamando a un enfermero, aunque cada grito le rasgaba la garganta.

Mirara donde mirara, todo había cambiado drásticamente. Ya no cabalgaba a Centella ni gritaba por la emoción o por la rabia. Todo eso había terminado. Ahora caminaba entre muertos y heridos, y los chillidos que escuchaba eran lamentos de agonía. Su misión era encontrar a un enfermero que asistiera al capitán, pero no dejaba de cruzarse con otros tantos hombres que también lo necesitaban. Los quejidos de los soldados se mezclaban con los relinchos de los caballos y con las detonaciones que piadosamente los libraban del sufrimiento. También remataban a los rifeños que habían sobrevivido. No había piedad para el enemigo, pues no la esperaban de él.

Al ver a uno derrumbándose a su lado, Codrán se detiene por un instante; en aquel acto odioso de rematar a un herido hay venganza, un ajuste de cuentas por la matanza de Izummar, por el hermano de armas caído en la carga y por el dolor de sacrificar a un caballo agonizante. «Esto es la guerra. Sin censuras. Sin eufemismos», se dice, recordando las palabras de Benítez: «Dolor, muerte, oscuridad y odio».

–¡Enfermero! ¡Enfermero! ¡Necesito su ayuda!

–¡Como todos!

–¡Es el capitán Del Castillo! ¡Es grave! –lo urgió.

El enfermero lanzó una mirada a Codrán. Estaba atendiendo la pierna de un herido, y ya tenía suficiente trabajo allí como para que lo agobiaran con heridas de oficiales que tal vez sólo fueran graves a ojos de profanos. Meneó la cabeza, contrariado, mientras terminaba un vendaje provisional.

–Vete a ver al capitán... Yo estoy bien –le dijo el jinete.

–Cuando termine –respondió el enfermero.

–Vamos, vete ya, no pienso palmar por esto, y la herida del capitán debe ser grave –insistió el cazador.

El enfermero se lo quedó mirando por un instante, dio un apretón fuerte al vendaje y asintió.

–Apriete sin miedo, doctor –dijo con guasa el herido.

Mientras terminaba de anudarlo, llamó a dos jinetes que buscaban supervivientes para que llevaran al herido a la carretera.

–Vamos, llévame hasta el capitán –dijo al fin, incorporándose.

En su camino apresurado hacia donde se encontraba el teniente Armijo con el capitán Del Castillo, Codrán vio a Primo de Rivera. De pie en medio de aquel ir y venir de soldados, se mantenía impertérrito; a sus pies se encontraba Vendimiar, y en su mano sostenía una pistola. Indicó al enfermero dónde se encontraba el herido con Armijo y se dirigió hacia el líder del Alcántara.

–Lo siento –murmuró el periodista al acercarse.

Primo de Rivera apretó los dientes. Apartó la mirada de su caballo para mirar de soslayo a su amigo mientras guardaba la pistola en su funda.

–Me alegro mucho de verte, amigo Codrán –lo saludó el oficial, ofreciéndole la mano.

–El capitán Del Castillo está herido, grave –le contó Luis.

–Castillo...

A Primo de Rivera le cambió el semblante, e hizo un gesto para indicarle que lo llevara hasta el herido. Codrán no se hizo de rogar. Armijo le había contado que Del Castillo era un oficial muy respetado y querido por la tropa y que, a pesar de no pertenecer ya al regimiento, no había dudado en unirse a los cazadores aquel día.

Al llegarse al lado del capitán, el enfermero ya está con él. Primo de Rivera lo mira con preocupación; llevan mucho tiempo cabalgando juntos en aquel territorio hostil. Al momento, Del Castillo levanta la mirada y se topa con la de su amigo. Y éste sabe al instante que la herida no es buena.

–A... sus órde... nes, mi teniente co... –murmuró Castillo.

–Tranquilo, Castillo, no se esfuerce, ha hecho un magnífico trabajo, estoy muy orgulloso de usted –le dijo Primo de Rivera, agachándose para agarrarlo de la mano–. Se irá en el rápido del regimiento. Llegará a Melilla en poco tiempo, y allí podrán curarle esta herida. Conduce Carrasco, no le digo más –bromeó.

–Gra... cias, mi teniente coronel. Pero no creo que...

–Lo quiero ver montado a caballo en dos días, capitán. Es una orden.

Del Castillo asintió. Primo de Rivera se levantó y miró a su alrededor, buscando a alguien que pudiera ayudar al enfermero.

–¡Carrasco! ¡Teniente! –gritó, haciendo gestos con la mano para que el oficial se acercara.

–A sus órdenes.

–¿Cómo está, teniente?

–Bien, mi teniente coronel, me han matado a dos caballos... Algo magullado, pero aún en pie.

–Lo celebro. Llévese a Del Castillo, a este enfermero y a cuantos heridos puedan entrar en el coche del regimiento. Que todos los impedidos para el combate suban a los camiones. No puedo darle escolta hasta Melilla...

–Pero... yo estoy bien, puedo...

–Lo sé, lo sé, teniente. Pero confío en usted para esta misión. Llévelos para que puedan ser atendidos. Tal vez así salvemos más vidas.

Carrasco asintió. Tras indicar al enfermero que mandaría dos hombres para trasladar al capitán hasta el rápido, se dirigió hacia la loma para cumplir con lo ordenado.

–Pueden irse, si tienen que hacerlo –dijo el enfermero–. Me quedaré aquí con él hasta que vengan a trasladarlo.

–Ánimo, Castillo. En dos días, cabalgando, recuérdalo –le dijo Armijo.

–Eso… es... tá hecho.

Primo de Rivera y Armijo se alejaron del herido murmurando que la herida era muy fea, demasiado para trasladarlo hasta Melilla, pero no tenían otra opción.

–Su brazo, teniente –observó entonces el jefe del Alcántara.

–No es nada, un corte sin importancia. El veterinario me ha puesto un vendaje– se rio.

–Bueno, si a eso lo llama vendaje… –ironizó Primo de Rivera–. La jornada aún no ha terminado. De hecho, ahora empieza lo más duro: debemos replegarnos a Drius, y el enemigo nos estará esperando. Mandaremos dos escuadras por delante para que cubran los flancos de la columna. Quiero a todos los hombres aptos para la batalla a caballo cuanto antes.

Codrán y Armijo asintieron y observaron cómo Primo de Rivera se marchaba a seguir inspeccionando a los heridos en el campo de batalla y a recibir informes de los jefes de escuadrón. El periodista sacó la cantimplora y echó un largo trago. El calor asfixiante, el sudor que le empapaba las ropas, el polvo tragado y el estrés por el combate lo habían dejado completamente seco. Pero bebió con tanta ansiedad que se atragantó y empezó a toser con fuerza. Se llevó una mano a la boca, y con la otra le ofreció la cantimplora a Armijo.

–Guárdala, me da que vamos a tener que reservarla.

48

–Los camiones con los heridos están listos para partir, y hemos prendido fuego a todo. Nada queda que pueda ser útil al enemigo.

–Gracias, Ballenilla. Que el quinto salga ya con una escuadra de reconocimiento para abrir camino. –Primo de Rivera miraba a su alrededor desde lo alto de la loma de Dar Azugaj–. No quiero...

–Ya nada podemos hacer por ellos y... Los heridos son prioritarios, no quedan caballos ni camiones.

–Lo sé, lo sé, pero aun así me hierve el estómago. Ni tiempo para enterrarlos ni espacio para llevarlos. ¡Maldita sea!

–Volveremos a por ellos en cuanto lleguemos a Drius –afirmó el capitán.

–Cúbranlos con la guerrera y pongan piedras para que el viento no los descubra.

–Así se ha hecho, mi teniente coronel.

–Podríamos dejar una guardia, una escuadra, hasta que...

–Con su permiso, mi teniente coronel, eso... significaría aumentar las bajas.

–Sí, sí... Está bien, capitán. De la orden. Salimos ya.

–Sí, mi teniente coronel.

–Ballenilla..., gracias.

El oficial saludó a su jefe y espoleó a su caballo, que descendió por la loma para reunirse con el grueso de la columna. Una vez allí trasladó las órdenes, y de inmediato el escuadrón de ametralladoras inició la marcha. Por delante, una escuadra de avanzada iría limpiado el camino.

De nuevo, iniciaban la marcha.

Los camiones con heridos arrancaron tras la avanzadilla. El resto del regimiento esperaba la orden para iniciar el regreso a Drius. Y, en el campo, los cuerpos de sus compañeros; cerca de setenta cazadores se quedarían allí hasta que pudieran volver para recuperarlos y darles sepultura.

Luis se dio cuenta de que los jinetes no mantenían la vista al frente. Todos, sin excepción, miraban hacia la loma, donde, esparcidos en el suelo en perfecta alineación, yacían sin vida sus compañeros de armas. Sólo los caballos miraban hacia delante. El silencio era abrumador. Al volver la mirada, se cruzó con la de Primo de Rivera, que seguía en lo alto de Dar Azugaj. Se resistía a abandonarlos. Junto a él, el padre Campoy, el capellán del regimiento, realizaba las exequias por los caídos.

–Fernando...

–¡Ah! Hola, periodista. Deberías estar con la columna.

–Lo sé, quería... despedirme de ellos.

–Sí, yo también. No creo que podamos volver aquí en un tiempo. ¿Todo en orden, páter?

El cura asintió y tiró de las riendas de su caballo para descender por la pendiente.

–Ellos ya cabalgan por valles donde el odio y la oscuridad no tienen cabida. No estés afligido, amigo mío.

Primo de Rivera esbozó una sonrisa con desgana. Las palabras del capellán no podían consolarlo. Tomó aire y chasqueó la boca.

–Vamos, periodista. Aún queda mucho trabajo por hacer.

Al pasar junto al teniente Armijo en su descenso por la ladera, éste se les unió, y los tres avanzaron al trote por la larga fila de caballos hasta llegar al frente de la formación. Pero no llegarán. Cuando Primo de Rivera tiro fuerte de las riendas del caballo para detenerlo, Codrán y Armijo se miraron incrédulos. Un jinete cabalgaba hacia ellos.

–¡Dios mío! –exclamó el oficial jefe del Alcántara.

49

Aquel jinete golpeaba con brío los ijares de su caballo; avanzaba hacia la columna del Alcántara a gran velocidad, gritando tan fuerte como su garganta y pulmones permitían.

–¡Drius arde! ¡Drius arde!

Por detrás de él, la espesa columna de humo que se dibujaba en el horizonte ya anunciaba a los cazadores la noticia. Drius ardía, y eso sólo podía significar una cosa: Navarro y sus hombres habían abandonado el campamento y se dirigían a Batel.

–¡Maldita sea! –exclamó Primo de Rivera.

–No, no es posible... Tenía órdenes –protestó Codrán.

–Ahora sí que vamos a jugar otra partida –apuntó Armijo.

El teniente coronel picó espuelas y salió hacia aquel enlace que venía a su encuentro. Lo siguieron de inmediato Ballenilla y Berrocoso, y también Codrán y su inseparable oficial.

–¡Teniente coronel! ¡Drius arde! Se retiran a Batel. La sección del teniente Bravo que estaba de protección en la aguada ha enlazado con nosotros.

–Tranquilo, cazador. ¿Sabes a qué distancia está Navarro?

–Dos..., tres kilómetros. No creo que esté más lejos.

Primo de Rivera entrecerró los ojos y murmuró algo ininteligible. Calculaba su siguiente movimiento; asimilaba que Navarro había abandonado la mejor posición defensiva de que disponían y que de nuevo se veía inmerso en una retirada, pero de ningún modo podían volver a sufrir lo de Izummar.

–Maldito hijo de...

–¡Esa lengua, periodista!

–Navarro ha incumplido su promesa. Nos ha mentido, nos ha traicionado –se quejó Codrán.

–Sus razones habrá tenido... Ya responderá de su decisión. En cualquier caso, ya no podemos hacer nada. Y ese humo atraerá a toda la *harka*, así que no tenemos mucho tiempo.

El jefe de la unidad de caballería comenzó a caracolear con su caballo de un lado a otro; miraba los alrededores, como buscando una salida.

–No tenemos otra opción –dijo al fin Primo de Rivera, volviendo la mirada hacia un lado y otro de la carretera.

–Nada hacemos aquí... –señaló Berrocoso.

–Ni allí tampoco –apuntó el jefe del Alcántara señalando a la columna de humo–. Toca abrir paso..., y toda la maldita *harka* nos estará esperando.

–¿Batel?

–Batel –confirmó el teniente coronel–. Dispóngalo todo con Zaragoza, comandante. Que los camiones se unan a la columna de Navarro y mande un enlace al general. Abriremos el camino a Batel cueste lo que cueste. Que la sección de Bravo pase a vanguardia; están más descansados. Avanzaremos flanqueando el camino. Grupo I a retaguardia, grupo II en vanguardia. Los escuadrones cuarto y quinto encabezarán el avance. El quinto en el lado sur de la carretera, el norte para el cuarto –explicó de corrido, mostrándoles con el brazo extendido y la palma de la mano abierta el orden en el despliegue–. El tercero irá detrás del quinto. El primero y segundo, a retaguardia, en el lado norte de la carretera.

Primo de Rivera, pensativo, no apartaba los ojos del camino, como en un intento de que sus ojos fueran más allá de lo que pueden ver. Querría trasladarse metro a metro, kilómetro a kilómetro, hasta Batel; localizar con tiempo al enemigo para que sus hombres pudieran estar prevenidos.

–¿Visto?

–¡Visto, mi teniente coronel! –dijo Berrocoso.

–Una sección de ametralladoras con cada grupo –añadió Primo de Rivera–. Serán nuestro apoyo, nos cubrirán desde la carretera. Debemos procurar no cansar a los caballos con cargas inútiles, sólo cuando nos topemos con una gran concentración de enemigos cargaremos. Que otra sección apoye a Bravo en vanguardia despejando la ruta. ¿Quiénes están al mando de las secciones de ametralladoras?

–Tenientes Galindo y Manterola –contestó Berrocoso.

–Manterola en el centro de la columna, y para Galindo la retaguardia. Los que hayan perdido a sus monturas que se desplieguen en guerrillas para repeler escaramuzas y apoyar las secciones de ametralladoras. ¿Entendido?

–¡Visto!

Berrocoso y Ballenilla se dieron la vuelta y se dirigieron a la columna para trasladar las órdenes y organizar la marcha a Batel. Primo, inmóvil en la silla, la espalda recta, las manos en las riendas, seguía mirando la columna de humo que ascendía desde Drius. Codrán y Armijo, a su lado, en silencio, también habían fijado la vista en la misma dirección. El periodista negaba con la cabeza, embargado por la desazón y el pesimismo. Otra vez se habían perdido en el camino; otra vez estaban sin esperanza. Armijo escupió y maldijo aquel día; un día que se antojaba más largo y complicado que ninguno.

–Hay momentos –habló de pronto Primo de Rivera–, momentos en nuestras vidas que recordamos más que otros, no sé por qué motivo. Pero sí sé que este día lo recordaremos siempre. No lo maldiga, teniente. Este día servirá de inspiración a quienes en las futuras batallas deban enfrentarse a la muerte; este día infundirá valor a quienes, atenazados por el miedo, busquen ayuda para vencerlo. Sí, éste será el día del Regimiento Alcántara. Será recordado por quienes nos sucedan, y créanme cuando les digo que todos, todos, querrán haber cabalgado hoy aquí con nosotros. Este 23 de julio pasará a los anales del regimiento. ¡Vamos!

Acto V
RÍO GAN

50

23 de julio de 1921. Río Gan, a 60 km de Melilla

Los clarines empezaron a resonar. Uno tras otro se solapaban con la misma llamada. Mandaban el alto.

Codrán, que se había quedado en retaguardia con el teniente Armijo en el primer escuadrón, miró interrogante a su amigo.

–No hemos llegado aún a Batel. Es el río Gan. Esto no me gusta... –murmuró el oficial.

–¡Vamos!

Codrán azuzó a Centella para seguir a los del Alcántara, quienes iban repeliendo con las ametralladoras Colt a los rifeños que los acosaban por el camino. No eran más que ataques puntuales: golpear y correr, golpear y correr, aunque de esa forma ralentizaban la marcha y hacían imposible un descanso para los fatigados jinetes.

–¿Qué está pasando? ¿Sabéis algo? –preguntó Armijo a los servidores de una ametralladora.

–No sabemos nada, pero es posible que haya algún contacto con el enemigo en vanguardia. Hemos escuchado disparos.

–¡Gracias! ¡Vamos, Plumilla!

Los clarines se hicieron oír de nuevo, ahora con la llamada a oficiales. Claramente, algo sucedía, pues, al momento, los escuadrones establecieron un perímetro defensivo. Cuando los diferentes mandos se llegaron hasta Primo de Rivera, éste desmontó, se puso en cuclillas y empezó a trazar en el suelo unas líneas con la fusta. Codrán y Armijo llegaron casi los últimos, pero a tiempo para escuchar cómo el general exponía la situación.

–Tenemos poco tiempo. Navarro viene por detrás, y delante tenemos a la *harka*. Nos esperan en el cauce del río Gan; parece que se han parapetado allí y han tomado el puente... Entonces, la maniobra es clara. Nuestra vanguardia penetrará por el cauce, flanqueándolos, y los de retaguardia avanzarán para cruzar el puente por escalones, con la idea de continuar hacia Batel.

El jefe del Alcántara iba marcando el suelo con líneas que dibujaban el río, el puente, la carretera y las posiciones enemigas. Había trazado, incluso, la trayectoria de los dos grupos. Señaló entonces con la fusta los puntos clave, para indicar quiénes ejecutarían el plan.

–Los flanquearemos, buscaremos un paso en el cauce lejos de su alcance y avanzaremos a lo largo de éste hasta encontrarnos con ellos. El río hace un recodo antes de llegar al puente bajo. Eso nos tendría que dar cierta ventaja. El quinto por la derecha, el cuarto por la izquierda. Yo mandaré el cuarto, con permiso del teniente Arcos.

Arcos se llevó el dedo índice y anular a la frente y realizó el saludo militar, pero cariñoso.

–Cabalgar a su lado es un honor, mi teniente coronel –dijo.

–Mi teniente coronel... –comenzó Berrocoso.

–No, no pienso discutir esto, Berrocoso. Yo mandaré el avance por el cauce por la izquierda, y Zaragoza lo hará por la derecha. Una vez que entremos en contacto con el enemigo, será el turno del resto de los escuadrones: el primero, segundo y tercero. Lo harán en escalones. Debemos atravesar el puente y seguir hacia Batel. ¡No nos detendremos! Continúen avanzando, y acaben con cuantos enemigos encuentren en el camino.

Todos estudiaban el improvisado mapa dibujado en el terreno, tratando de asimilar las órdenes.

–La coordinación y la velocidad serán fundamentales para que tengamos éxito. Calculo que con cincuenta jinetes por cada lado del cauce será suficiente; en realidad, la anchura del río no da para más. Nos serviremos de los clarines para dar la señal de carga. Como he dicho antes, no los pillaremos por sorpresa, pero, gracias a ese recodo... –señaló de nuevo con la fusta el lugar exacto en el dibujo–, puede que no estemos a tiro hasta que nos tengan encima. Y entonces será demasiado tarde para ellos.

–Debemos crear una distracción, que miren al frente todo el tiempo, entretenerlos hasta que caigamos sobre ellos –concluyó Chicote.

–Sí. Aquellos que no tengan caballo entablarán combate con ellos, con el apoyo de las ametralladoras. La maleza y los arbustos que hay próximos al río pueden servirnos de protección, y así mantendremos ocupados a esos moros... Con la ayuda de Dios, no nos verán llegar hasta que sea demasiado tarde. Cuando caigamos sobre ellos, será vuestro turno. El desconcierto debe ser nuestro aliado. Distracción, flanqueo y... ¡avance! Galoparemos hacia el puente. Escuadrón tras escuadrón, carga tras carga. Todo un clásico de la táctica militar –concluyó con una sonrisa–. El tercer escuadrón será el último en cargar, y los que quedemos en el cauce realizaremos las tareas de limpieza... Después, sólo quedará recoger a los heridos y continuaremos hacia Batel.

–Está bien, hagámoslo. –Berrocoso, con actitud decidida, dio una palmada–. A por ellos. Navarro viene por detrás, le dejaremos el camino libre.

Los oficiales se animaron unos a otros: «Adelante», «Vamos», «Sí», «Hagámoslo».

–Reúnan a sus hombres. Tenemos poco tiempo, pero antes hablaré con ellos.

51

–Todos dispuestos, mi teniente coronel.

–Gracias.

Los escuadrones formaban en perfecta línea. Luis Codrán y el teniente Armijo se habían colocado delante de los jinetes del tercer escuadrón, al que Primo de Rivera había ordenado que se unieran. Primo de Rivera galopó de un extremo a otro de la formación, como pasando revista, y al fin se detuvo en el centro. Quería que sus palabras llegarán a todos los presentes.

–El Alcántara al completo –susurró Armijo–. Los veterinarios, los herreros... Allí está el páter, los oficiales médicos y los jóvenes trompetas. Tal y como predijo, nadie del regimiento quiere perderse este día.

–Incluso un periodista –sonrió Codrán.

–Periodista o cazador –el teniente lo miró con otra sonrisa–, me alegro de tenerte a mi lado. Ir en compañía de amigos a la batalla es todo a cuanto un soldado puede aspirar.

El oficial le mostró la palma de la mano, y Codrán se la estrechó. Un saludo cordial, fraternal. Y tal vez el último.

–Morir entre hermanos –murmuró Codrán.

–Suerte, periodista.

–Suerte, centauro.

–¿Qué me has llamado? –preguntó Armijo con una mueca. Pero calló de repente, porque ya empezaba a hablar el jefe del Regimiento Alcántara.

–¡Amigos! Sé que estáis cansados, que tenéis hambre y sed, y que también tenéis miedo... Sé que vuestros pensamientos están en Dar Azugaj, con nuestros hermanos caídos. Y lo sé porque los míos están allí desde que dejamos aquella colina. Nuestras órdenes terminaron en aquel maldito lugar. La misión que nos habían encomendado concluyó allí. Pero ¿qué dirían de nosotros si ahora abandonáramos a nuestros compatriotas?, ¿qué pensarían nuestros hermanos caídos? ¿Qué seríamos entonces? ¡Cómo mirarnos a la cara sabiendo que un día, un solo día, no cumplimos con nuestro deber!

–¡Nooo! –gritaron los soldados.

–¡No! ¡Y no! –continuó Primo de Rivera–. No seremos unos cobardes. Nadie irá a nuestras madres, a nuestras novias, a nuestras esposas o a nuestros hijos y les dirá que un día, un día, abandonamos a los nuestros y fuimos unos cobardes.

–¡Nooo! –aullaron más alto los jinetes.

–¡No! –respondió Primo de Rivera–. De nosotros dirán que, cuando nos llamaron, respondimos; que acudimos a la llamada del deber, a la llamada del honor... ¡Que nuestras piernas no flaquearon cuando España nos necesitó!

–¡Sííí! –gritaron.

–¡Hermanos! –gritó Primo de Rivera–. ¡Si nos llaman...!

–¡Respondemos! –voceó al unísono todo el Regimiento Alcántara.

52

Primo de Rivera había partido ya con los cincuenta jinetes del cuarto escuadrón. Su objetivo: flanquear a los rifeños por la izquierda. Entrando directamente en el cauce, cargarían contra los enemigos que allí aguardaban parapetados. Y con la misma misión, pero, por la derecha, había marchado el capitán Chicote al mando del quinto.

El plan seguía su curso, y aquellos jinetes que habían perdido a sus monturas ya se estaban adelantando, protegidos por las ametralladoras, para colocarse delante del puente y mantener ocupados a los rifeños. Luego, el resto de los regimientos avanzaría sobre el puente, lo superarían y arrollarían a todo el que saliera de aquella trinchera natural que el río Gan había formado con el correr de los siglos. Por escalones. Escuadrón a escuadrón. Carga tras carga.

Fuera del alcance de los fusiles enemigos, aunque a la vista de éstos, los hombres aguardaban órdenes. Todo era silencio, únicamente roto por los disparos lejanos y los relinchos de los animales. Desde donde estaban, no alcanzaban a ver el cauce del río, pero sabían que estaba allí gracias al color de las chilabas de los rifeños, visibles a través del aire cálido que ascendía desde el suelo ardiente del desierto, como si fuera una imagen reflejada en la superficie de un lago en total calma.

El sudor corría por el curtido y ennegrecido rostro de los jinetes. Con el sable apoyado en el hombro derecho, sostenían las riendas de sus monturas en la mano izquierda; sin apretar, pero firmes. Alertados, se mantenían inmóviles, a la espera de la señal de los clarines para picar espuelas, para acicatear a sus caballos y pasar del trote al galope en el espacio que media entre ellos y la muerte. Pensando que todo dependía de cruzar ese maldito puente; y también que muchos de ellos no lo lograrían. Pero ahí estaban. Unos junto a otros. Estribo con estribo.

Los portadores de los distintos regimientos mostraban ya las enseñas desplegadas. Ellos cabalgarían al lado de los oficiales y cargarían por delante de las tropas, afirmando la lanza para atravesar cualquier cuerpo que se ponga por delante.

En un momento dado, unas nubes de polvo aparecieron a ambos lados del puente. Los escuadrones de flanqueo avanzaban ya por el interior del cauce. Al verlas a través de los prismáticos, Berrocoso se los guardó en una alforja y empuñó su sable. Sereno, lo levantó bien alto. El momento había llegado. Cortó el aire el resonar de los clarines, y el sable señaló al frente. El primer escuadrón, encabezado por el capitán Ballenilla, emprendió la marcha. De fondo, seguían sonando los clarines. Al paso.

–¡Dadles duro!

–¡Dejad algo para nosotros!

–¡A por ellos!

Codrán observaba la escena junto a un nervioso Armijo. Intuía el periodista que su amigo deseaba ser de los primeros en cargar.

–Suerte. Que Dios os guíe –escuchó que susurraba Armijo.

–Tranquilo, seguro que dejarán algo para ti –trató de animarlo Codrán.

Un nuevo toque de clarín. Al trote.

Codrán sacó los prismáticos, y pudo comprobar que los jinetes iban desapareciendo en la espesa cortina de arena que levantaban los cascos de sus caballos. Sombras, contornos difuminados, figuras que se dibujaban y luego se desvanecían. Hombres y caballos. Centauros. Eso eran, pues no podía distinguir dónde acababa uno y comenzaba el otro, fundidos como estaban en un solo ser. Poco a poco, la polvareda se fue haciendo más densa, y más lejana. Debían de estar llegando al cauce. Y fue entonces cuando resonó la orden de cargar, y un griterío inundó el aire.

–¡Segundo escuadrón! ¡Al paso!

Había llegado el turno del capitán Fraile. Era su escalón. Uno tras otro, los escuadrones debían golpear al enemigo hasta arrollarlo y cruzar aquel maldito puente. Codrán vio cómo Fraile se despedía del teniente Climent llevándose la mano a la frente. El periodista empezaba a ponerse nervioso; esa ansiedad de quien espera un turno que nunca llega. También Centella, como los animales que lo rodeaban, parecía alterado. Codrán lo presentía al ver cómo movían las cabezas arriba y abajo y relinchaban.

Aquellos que formaban parte del último escuadrón, a la espera de su momento, se imaginaban lo que debía estar ocurriendo. Primo de Rivera y el capitán Chicote cabalgando para cruzar el río, llegando al puente en medio de un griterío enloquecedor y el terremoto de los cascos golpeando sin piedad el yermo suelo árido de aquel cauce seco. Los toques de carga de los clarines sembrarían el pánico entre las líneas rifeñas, que intentarían parar a los españoles con fuego a discreción desde sus privilegiadas posiciones en la pared de aquella cicatriz natural en el desierto del Rif. Los gritos y lamentos de los hombres, las detonaciones de los fusiles, los relinchos de los caballos; el ruido sordo de los cuerpos al caer o al ser golpeados por los cascos de los animales; los gruñidos salvajes de los que luchan por vivir y los aullidos de los que mueren; los chasquidos de los proyectiles impactando en las rocas y el siseo de los sables que muerden o atraviesan la carne. Los sonidos de la batalla.

La clave está en la velocidad. Codrán no veía ya nada por los prismáticos, el segundo escuadrón galopa ya tras sus compañeros y se interponen en su visión, pero no dejaba de pensar en eso: velocidad. Se tranquiliza al darse cuenta de que Ballenilla y su escuadrón deben de estar ya allí.

–¡Vamos, por el amor de Dios! –exclamó Armijo–. ¡Vamos!

Codrán no pudo reprimir un escalofrío. No tardaría en llegar su momento. A su lado, el oficial trataba de calmar la necesidad de picar espuelas en los ijares de Linares y cargar contra el enemigo.

El periodista nota cómo aumentan las pulsaciones, cómo el cuerpo sufre una subida brusca de temperatura y rompe a sudar. Tiene la boca seca, pastosa. Su respiración se acelera y los ojos se le mueven más rápido para tratar de captar cualquier movimiento. De repente, se siente más ligero, más ágil. Invencible. La adrenalina lo consume.

–¡Caaaaargueeennn!

53

Casi de manera inmediata, el teniente Armijo golpeó los ijares de su caballo con rabia. Y con él, el resto de los integrantes del Regimiento Alcántara. Sus miradas estaban puestas en el río, en la polvareda formada a tan sólo unos cientos de metros. Apenas un minuto al galope. Sesenta segundos.

Codrán se quedó por unos instantes observando cómo los jinetes rompían la formación y avanzaban a toda prisa por aquella maldita llanura, con sus sables centelleantes y limpios, dispuestos a mancharlos de sangre. Tras guardar sus prismáticos, palmeó con cariño a Centella, intentando calmarlo. Luego, lanzó un grito y, con decisión, lo espoleó. Tenía miedo, no sabía lo que podía encontrar en aquella nube de tierra, pero sabía que debía entrar en ella. Y cargó. De repente, notó que no se dejaba llevar por Centella, sino que era él quien manejaba a su bravo animal. Era él quien había decidido correr la misma suerte de sus compañeros, por algo tan simple, tan sencillo e irracional como la lealtad.

Centella es fuerte, y el periodista pronto empieza a sobrepasar a otros jinetes. Puede escuchar la respiración de su caballo; cómo, de forma rítmica, acelerada y ronca, toma aire y lo expulsa. También escucha el golpeteo en el suelo de sus cascos mientras, unos metros más allá, resuena un rumor de gritos, voces, relinchos y detonaciones. Va ganando terreno metro a metro, y el telón de polvo que ocultaba la batalla se abre de pronto ante él. Cuando entra en ella, se arremolinan ante sus ojos los cuerpos de animales y hombres caídos, y el fragor de la lucha le estalla en los oídos. Pero no cesa su cabalgada y llega al corazón de ésta sin darse cuenta. Con brusquedad, hace una finta para sortear a duras penas un caballo que viene hacia él en sentido contrario. Caballos que vagan solos y cuyos jinetes yacen en el suelo. «Es irónico», piensa de repente; «de lejos escuchas todos los sonidos que reinan en la sinfonía de la batalla, y cuando estás dentro, cuando te rodea la lucha por la vida y deberías escuchar todas las notas y acordes de la orquesta, no oyes ni el disparo que te quita la vida. Estás sólo con tu partitura. Los sentidos se agudizan, se ponen en guardia para prevenirte, pero su radio de acción es limitado, porque quieren salvar tu vida, no la de otros. A decir verdad, tal vez sea mejor así. Lo contrario te haría enloquecer». Codrán menea la cabeza; no puede detenerse a pensar en esas cosas.

–¡Armijo! ¡Teniente! –llama a su amigo.

Se revuelve con su caballo mirando en todas direcciones, inútilmente. No existe el aire limpio, todo es una espesa niebla ocre, y la visibilidad es limitada. Teme por la vida de Centella. Y por la suya. Estar parado es dar un blanco fácil al enemigo, debe moverse. Pica espuelas de nuevo, decidido a encontrar al teniente en medio de la locura.

A pesar de las bajas sufridas, el primer y segundo escuadrón han logrado cruzar el puente y continúan en su avance hacia Batel. El plan ha funcionado, al menos hasta ahora. Los rifeños, empujados por los jinetes que se internaron en el cauce seco del río Gan, se han visto obligados a salir. Conscientes de que nada conseguirán escondidos, deciden cerrar el camino al Alcántara, evitar que lleguen hasta ellos. Salen a matar, a clavar sus gumías en la carne española, con la esperanza de poder capturar un caballo y huir de allí. Salen gritando alabanzas a su dios, buscando una víctima que ofrecerle en sacrificio. Pero se encuentran con el sable que los atraviesa o con el caballo que los aplasta bajo sus cascos.

El tercer escuadrón ve frenado su avance. Los jinetes sufren el acoso de los rifeños, que se abalanzan como lobos contra su presa. Por un momento, el número les da ventaja. Clavan sus cuchillos en las piernas de los españoles o disparan sus carabinas para hacerlos caer, y entonces, ya en el suelo, se abalanzan sobre ellos y los rematan sin piedad. Pero los del Alcántara venden caras sus vidas. Alzan los sables y acicatean a sus monturas. Si son derribados de sus monturas, no piden clemencia. Siguen peleando. Mueren matando.

Centella relincha de dolor, dobla las patas delanteras y se derrumba. Al notar la sacudida que lo suelta de su montura, Codrán extiende los brazos para intentar frenar el golpe. El impacto contra el suelo levanta la tierra a su alrededor, y se desuella las manos al agarrarse al terreno. Aun aturdido por el violento golpe, gatea lentamente. Se siente mareado, la cabeza le duele, sus oídos taponados ahogan cualquier sonido, pero sabe que no puede quedarse ahí, que no debe derrumbarse. Sólo es capaz de sentir el latido acelerado de su corazón, que parece querer salírsele del pecho. Se frota la frente con el dorso sucio de su mano. Con la respiración entrecortada, emite un leve pero doloroso quejido, aterrado por verse incapaz de levantarse y correr. Así es presa fácil.

54

Las piernas, adormecidas por el golpe, no le responden. Su cuerpo no lo obedece.

Luis se estremece, porque ya ve, pese a la bruma nublosa en la que se ha convertido su visión, la oscura silueta de un rifeño que se le aproxima. Angustiado, lanza un grito, intentando despertar sus músculos; grita porque quiere vivir. Aprieta los dientes y hace un nuevo esfuerzo por levantarse. No se rendirá. El instinto por vivir despierta en la presa. Cierra las manos clavadas en el suelo para arrojar la tierra pedrosa al depredador que viene a cazarlo. Aquella sombra se ha hecho mucho más grande, y Codrán, aterrorizado, en un último esfuerzo por retrasar su destino, se echa hacia atrás. El rifeño sonríe y levanta su afilada arma.

–*Allahu akbar!* –grita.

Codrán trata de fijar la mirada en la cara de su enemigo y grita a su vez. Ahora, de repente, lo ve con claridad; los sonidos, antes apagados, se vuelven nítidos y limpios. Con esfuerzo, coge una piedra y se la lanza; necesita ganar unos segundos, el tiempo suficiente para reunir fuerzas y poder ponerse en pie. Su oponente esquiva el impacto y se echa a reír al ver al español arrastrarse de espaldas al suelo. Sólo deja de reír cuando levanta la gumía, listo para asestar el golpe final. Sin embargo, con un gruñido, cae al suelo. Un jinete del Alcántara lo ha arrastrado en su carrera.

–¡Arriba, Plumilla!

Tras unos instantes de incertidumbre, Codrán reacciona:

–¡Armijo!

–¡Espabila, o estos moros harán de ti un colador! –exclamó el teniente, alargándole el brazo desde la silla para que el periodista se agarrara.

–Ha faltado poco –murmuró, aliviado, Luis.

–¿Estás bien? Las manos…

–Estoy perfectamente –responde, abriendo y cerrando el puño–. Parece que aún funcionan.

–¡Vamos! Busca un arma y defiéndete.

Codrán asintió y se acercó a Centella, que yacía inmóvil. Apenado, le pasó la mano por sus crines y cuello. El proyectil le había atravesado el cráneo. «Al menos, no ha sufrido», se dijo.

El relincho de un caballo que galopaba a su espalda lo sacó de sus pensamientos. Con rapidez, sacó el sable de la funda que colgaba del costado del animal, lo desenvainó y echó a correr. Si no podía salvar la vida en aquel torbellino de lucha a muerte, al menos se la salvaría a otros. Si no hubiera sido por Armijo, ahora estaría muerto, y quiere devolver el favor. Lo tiene decidido.

El ambiente es sofocante, y, embargado por la excitación de la lucha, Codrán trata de aspirar todo el aire posible. La nube de polvo en la que se ha adentrado es atravesada por los rayos del sol, y éstos parecen querer iluminar la escena de la batalla. Luz en medio de la oscuridad; vida antes de la nada. Poco a poco, empieza a percibir lo que sucede a su alrededor. Por delante, un grupo de rifeños ataca a un jinete; a la derecha, otro está a punto de ser acuchillado; más atrás, un caballo vaga en solitario en medio del caos; a la izquierda, tres jinetes cargan contra varios rifeños que corren para escapar de los sables españoles. Debe actuar, y rápido. Corre hacia su derecha, levanta el sable con las dos manos y asesta un golpe sobre la espalda del rifeño. Al notar el porrazo, éste se detiene por un momento en su intento de matar al centauro, y enseguida se ve golpeado a su vez por el jinete, quien, tras atizarle en la cara con una piedra, le hunde en el pecho su propia gumía. Durante unos instantes, el de Alcántara presiona la gumía clavada, como si quisiera asegurarse de que ha matado a su enemigo; o tal vez saborea la victoria. Cuando al fin se incorpora, se mira la mano con la que sostiene el arma, tan ensangrentada que apenas se distinguen los dedos, y camina con paso cansado hacia el periodista.

–Gracias, amigo... –le dice.

Codrán y el cazador se miran unos segundos, pero enseguida este último lo deja solo y se interna de nuevo en la batalla. «No hay otra», piensa Luis, «matar y seguir matando hasta que acabemos los unos con los otros. Así de simple». También él debe continuar, y se vuelve para buscar a aquel otro jinete que se encontraba rodeado de enemigos. Ya no lo ve, y empieza a caminar sin rumbo, observando con atención a un lado y a otro. Ha sentido una punzada en su corazón, un oscuro presentimiento.

–¡Armijo! ¡Armijo!

Luis aprieta el paso, se mueve todo lo rápido que sus piernas le permiten. Un grito llama su atención, y se vuelve con brusquedad.

55

A su espalda, un rifeño se abalanza sobre él empuñando una bayoneta manchada de sangre. Codrán no se lo piensa, actúa. Afirma los pies en el terreno y echa a correr al encuentro de su enemigo; grita con furia y se lleva el sable hacia atrás para darse impulso al golpear. Cuando apenas está a dos metros, cambia bruscamente de posición: se tira al suelo con las piernas por delante y extiende el sable hacia delante, sujetándolo fuertemente. Todo sucede tan rápido que su atacante no puede reaccionar. Tropieza con los pies de Codrán y, en su caída, se clava la hoja, que lo atraviesa de parte a parte. Una bocanada de sangre sale de su boca, y al momento se desploma sobre el español, Codrán, al tiempo que ve cómo se mancha de rojo su camisa, gruñe por apartar el cuerpo que ha quedado sobre él. Se revuelve, irritado, y empuja el cadáver. De inmediato, trata de recuperar el sable, pero éste ha quedado atascado en el cuerpo del rifeño, así que sin pensárselo dos veces toma la bayoneta de su oponente y echa a correr de nuevo en busca de Armijo. «Matar o morir. Hasta que acabemos los unos con los otros. Sólo es eso. Terrible matemática», vuelve a decirse.

No tarda en cruzarse con un caballo que deambula al paso; parece cansado, harto de tanta sangre, de tanta lucha. El periodista corre hasta él y lo agarra de las riendas. A punto está de poner un pie en el estribo cuando, un poco más allá, distingue la figura del teniente Armijo. Varios rifeños lo rodean. Inmediatamente, Codrán coge la carabina que se encuentra enfundada en la silla del caballo, lo golpea en la grupa para apartarlo de la lucha y sale a la carrera en dirección a su amigo, a tiempo de ver cómo el teniente es derribado de su caballo tras golpear a un atacante con su sable.

–¡Noooo! –grita Codrán, con miedo.

Mueve el cerrojo, apunta y dispara. Entre quejidos de desesperación, vuelve a mover el cerrojo. Ha fallado el tiro, y su amigo ha caído sobre uno de sus atacantes. Ve cómo se levanta y lo golpea con la frente, dejándolo fuera de combate. Codrán vuelve a disparar, y esta vez un rifeño se desploma justo por detrás del oficial, quien, al escuchar la detonación, se gira y sonríe al periodista. De pronto, su expresión cambia. Una mueca de dolor e incredulidad deja paso a un rostro sereno y calmado que poco a poco se apaga. El teniente, abandonadas las fuerzas, dobla las rodillas y cae de bruces al suelo, dejando ver entonces a la figura del rifeño que le ha clavado su propio sable de oficial en la espalda.

Codrán se queda paralizado. Está a escasos pasos. Sus manos dejan caer el fusil que sostenían, y sus ojos inyectados de sangre se llenan de sed de venganza. Poseído por una fuerza que desconocía hasta el momento, como si de un caballo del Alcántara se tratara, el periodista empieza a andar, alargando el paso primero, trotando rápidamente después, para, lleno de odio y rabia, galopar al fin hacia su objetivo.

El rifeño aún mira sonriente el cuerpo sin vida del oficial cuando el periodista salta sobre él sin darle tiempo a reaccionar. Agarrados, los dos caen al suelo y empiezan a dar vueltas, intentando conseguir una posición de ventaja sobre el adversario; el rifeño, más habilidoso, logra primero colocarse sobre el periodista. Aun así, Codrán pugna por mantener los brazos libres y así poder golpearlo, mientras el rifeño busca desesperadamente un arma entre su chilaba. Con una rabia infinita, el periodista golpea la mandíbula de su oponente, obligándolo a soltar el cuchillo que ya tenía en la mano, y acto seguido le arroja un puñado arena a los ojos. El rifeño, cegado momentáneamente, se incorpora y retrocede con torpeza, tambaleándose, intentando ganar tiempo. Pero no hay pausa alguna. Codrán, de nuevo en pie, lo embiste con todas sus fuerzas, y éste da un traspié y cae hacia atrás.

El periodista está sobre él, le oprime el cuello, y éste, intentando zafarse, golpea los brazos que lo asfixian. El rifeño gime. En su esfuerzo por vivir, con desesperación, araña el rostro del español, pero Codrán, que no siente los golpes, con una expresión de satisfacción y locura en el rostro, aprieta más y más fuerte. Poco a poco, los gemidos pasan a ser sonidos guturales, y la desesperación se convierte en abandono. Los brazos del rifeño pierden fuerza, hasta que se derrumban; los párpados quedan entreabiertos, dejando ver una mancha blanca, y los estertores desaparecen tras una pequeña convulsión. Pero Codrán sigue apretando, las manos crispadas aferradas a un cuello que ya no late. Ya más calmado, agita el cuello de su presa como para comprobar que la vida lo ha abandonado y, exhausto, se deja caer de espaldas. Codrán intenta recuperar el aliento con respiraciones profundas que agitan el polvo que hay sobre su camisa. Tose por la arena que se le mete en la nariz, y se incorpora, jadeante, para tomar aire fresco. Cuando al fin se recompone, se levanta con dificultad y, con la ayuda del fusil que recoge del suelo, se acerca al cuerpo de su amigo. Toda esperanza se desvanece enseguida, porque es fácil ver que el teniente está muerto. Con gesto ceremonial, le coloca los brazos sobre el pecho. Luego, consternado por la pérdida, se arrodilla junto a él y mira sin ver las escenas de lucha que se siguen sucediendo entre los rifeños y los cazadores del Alcántara.

–Lo siento, teniente... No... he podido estar contigo hasta el final. Pero creo que tardemos poco en volver a vernos –rio con amargura–. Me quedaré a tu lado, poco me importa dejarme la vida aquí o allí. Hemos cabalgado juntos, y juntos moriremos.

Codrán movió el cerrojo de la carabina, apuntó a un rifeño y apretó el gatillo. Nuevamente, movió el cerrojo, salió la vaina, y alojó otro cartucho en la cámara. Apuntó y disparó. Lo hacía sin ganas, con una apática y fría rutina profesional. Vengaba a su amigo, movido por el odio. Y seguirá matando hasta que le llegue su turno. «Matar o morir. Hasta que acabemos los unos con los otros. Sólo es eso», se decía una y otra vez.

Movió el cerrojo, apuntó y apretó el gatillo. «Otro más a la cuenta». Acerrojó de nuevo y disparó, pero esta vez no salió ningún proyectil. La carabina estaba descargada. Agotado, de rodillas junto al cuerpo inerte del oficial, dejó caer el arma.

–Mi turno llega, teniente.

Codrán cerró los ojos. Cansado de matar y de ver morir a los amigos, estaba preparado para el final. Esbozó una leve sonrisa y trató de dejar la mente en blanco. Ni siquiera musitó una plegaria. Sencillamente, había llegado la hora.

Un clarín. Y otro. Y, de pronto, varios clarines a la vez. Su metálico tañido inundó el cauce y las orillas del río.

Era el toque de llamada, y un clamor de voces rugió. Repentinamente, la nube de polvo empezaba a romperse en jirones, el aire limpio penetraba, y todo parecía más claro y evidente. Codrán, abrió los ojos y percibió el sonido de los cascos de un caballo; escuchó su ronca y cansada respiración, y luego el relincho de protesta por el esfuerzo de la batalla.

Abrió los ojos cuando notó un aliento en el cuello. Se volvió. Fernando Primo de Rivera lo miraba fijamente.

Codrán lo miró un instante, y luego desvió los ojos hacia el caballo. Inclinada la cabeza hacia el suelo, levantaba pequeñas columnas de polvo con cada respiración; su cuello estaba lleno de manchas de sudor, blancas y, su cuerpo, cubierto de tierra y heridas sangrantes. Se estremecía.

–Me alegro de verte, periodista.

Luis asintió con la cabeza, y allí, junto al cadáver de Armijo, con los brazos caídos, rompió a llorar con amargura. Seguía vivo, pero despojado de toda humanidad.

Acto VI
BATEL

56

23 de julio, 16:34 horas. Batel, a 51,5 km de Melilla

El campamento español empieza a emerger sobre un horizonte abrasador de color amarillento del que emanan vapores ardientes. Los jinetes van a pie para dar descanso a sus fieles compañeros, que caminan a su lado. Sólo los heridos montan; los heridos y el cuerpo del teniente Armijo. Colocado a lomos de Linares, su caballo, avanza guiado por Codrán, que da los últimos tragos de agua de una cantimplora casi vacía.

La columna avanzaba, pero no parecía en modo alguno que volviera de una batalla de la que había salido vencedora. Esta vez no habría desfile victorioso; tampoco cánticos gloriosos, ni festejos multitudinarios, ni aplausos. Aquellos hombres sucios, emborrizados con tierra, sangre, sudor y completamente agotados, lo habían perdido todo en apenas unas horas: amigos, vida, esperanza, cordura. Intacta les quedaba sólo la dignidad, y por esa razón continuaban caminando sin mirar atrás, con la cabeza erguida y la mirada puesta al frente.

Era una marcha mecánica, por inercia. Adelante, siempre adelante. Sólo se escuchaban toses, rachear de pasos fatigados mezclados con los gemidos de los heridos, los relinchos y resoplidos de los agotados animales o el tintineo de los objetos que, colgados sobre éstos, se golpeaban entre sí. Y, entretanto, Batel se definía cada vez más en aquel horizonte cegador.

Desde que salieran del maldito río Gan no habían dejado de ser acosados por grupos de rifeños. Por esa razón habían destacado a algunos cazadores, para que los escoltaran y cargaran de tanto en tanto sin piedad sobre aquel enemigo traicionero que, después de recibir clemencia, suplicando de rodillas con los brazos en alto, asesinaban a los españoles que les daban la espalda. Entonces ya no hubo más perdón ni misericordia. Se acometía al enemigo con fiereza, reventando a los caballos si era necesario. No se hacían prisioneros. Una carga tras otra, agotamiento, sudor y sangre, una y otra vez. Codrán perdió la cuenta de las veces que el Regimiento Alcántara, o lo que quedaba de él, miraba cara a cara a la muerte.

Tampoco hubo más arengas. Aquella máquina perfectamente engrasada funcionaba por igual. Los centauros se colocaban frente al enemigo, y, cuando el oficial levantaba el sable, ya mellado, con la punta rota y con sangre seca en la hoja, el trompeta, el único que quedaba, hacia sonar el instrumento y daba la señal de avance. No había más ceremonia ni fanfarria. Los caballos relinchaban como protesta al volver a notar clavarse las espuelas en sus ijares lacerados; era su señal, la señal que indicaba que de nuevo debían cabalgar hacia la muerte bajo aquel cielo que ya no era azul, sino amarillo, con un sol que cegaba sin piedad a quien osara mirarlo.

El asfixiante calor y el tremendo esfuerzo de la jornada pronto pasaría factura al Regimiento Alcántara si no alcanzaban el campamento enseguida. Aquella maldita llanura engañaba la percepción de los hombres; parecía que Batel estaba cerca, pero aquello era un espejismo, como la propia salvación. Aún los separaban varios kilómetros, y eso podía ser mortal para muchos de ellos.

Ya no los perseguían los rifeños. La cercanía de la posición española y la propia orografía complicaban en demasía la guerra de guerrillas a la que estaban acostumbrados los locales. Aun así, la verdadera razón de su desinterés era la rapiña. Todo aquel maldito camino desde Annual hasta Batel estaba sembrado de cadáveres, de pertrechos, de armas, munición, caballos que vagaban en busca de sus jinetes, todo un botín en el Rif.

Codrán agitó la cantimplora. Le quedaban un par de sorbos, pero no le correspondían a él. Mojó su pañuelo con las últimas gotas de agua y frotó el hocico del caballo.

–Gracias, periodista –escuchó que le decía Primo de Rivera, a su lado.

–¿Gracias? ¿Por qué?

–Por lo que acabas de hacer. Has sido el único que lo ha hecho. Ni si quiera yo. –El teniente coronel clavó en él su mirada–. Armijo…, Armijo estará orgulloso.

–Linares es noble y ha peleado bien. Lo menos que puedo hacer es aliviar un poco su sed.

–Cuando lleguemos a Batel, yo me quedaré a esperar al general Navarro, pero mandaré a algunos hombres a la cercana posición de Tistutin para que protejan la estación de ferrocarril. Deberías ir con ellos. Si llegara un tren, con suerte podrías subir y llegar a Melilla antes de que sea demasiado tarde y corten la vía.

–Gracias, Fernando. Pero me quedaré junto a Linares.

–En ese caso, seguiremos juntos.

Paso a paso, Batel dejaba de ser un espejismo y comenzaba a materializarse como un asentamiento real. Y, a cada momento, todos los hombres se hacían la misma pregunta: ¿por qué habían abandonado Drius?

57

26 de julio. Batel, a 51,5 km de Melilla

Solemos llegar a pensar que Dios aprieta, pero no ahoga. Que lo peor ya ha pasado y sólo podemos ir a mejor. Pero, a veces, Dios ahoga, y todo cuanto es susceptible de empeorar empeora. Batel no podía sostener lo que quedaba del Regimiento Alcántara. Eran demasiados como para quedar refugiados en aquel reducto. Allí había agua, sí, pero provenía de un pozo salobre. Llegaron entonces las preguntas sin respuestas; también el odio y las ansias de venganza.

La idea de dejar Drius no le parecía a nadie la más acertada. En Drius tenían agua potable, espacio suficiente, provisiones y armamento. En Drius, en definitiva, se podían defender. Sólo tenía un inconveniente: estaba más lejos de Melilla.

En Batel quedó el teniente Armijo, bajo dos palmos de tierra, igual que tantos otros que marcharon de España al Rif. Cinco días después de haber llegado al asentamiento, los del Alcántara volvieron a cabalgar. Y fueron cinco días cada cual más parecido al anterior: sol, calor, sed, muerte, desesperación, hambre, agonía, sufrimiento, cansancio, miedo, terror, angustia, oscuridad. La siguiente casilla del macabro juego tenía que ser Tistutin, donde había una estación de ferrocarril de vía estrecha. Una esperanza para escapar a Melilla. Pero, a veces, Dios ahoga.

—¿Mi general...?

—¡Ah! Fernando, adelante..., pase —dijo Navarro—. Hace calor, ¿verdad?

El general parecía pensativo. Miraba el suelo o, mejor dicho, a la mancha luminosa que proyectaba un haz de luz que entraba por la ventana.

–Sí, este maldito sol… ¿Nada aún? –preguntó Primo de Rivera.

–Sigo sin poder comunicarme con Melilla.

El rostro del general Navarro se mostraba sombrío. Y la estancia donde se hallaba no lo era menos. Despojada de muebles, pues se habían usado para reforzar las defensas, aquel espacio contaba con una sola ventana como abertura al exterior, por donde, a través de unos postigos de madera con rejillas inclinadas, a los que le faltaban algunas piezas, medio cerrados y con sus bisagras descolgadas, entraban haces de luz en trayectoria oblicua mostrando en iridiscencia las partículas de polvo en suspensión. Del techo, lleno de desconchones, colgaba un cable que terminaba en un casquillo sin bombilla. Sólo había un taburete sobre el que se encontraba un teléfono de campaña conectado a una maraña de cables. Con él, Navarro intentaba comunicarse con la Alta Comisaría de Melilla.

–Ya no hay duda. La línea de ferrocarril está cortada –explicó Navarro–. La última orden fue esperar aquí. Nos prometieron que varias compañías de fusiles y de ametralladoras vendrían a por nosotros. Pero han pasado días y… no creo que la situación se esté restableciendo ni que los nuestros estén recuperando el control del terreno. Tendremos que retroceder a Monte Arruit. –Navarro se quedó mirando al líder del Alcántara. Su gesto denotaba hastío y cansancio–. ¿En qué piensa, teniente coronel?

–Ni Batel ni Tistutin son posiciones que hayan sido pensadas para resistir un asedio ni para albergar a una gran guarnición –contestó sin dudar Primo de Rivera–. Fue un error salir de Drius. Se lo dije.

–Ya sé lo que me dijo… –lo cortó Navarro–. ¿Cómo estamos de agua? –preguntó.

–¿Que cómo andamos de agua? –repitió Primo de Rivera con ironía–. Es... Es imposible sacar algo de ese pozo –contestó al fin, enfadado, señalando hacia el exterior–. Cada día hay bajas por la sed o por el fuego enemigo cuando van a buscar agua a Tistutin... Ya lo sabe usted.

–El comandante Villar ha propuesto negociar la aguada con los moros.

–¿Es una broma?

Navarro le clavó una mirada furiosa.

–Por supuesto que no. Todos vamos a buscar agua al mismo pozo, así que se trata de llegar a un acuerdo. Villar es el jefe de la Policía Indígena, nadie mejor que él para dicha negociación.

–¡Es un error! No podemos confiar en esa gente.

–Usted mismo lo acaba de decir, necesitamos agua, y no hay otra forma de conseguirla.

–¡Está poniendo muchas vidas en juego!

–¡Cómo se atreve! –protestó Navarro.

–¡General!

En ese momento, el comandante Villar irrumpió en la estancia. Al ver que Navarro no estaba solo, guardó silencio unos segundos, pero, al cabo, la urgencia de lo que debía tratar superó el natural recelo a cometer una indiscreción.

–General, la aguada está siendo atacada... Los moros han incumplido el acuerdo.

Primo de Rivera abandonó la sala a toda prisa, no sin mirar a Navarro con reproche y soltar, iracundo:

–¡Se lo dije, no son de fiar!

Ya fuera, llamó a su oficial para que reuniera a un puñado de jinetes. Debían auxiliar a los que habían ido en busca de agua.

–¡Arcos! ¡Arcos!

Los gritos hicieron volver las miradas de todos cuantos estaban en las cercanías. Un soldado salió de un corrillo y, tirando el pitillo que estaba fumando, se presentó de inmediato ante el teniente coronel.

–A sus órdenes –exclamó, poniéndose en posición de firmes.

–Que todos los que tengan caballo monten. Salimos de inmediato.

El oficial no respondió, se limitó a llevar la mano a la frente y gritar:

–¡Alcántara! ¡Jinetes del Alcántara!

No hizo falta más. Sin ningún tipo de reproche, protesta o queja todos los hombres formaron frente a la entrada de la posición.

–¡Fernando!

Codrán, llevando de las riendas a la montura del teniente Armijo, también se había acercado al oír las órdenes.

–Estoy preparado.

–Esta vez, no, periodista. –El oficial puso un pie en el estribo y subió al caballo–. Necesito a Linares conmigo.

–Pero...

–Coge papel y lápiz. Te toca escribir. Olvídate de ser protagonista de la noticia. ¡Cuéntala! –Se ajustó en la silla y, tras afirmar los pies en los estribos, picó espuelas y salió al trote–. ¡A ver cómo lo escribes! ¡Tal vez sea la última acción del Alcántara!

–Lo siento, Plumilla –le dijo el teniente Arcos Cuadra con una sonrisa–. Ya tendrás otra oportunidad. –Y se despidió de Codrán llevándose la mano derecha a la frente, aunque con cierto aire informal.

Codrán no protestó. Sabía que era inútil, así que se limitó a observar cómo los últimos centauros se reunían para la cabalgada. Tal vez la última. La última carga del Regimiento Alcántara. Y por eso el teniente coronel, que estaba ya en la puerta de Batel con diez jinetes más, los alentó una vez más.

–¡Jinetes del Alcántara! ¡Si nos llaman...!

–¡Respondemos! –gritaron los doce.

58

CRÓNICAS DEL RIF
Tistutin, 28 julio

Estamos en el poblado de Tistutin. Agotados los víveres y el agua de Batel, sin posibilidad alguna de obtener más de su pozo, no nos quedó otra alternativa que abandonar esa posición. Allí celebramos el día de nuestro patrón, Santiago Apóstol. 25 de julio, patrón del Arma de Caballería. Ese día, Silvestre debía de estar en Alhucemas con el rey Alfonso XIII celebrando la victoria española en el norte de Marruecos…, y yo debería estar allí, con él, para contárselo a toda España. Sin embargo, Silvestre está muerto, y yo pasé nuestro gran día comiendo judías duras con un trago de agua salada mezclada con vinagre.

Fernando Primo de Rivera animó a sus cazadores. Para ellos siempre muestra su eterna sonrisa, a pesar de todo. «No cambio celebrar el día de nuestro patrón aquí con vosotros por nada del mundo», les dijo. Estos hombres son verdaderos camaradas. Estamos solos, sí, pero estamos juntos. En Tistutin, un pozo suministra agua que, si bien no es de la mejor calidad, al menos nos ha calmado la abrasadora sed. Tengo que mencionar con cariño a la cantinera de Batel, nuestra querida Juana; sorprende la entereza y fortaleza de esta mujer, acostumbrada a la dura vida de estos lugares entre hombres que no saben si verán un nuevo mañana. Esta almeriense de nacimiento se ha ganado el respeto de todos cuantos aquí estamos.

El poblado de Tistutin fue abandonado hace tiempo por sus habitantes, y sólo quedó ahí la fuerza militar que estaba en él destinada. Se marcharon a toda prisa. Comidas a medio hacer, en cocinas que fueron festín de gusanos y moscas, ahora son restos fosilizados por el abrasador calor. Armarios con ropa, papeles con frases incompletas sobre escritorios. Salieron con lo puesto. Cuando llegamos aquí, encontré en una de las dependencias una máquina de escribir, botes con tinta, varias plumas y plumines e, incluso, una cámara fotográfica; estaba en el suelo y creo que el golpe la ha dejado inservible, pero la intentaré arreglar, porque es todo un tesoro para un reportero, y a fe que, si lo consigo, le daré buen uso.

Escribo mis crónicas con una acostumbrada sensación de que no serán leídas. Tal vez eso me dé más libertad, más naturalidad, más franqueza en estas líneas llenas de libertad y valentía, que no de insensatez. Quizás es por no tener miedo a la censura o a la crítica ante la imposibilidad cierta de que mis palabras salgan de este maldito lugar.

El general Navarro abandonó Drius, y su error costará mucha sangre, pues en ese campamento, según he podido saber por varios oficiales (y también es mi propia impresión al haber estado allí) ofrecía los elementos básicos para una defensa prolongada: agua, víveres, munición, parapeto defensivo y un campo visual despejado. Tomó la decisión en contra de lo ordenado por Berenguer. Si fue cosa del general o fruto de las deliberaciones con su Estado Mayor, no lo sé. También desconozco en función de qué premisas fue tomada. El tiempo será juez, y la propia conciencia de los presentes en ese conclave militar, verdugo.

El Regimiento Alcántara ha protegido con sus vidas lo que queda del ejército español. Protección a costa de su sangre, desde Izummar hasta Tistutin. Mañana, el Alcántara volverá a responder a la llamada; la llamada del deber, del honor, de la dignidad…, o simplemente la llamada de su líder. No hay jinete en el Alcántara que no siga al teniente coronel Fernando Primo de Rivera a las mismas puertas del infierno.

Mañana nos retiramos a Monte Arruit. Aprovecharemos que no hay luna para hacer una estación más en esta Vía Dolorosa en busca de agua. Seguimos aproximándonos a Melilla, conduciendo al enemigo más cerca de nuestra perla en Marruecos. Perderemos hombres en el camino, soldados que han perdido la confianza en ellos mismos, que anhelan volver a sus casas, ver a sus seres queridos. Volver, en definitiva, a saborear la esperanza de un futuro.

Tal vez yo también me quede en el camino a Monte Arruit, o tal vez incluso muera esta misma noche, no lo sé; asumí hace tiempo que estoy ante un pelotón de ejecución y que, en cualquier momento, pueden dar la orden de disparar. He dejado instrucciones para que se intente mandar esta crónica a Melilla. Aunque no se lo crean, no siento miedo ante la muerte. Tal vez sea por verme en compañía de amigos, de personas que comparten un mismo destino. Reconforta ir a la barca de Caronte en compañía, lo reconozco. Pero lo que siento es tristeza: tristeza por no poder hacer tantas cosas…, no poder amar, no poder viajar, no poder reír, bailar o beber. Sobre todo, beber agua hasta que me salga por las orejas. Ya no hace tanto daño la sed; la sed real, física, como la imaginaria. Ya no hace tanto daño la certeza de la muerte como la esperanza en la salvación, de un rescate que nunca llega ni llegará. Recuerden a todos estos hombres, recuerden al Alcántara. Porque ellos respondieron cuando se les llamó.

Acto VII
MONTE ARRUIT

59

29 de julio de 1921, 6:37 de la mañana. Monte Arruit, a 35 km de Melilla

Cuesta admitir la derrota, admitir que te has equivocado. Pero más cuesta vivir sabiendo que cientos o miles de jóvenes han muerto por una mala decisión, a sabiendas, o no, de sus consecuencias. Las decisiones tomadas en los despachos matan igual que las de los campos de batalla. El liderazgo, el gobierno, conlleva esa responsabilidad. Y es una terrible y pesada carga que se lleva en soledad. Ésas son las reglas del juego.

En ocasiones, no se trata de pelear contra el enemigo, sino contra uno mismo, y a eso se le llama valentía. A veces, morir no es lo peor. Lo peor es vivir con remordimientos. Con fantasmas.

–¡Corred!

–¡Están por todas partes! ¡Nos han rodeado!

–¡No quiero morir! ¡No quiero...! ¡Ugg!

–¡Ramiro!

–¡No te pares! ¡Está muerto! ¡Corre!

–¡Corred! ¡No os paréis!

–¡El cañón !¡No podemos dejarlo ahí!

–¿Quieres morir? ¡No se ve nada! ¡Sigue corriendo!

La carrera por la vida. Calor, miedo, sed, egoísmo, gritos, ansiedad, polvo, sangre. Muerte. Morir a menos de quinientos metros de la salvación. La misma sensación en cada retirada desde Annual: Ben Tieb, Drius, Batel, Tistutin..., y ahora Monte Arruit.

Aquélla empezó como las anteriores, y terminaría igual. Cuando las sombras desaparecieron y el abrigo de la noche abandonó a los españoles, el caos se hizo dueño de la columna. Los rifeños comenzaron a paquear desde las chumberas, desde las piedras, desde cualquier casucha. Por todo el camino hasta Arruit.

Navarro colocó a los heridos en el centro, para que de ellos dependiera la velocidad de la marcha. El Alcántara cubría el flanco derecho, protegiéndolos, y la retaguardia tocó en suertes a los ingenieros del capitán Félix Arenas. Estos últimos, abnegados, sembraron con sus cuerpos el camino de esta nueva retirada.

Arenas se quedó atrás. Protegía un cañón, el último en manos españolas. Después de agotar las municiones, en pie delante de la pieza, con el rostro impasible, contempló amenazadoramente al enemigo que se le acercaba. Asía con fuerza su Máuser, con la bayoneta calada: «Si lo queréis, tendréis que pasar antes por mí». Fue entonces cuando uno de los moros se acercó y le pegó un tiro en la cabeza sin mediar palabra. España se quedó sin cañones en el Rif.

–¡Se queda solo! ¡El capitán se queda solo! –gritó un soldado de ingenieros que, de rodillas, disparaba desde la retaguardia.

El sargento que mandaba esa sección se dirigió al soldado, lo levantó con una mano y se le encaró, furioso:

–¡Te crees que no lo sé, hijo de puta! ¡Levántate y corre! ¡Tenemos que llegar al campamento!

El soldado cumplió la orden. Con algo de torpeza en las piernas, aterrado, se levantó y corrió hacia la posición española sin mirar atrás. Fue entonces cuando un proyectil cayó cerca del sargento, quien instintivamente se agachó, se dio la vuelta y corrió como alma que lleva el diablo.

–Le juro por mis muertos que tendrá la Laureada, mi capitán –dijo con rabia el sargento al ver que nada podía hacer ya por su oficial, cuyo cuerpo yacía junto al cañón que había defendido hasta el último cartucho.

Miedo, angustia, desesperación. Lo mejor y lo peor del hombre aflora cuando se trata de lo más básico: vivir o morir. Los heridos son abandonados a su suerte. Se arrastran, gimiendo, suplicando ayuda, intentando escapar de la muerte. Algunos se pegan un tiro.

Tardas tiempo en dejar de escuchar sus voces, sus lamentos, sus lloros. Fantasmas.

60

La masa de hombres que quería entrar en Arruit chocó de lleno con los rifeños que se apostaban en las cercanías, impacientes por dispararlos a placer. Sin embargo, la niebla terrosa levantada por el viento y las miles de alpargatas que pisaban la extenuante pendiente les impedían la visibilidad. Y de ahí devino una terrible lucha cuerpo a cuerpo.

–¿Dónde está Navarro? –Primo de Rivera lanzó la pregunta al aire, con la esperanza de que alguien contestara.

–Creo que se ha quedado atrás –respondió Monje.

–¡Vamos!

El capitán Monje, Gilabert, Primo de Rivera y Codrán se internaron aún más en aquellas profundidades ocres en busca de Navarro, cruzándose una y otra vez con soldados desesperados que buceaban en aquel mar asfixiante intentando salir a flote. Ninguno de ellos se detenía; tan sólo deseaban respirar. El campo de visión era de apenas tres metros. Los gritos de los que morían, las toses, las detonaciones de los fusiles, las peticiones de auxilio…, todo se mezclaba con los gritos de búsqueda del general. Desesperación, caos, agonía, locura.

Codrán tuvo que ayudar a Gilabert a deshacerse de un rifeño. Gilabert, en el suelo, luchaba por evitar que la afilada gumía se clavara en él. Al darse cuenta, Codrán se abalanzó y, agarrando del cuello al rifeño, lo empujó hacia atrás, momento que aprovechó el oficial español para doblarle el brazo y hacer que se clavara su propia arma. El grito, casi inhumano, de sorpresa y dolor, más el posterior abandono de fuerzas, fue lo que indicó a Codrán que el rifeño había muerto. Aflojó entonces el periodista el agarre en el cuello y dejó caer el cuerpo.

–¿Se encuentra bien? –preguntó Codrán, tendiéndole la mano al oficial.

–Sí... Ha faltado poco. Gracias, Plumilla –dijo mientras se incorporaba–. Coge el fusil, este moro no lo necesitará, y a nosotros nos vendrá de perlas.

Codrán no se hizo de rogar y siguió a Gilabert en la búsqueda del general.

–¡General! ¡General!

–¡Fernando! ¡Fernando!

–¡Aquí!

–¡Vamos, periodista! ¡Allí! –gritó Gilabert.

Una vez reunidos los cuatro hombres, corrieron hacia la posición del general Navarro.

–¡General!

–¡Aquí! ¡Aquí! –respondió éste con dificultad.

Navarro, solo, con la pistola en la mano, se agazapaba al tiempo que se cubría los ojos con el antebrazo para evitar que el polvo lo cegara. Parecía andar algo desorientado.

–Os dejáis a vuestro general –dijo con dificultad cuando los otros lo alcanzaron.

–Súbase a este caballo.

Primo de Rivera le dio las riendas del animal que, momentos antes, había aparecido por delante de él en medio de la tormenta de arena por la que caminaban. El oficial, rápido de reflejos, se había plantado frente a él con los brazos en alto, para detenerlo, y consiguió así un medio de transporte para su superior.

–Gracias, Fernando –dijo Navarro mientras el del Alcántara lo ayudaba a meter el pie en el estribo–. Yo... quisiera decirte que...

En ese instante, antes de que Navarro pudiera terminar la frase, oyeron un disparo, y sobre la cara del general llovieron sangre y vísceras. El cuerpo de un moro que se encontraba a sus espaldas se desmoronó, inanimado. Durante unos segundos, Navarro, algo conmocionado, se miró el pecho y las manos; después, se sacudió los restos como pudo, con cierto asco, y miró hacia atrás. Codrán aún permanecía con una rodilla en el suelo y sostenía el fusil con el que había disparado. Navarro sólo fue capaz de asentirle.

–¡Vamos, mi general! –lo apremió Primo de Rivera–. ¡Monje! ¡Gilabert! –gritó.

–Nosotros nos encargamos, mi teniente coronel. –Los dos oficiales, conscientes de que tenían que escoltar al general, se dispusieron para la tarea. Mientras uno llevaría al caballo por las riendas, abriendo camino, el otro caminaría por detrás, vigilando sus espaldas, pistola en mano.

–¡Nos vamos, periodista! ¡Buen tiro! –lo felicitó Primo de Rivera, dándole una palmada en la espalda–. A mi lado, y procura no alejarte –le dijo entonces, mirándolo fijamente.

Codrán sonrió y asintió.

Siguieron entonces su camino, juntos, hacia Monte Arruit; sus contornos difuminándose en aquella infinita niebla ocre.

61

Aquel soldado gateaba a duras penas. Primo de Rivera golpeó suavemente la espalda de Codrán y se lo señaló. Codrán asintió y tranquilizó al teniente coronel con un gesto, haciéndole entender que podía ir a socorrerlo.

El periodista anduvo lentamente unos metros, tratando de ganar mayor visibilidad y así poder protegerlo mejor. Del otro lado, el oficial se desvió del camino; cuando llegó junto al herido, lo agarró del brazo para darle un punto de apoyo y lo ayudó a levantarse.

–Vamos, hijo, arriba. No te pares.

–Gracias, gracias... Dios le bendiga...

–Ánimo, debemos...

El líder del Alcántara no terminó la frase. El golpe en el estómago fue la confirmación de lo que su corazón había previsto. Primo de Rivera se volvió en cuanto escuchó la explosión. Y entonces lo vio: Codrán se encontraba en el suelo. La columna de humo y polvo que había provocado la detonación se elevaba hacia el cielo, y cascotes de tierra caían desperdigados por doquier. En medio, el periodista, completamente cubierto de todo ello, se agitaba en el yermo suelo, unos metros más allá. Se movía, pero claramente con torpeza, aturdido.

–¡Luiiis! –gritó Primo, y echó a correr hacia él.

El soldado al que había ayudado a levantarse lo siguió, tambaleante, usando un fusil de apoyo. «De aquí salimos todos o no salimos», se dijo.

El oficial sorteó con agilidad un par de explosiones más. Corría tapándose la cabeza con los brazos y, al llegar a donde había caído el periodista, se tiró al suelo. A tiempo de ver como los ojos de Codrán se cerraban lentamente.

–¡Luis! ¡Luis!

Crónicas del Rif

Monte Arruit, 30 de julio

Despertar después de caer golpeado por la onda expansiva de una bala de cañón que escupe tierra y fuego y ver de nuevo sus ojos debe de ser lo más parecido a resucitar. Esas dos gotas de ámbar, brillantes, hipnóticas, cautivadoras, me estaban mirando de nuevo. ¿Quién es ella? ¿Quién es esta misteriosa enfermera? ¿Por qué está aquí? Reconozco que representa un misterio para mí. Y no sé si quiero descubrir el misterio, pero sí formar parte de él.

Estamos de nuevo rodeados por el enemigo. En la retirada, no sólo perdimos las vidas de cientos de buenos soldados, sino también varias piezas Schneider y Krupp con las que nos bombardean constantemente. Ayer, más de cien explosiones. Hoy, en lo que llevamos de día, he contado veintidós. El muro que rodea este campamento está siendo demolido granada a granada. Los oficiales se esmeraron en difundir la idea de que los rifeños no sabían manejar un cañón, pero lo cierto es que lo hacen bien, casi diría que con mortal eficacia. También hemos perdido ametralladoras, granadas de cañón y munición; todo un arsenal que ahora está en manos de nuestros enemigos. El aire que se respira es una mezcla de miedo, desesperación, tristeza, angustia y pólvora. Ya no percibo el hedor de la muerte, de la sangre o de la miseria. No sé si es la nariz… o mi alma, que se ha acostumbrado. Tampoco ya me molestan las miles de moscas que zumban a nuestro alrededor.

Al Regimiento Alcántara le ha correspondido la defensa del pórtico de entrada. Sacos terreros, cajas, tierra y muebles conforman el parapeto defensivo. La única ametralladora que subsiste se ha emplazado aquí; es una Colt que maneja el capitán Triana. Sin duda, el puesto más duro y peligroso. El enemigo se afana en bombardear la entrada, en cuya fachada aparece el nombre de esta posición, como si con eso quisieran también borrarnos a nosotros del Rif, pero el regimiento no se achica, y con los cascotes que van cayendo por las granadas construyen su parapeto. Sé que no pasarán mientras el Alcántara esté aquí. Lo peor es ver cómo se pudren los cuerpos de nuestros compatriotas que cayeron a tan sólo unos metros de la salvación. Ver cómo los buitres y las alimañas los despedazan, sin poder evitarlo, nos llena de pena y profetiza nuestro futuro. Ya no disparamos para alejar o matar a las bestias de la carroña, porque la munición está racionada. Pero, si ver semejante espectáculo duele, oír en la tenebrosa noche cómo desgarran sus miembros a mordiscos o el picotear en sus huesos... es una tortura aún peor. Dormir es un imposible, pues, aunque cierres los ojos, lo sigues viendo, y, aunque te tapes los oídos, lo sigues escuchando.

He paseado por la guarnición. Todos trabajan en reforzar el perímetro defensivo. Se excavan trincheras protectoras para evitar el impacto de la metralla. Las mujeres que se refugiaron aquí, con el resto de los civiles, ayudan a los sanitarios a atender a los heridos. Les dan agua y algo de vino; no hay nada más. Juana, la cantinera, no descansa en los cuidados a nuestros soldados, es como una madre para ellos. Los hay que se afanan en hacer inventario de provisiones, como si quisieran calcular el tiempo que nos queda. No importa los días que nos queden. El final ya lo sé. Llegado el momento, el enemigo nos tentarán con la rendición. Sucumbir luchando, en el cautiverio o degollado por la mano traicionera. Todos acabaremos como esos pobres desgraciados que están siendo devorados ante nuestros ojos. Rodeados por el enemigo, sin agua y sin posibilidad de ayuda, sólo nos queda resignarnos a terminar aquí nuestros días. La única duda es el modo en que diremos adiós. El tiempo desvelará la incógnita. Un tiempo que aquí transcurre con una lentitud mortal. Cada minuto se hace eterno, y cada segundo puede ser el último. Y no quiero morir sin volver a verla.

62

–Veo que ya te has recuperado por completo. ¿Qué estás escribiendo? –lo asaltó Primo de Rivera.

–Hola… Bien, supongo que a ti puedo contártelo...

–A mi… y a cierta enfermera –respondió el militar con una sonrisa pícara, mientras se acomodaba junto él–. Cuenta: ¿qué es?

–Pues no sé…, unas memorias…, un epitafio… Sólo escribo.

–Así me gusta, que no se pierda el humor, siempre lo he dicho: la verdadera filosofía de la vida es el sentido del humor –dijo con sarcasmo.

El periodista escribía apoyado en la pared de uno de los dos edificios que constituía el arco de entrada; una barrera de sacos terreros se había levantado formando un semicírculo para proteger a los defensores de posibles francotiradores y de la metralla. La experiencia de Igueriben y todos aquellos días desde que abandonara Annual le habían servido a Codrán para adiestrar la mirada, para predecir desenfiladas y seleccionar lugares a salvo de tiradores. Pero Melilla le sirvió también para aprender algo que tal vez sea más importante aún que la inteligencia: a ser observador, a estudiar su entorno y a quien esté por ahí.

–No quiero que se olvide lo que está pasando.

–Bueno… Supongo que ésa es la labor de un periodista: informar. ¿No crees? –El oficial cerró los ojos, con visibles signos de agotamiento.

–Sí…, pero ante todo quiero cumplir la promesa que hice a Benítez. –Luis se removió, incómodo al acordarse de su amigo–. Quiero que se sepa lo que ha pasado aquí.

Primo de Rivera, aún con los ojos cerrados, hizo una mueca de aprobación y se acomodó más en la pared.

–¿De dónde eres? Por el acento, diría que de Sevilla...

–No me vas a dejar descansar, ¿verdad? –gruñó–. Soy de Cádiz. De Jerez de la Frontera. Cuando salgamos de aquí, te vendrás conmigo... Pero sólo si me dejas dormir un rato.

Codrán sonrió con melancolía y ojeó lo que había escrito en aquellas hojas.

–Suena bien. Cuando salgamos de aquí... –dijo con voz apagada.

El oficial abrió los ojos y lo miró.

–Por supuesto que suena bien. Escucha, conozco una bodega, propiedad de unos amigos míos... Iremos allí, beberemos hasta emborracharnos, te presentaré a mi mujer y te...

–¿Estás casado, teniente coronel?

–Claro, ¿no te lo había dicho? –Primo de Rivera se rascó la cabeza, como si estuviera intentando recordar algo–. Bueno..., sólo hace unos días que te conozco, periodista –se rio–. Aún no estoy preparado para confidencias personales.

Ambos se echaron a reír. Codrán sacó la cantimplora y se la ofreció al militar; tras darle un pequeño sorbo, se la devolvió, y éste volvió a guardarla.

–Déjame ver qué llevas escrito... –Primo de Rivera alargó el brazo para que el periodista le diera las hojas–. Te daré mi opinión.

–Nada de eso –contestó Codrán, levantándolas para sacarlas del alcance del oficial.

El oficial se echó a reír, se encogió de hombros y suspiró.

–Yo... –dijo Codrán–. Apunto los nombres de los cazadores..., de los centauros, así los he bautizado. Todo el mundo conoce los nombres de los generales, el tuyo incluido, teniente coronel, pero siempre se olvidan los de los soldados. ¿Ves...?, me acuerdo de lo que dijiste.

–Eso te honra, muchacho. Centauros. Suena bien. Lo hago mío. Centauros del Alcántara. –Primo de Rivera hizo una mueca de satisfacción–. Me gusta.

El silencio se hizo por un rato entre ellos. Permanecieron un rato, los dos, con la vista fijada en algún punto, pero sus pensamientos distaban mucho de estar allí con ellos.

–Bueno, ten cuidado, periodista –dijo al fin el oficial, serio–. Hay pacos que están esperando una oportunidad para acabar con nosotros. No les des esa satisfacción. Permanece con la cabeza gacha.

–Así lo haré –afirmó Codrán–. Por cierto, creo que cuando aquella granada explotó lanzándome al suelo..., me llamaste por mi nombre.

Primo de Rivera se levantó. Su cara mostraba satisfacción, como el profesor que comprueba que sus alumnos han aprendido la lección.

–Será tu imaginación... –sonrió, cómplice–. Nos veremos esta tarde después del rancho..., o lo que sea que nos den. Ya que no me dejas dormir, voy a inspeccionar el perímetro.

–Nos veremos... Por cierto, ¿cuánto años tienes? Es para el periódico –dijo Codrán.

Pensativo, el oficial se quedó mirando al periodista.

–Es curioso... No me había acordado hasta ahora. Hoy cumplo cuarenta y dos. Nací un 30 de julio. Hoy es mi cumpleaños.

–¡Vaya! ¡Felicidades, teniente coronel! Le diré a Juana que haga una tarta.

–¡Ah! Bendita mujer. Estoy seguro de que es muy capaz de ello. Te dejo ya...

–Feliz cumpleaños, Fernando –insistió Codrán.

Primo de Rivera asintió, agradecido, y lo dejó repasando la lista de hombres. Movía el dedo hacia abajo, pronunciando en voz baja lo que había escrito. Eran jinetes del Alcántara, de los que se había aprendido nombre y apellidos. En Tistutin, donde consiguió lápices, hojas, pluma y tinta, empezó con la lista. Algunos ya no estaban, y sabía que muchos otros, de los que iba añadiendo, incluido él, tal vez no regresarían a Melilla. Ajustaba mucho los espacios y escribía con letra pequeña, aunque entendible, pues tenía miedo de quedarse sin papel: teniente Arcos Cuadra, cabo García Valle, trompeta Juan Quiroga Gallego, teniente Francisco Climent, comandante Berrocoso, sargento Venancio Alonso, Pablo Baroja, José Bonet, Joaquín Rosas, comandante Zaragoza, Eugenio del Valle, Enrique Ruiz Almansa, alférez Juan Maroto, Fermín Gil.

De repente, se detuvo. Estaba ahí. Teniente Miguel Armijo. Por un momento, se quedó con la mirada fija en la hoja, recordando al jinete, sus palabras, sus galopadas, las risas con él. Escenas de pocos días atrás que le parecían que habían sucedido hacía años.

Primo de Rivera, tras dejar atrás el parapeto del pórtico, se había acercado a comprobar el estado de sus centauros, así los llamaba ya, y a intercambiar impresiones con el capitán Triana sobre el estado de las defensas, el ánimo de sus hombres y los movimientos de los sitiadores. Desde la lejanía, miró a Codrán e hizo un ademán con la mano para despedirse de él. El periodista correspondió con idéntico movimiento. Y fue entonces cuando todo cambió.

63

La explosión fue como un golpe seco. No retumbó, no se diluyó el sonido en el aire. Fue un martillazo en una pared. Un trueno en la noche.

Instintivamente, Codrán se tiró al suelo y se colocó en posición fetal, cubriéndose la cabeza con los brazos. Suspiró al darse cuenta de que los sacos terreros habían absorbido la onda expansiva y soportaron la metralla. Al cabo de unos instantes, cuando notó que dejaba de llover tierra, pero aún con cautela, se incorporó. Los oídos le pitaban, pero no le importó, porque esa molestia era casi continua por el efecto del bombardeo y de las detonaciones de fusilería. Pero, de repente, sintió una punzada en el corazón.

Estaba de rodillas y escupía sangre. Se apoyaba en el suelo con un brazo, pero el otro le colgaba de un tirajo de carne. Primo de Rivera, cubierto de sangre, trataba de moverse, desorientado, buscando alguna protección.

Codrán, haciendo caso a su instinto, se volvió. Y lo vio. Al momento, comenzó a gritar pidiendo ayuda, al tiempo que corría a socorrerlo. En cuanto llegó hasta él, lo agarró con fuerza para evitar que diera con la cara en tierra. No tardaron en aparecer el capitán Triana y otro cazador.

–¡Fernando! ¡Fernando! Dios mío... –repetía el periodista.

–¡Cógeme el brazo! –gimió el general–. ¡Cógeme el brazo!

Codrán, haciendo un verdadero esfuerzo por no derrumbarse ante la imagen que veía, colocó la extremidad destrozada por la metralla sobre el pecho del herido.

–¡Rápido, tenemos que llevarlo con el médico! –clamó Triana, y con la ayuda del otro jinete lo cargaron hacia el hospital.

Codrán se quedó de rodillas, inmóvil, mirándose las manos manchadas con la sangre. Sólo podía pensar en que aquel hombre era su amigo, y que ahora era trasladado hacia aquel terrible lugar del que pocos salían: el barracón hospital.

64

Crónicas del Rif

Monte Arruit, 1 de agosto

Madrugada del 1 de agosto. Al día siguiente de llegar aquí, una granada destrozó el brazo derecho del teniente coronel Fernando Primo de Rivera. Ese mismo día, el capitán médico Teófilo Rebollar y el alférez veterinario de su regimiento, Francisco Molada, ejercieron de cirujanos. Unos sanitarios y este periodista asistieron como enfermeros. Se utilizó una navaja de afeitar por bisturí para amputarle el brazo.

La operación, si es que se puede llamar así, se realizó sin más consuelo para el herido que un trozo de cuero en la boca para que mordiera; sin más anestesia que unos tragos de coñac; sin otra despedida que el beso a la imagen de la Virgen del Mayor Dolor, sin más anhelo que volver a cabalgar. La entereza de este hombre animando a los ejecutores de su amputación ha sido ejemplar. «Vais a necesitar vosotros la bebida más que yo, tembláis como un flan», o «Acabad pronto, tengo que volver al parapeto». Primo, que así lo llaman cariñosamente sus compañeros de armas, es el alma de Monte Arruit, la esperanza de cuantos estamos aquí. Después de visitarlo esta tarde, he hablado con el veterinario Molada, y no cree que pueda superar la infección que se extiende por su cuerpo. A pesar de la fiebre, el teniente coronel siempre está animoso y no escatima en bromas a sus visitantes. Nunca se queda solo, siempre hay alguien a su lado. Los centauros se turnan para velar a Quirón.

Esta noche, alumbrado con la pobre y temblorosa llama de un par de candiles, hemos asistido al entierro de un niño. Introdujimos su cuerpecito, apenas tenía ocho años, envuelto en una manta, en la tumba. Tras rellenar de tierra su última morada, colocaron una cruz con su nom-

bre y edad. Cómo describir la congoja, el dolor que me oprimía la garganta y me impedía respirar. O el silencio…, ese silencio tan pesado, asfixiante, injusto. Nadie de los que allí estábamos pronunció una sola palabra, sólo se oyó al páter rezando las plegarias. La realidad nos golpea sin piedad, aplastando las ensoñaciones, los ideales utópicos, la imaginada vida que creemos de manera inocente o necia. La cruel realidad te muestra lo auténtico, la simple, la verdad más absoluta de la existencia. En pocas horas saldrá de nuevo el sol y todo continuará su curso, su devenir, pero yo ya sé lo que es la guerra: muerte, oscuridad, odio y dolor. Un dolor que siento incluso al escribir. Duele, incluso, seguir viviendo.

65

Crónicas del Rif

Monte Arruit, 3 de agosto

Llevo seis días aquí. He tenido que usar un calendario para poder ajustar la cuenta, pues he perdido la noción del tiempo. Procuro mantenerme cuerdo escribiendo y, aunque sé que sólo escribo para mí, este ejercicio cumple su cometido y me aleja de la desesperación y la locura. Aun así, lo que me hace seguir con ganas de vivir es ella. Y esta situación hace que todo sea más intenso. El protocolo, la distancia, las maneras de la vida social cotidiana desaparecen. La seguridad de que pronto abandonaremos este mundo te hace ser más osado, más pragmático. Si no fuera por esto, por saber que cualquier segundo puede ser el último, no me hubiera acercado a ella. Sé que oculta algo; que su presencia aquí no es casual y es más importante de lo que parece. Ella es diferente al resto de las mujeres que se encuentran en Monte Arruit; hay algo especial en sus maneras, en su forma de hablar con los militares, en la consideración que éstos le profesan. Está claro que no es una mujer del Rif y, sin embargo, parece tener un total conocimiento del entorno y de las costumbres. Cuando estoy a su lado, apenas hablo. Sólo la observo, su voz y sus ojos me hacen olvidar cuanto me rodea. En varias ocasiones, cuando el momento ha sido propicio, he intentado preguntárselo. Pero ella lo intuye, y entonces me agarra del brazo y apoya la cabeza en mi hombro. Comprendo entonces que no quiere hablar, y respeto su deseo. Simplemente me quedo mirándola hasta que, agotado, los párpados se me cierran. Dormir a su lado, aunque sea sentados en el suelo junto a un parapeto de ladrillo o de sacos terreros, es simplemente un regalo. Sentir el roce de su pelo o la suave caricia de su aliento en mi piel es embriagador, y deseo que acabe el día y llegue la noche para poder tenerla cerca de mí una vez más. Para que sea sólo mía.

La sed sigue cobrándose su tributo en vidas. Lo mismo que ya viví en Igueriben. Sé lo que pasa, lo que nos ocurrirá. Las colas para recibir la mísera ración de agua dan una pena infinita. Los soldados renuncian a esas gotas y se las ceden a los niños y mujeres; los enfermos van primero, pero, luego, cada uno ocupa su puesto, y se reparte con cruel equidad. Cada vez que estos héroes salen a la aguada para traernos el preciado líquido lo pagan con su sangre. Es el precio que el dios de la guerra nos impone por seguir un día más con vida. Muchos desertan y huyen en cuanto rellenan sus cantimploras. No los culpo, si yo estuviera en su lugar tal vez hiciera lo mismo. Nada me retiene aquí..., excepto ella. Miguel murió, y Fernando sigue gravemente herido, cada día la fiebre lo consume y su vida parece apagarse.

Esta mañana, los moros han traído a un desdichado a la puerta del recinto, uno de tantos que ha intentado huir y no lo ha conseguido. Semidesnudo, su cuerpo estaba emborrizado de tierra y sangre. Había sido torturado, e incluso con los prismáticos podían apreciarse las heridas de las gumías. Apenas podía mantenerse en pie, era arrastrado por sus captores. Una vez que lo colocaron de rodillas delante de la puerta, a una distancia prudencial, los moros empezaron a gritarnos. Pese a la distancia, los escuchábamos con nitidez, pues nos envolvía un silencio trágico y absoluto. Clamaban palabras llenas de odio, y ella las traducía, las reproducía de forma monótona. El pobre soldado gritaba también, a la vez, y era una súplica entre sollozos: «¡Disparad! ¡Disparad!». El machete que el moro esgrimía cada vez que nos señalaba para maldecirnos no dejaba lugar a dudas. La mirada del capitán Triana me hizo saber qué era lo que el buen oficial pensaba. Los jinetes que, ahora sin caballos, tenían la misión de proteger la entrada movieron los cerrojos de sus fusiles y el servidor de la ametralladora Colt hizo lo propio al escuchar la orden de Triana. Fue una orden dictada con furia, con voz que se tornó violenta y llena de odio: «Apuntad». Los tres moros y nuestro compatriota cayeron al instante, y los rifeños, privados de su exhibición, comenzaron a dispararnos. «No hay prisioneros» fueron las últimas palabras que ella tradujo. No hay prisioneros. Incluso mi misteriosa amiga no pudo resistir aquello y se abrazó a mí, llorando. Hay un odio visceral hacia los españoles, un odio inculcado desde el nacimiento, cuya génesis se pierde en la noche de los tiempos y que, ahora, ha despertado con sed de venganza. Y ese mismo odio se apodera también de nosotros, y sólo deseamos lo mismo: matar.

66

4 de agosto, 23:42 horas. Monte Arruit

–Quiere verte.

–¿Cómo está?

El veterinario Molada había cerrado la puerta de la habitación donde descansaba el general. Bajó la mirada y, nervioso, se frotó las manos con un trapo manchado de sangre. Intentaba, sin conseguirlo, limpiarlas.

–La infección... –dijo al fin, mirando a Codrán–. Voy en busca del páter.

El veterinario se marchó tras palmear al periodista en el hombro y recomendarle que no lo cansara mucho. Codrán abrió la puerta y se quedó mirando la escena desde allí, sin poder creerse que no volvería a verlo montar a caballo. A su lado, estaba Juana, la cantinera de Batel, sentada. Ella y María Gómez, quien regentaba la cantina de Arruit, se habían turnado para vigilar al herido tras la operación, procurándole los mejores cuidados posibles. Al ver al periodista, Juana se levantó y abandonó la estancia entre lágrimas. Codrán tuvo que hacer acopio de toda su entereza para acercarse al lecho de Primo de Rivera. En la pared, había un crucifijo, la sábana lo tapaba hasta el pecho y un paño le cubría la frente. Su tez, a pesar de estar oculta bajo una barba incipiente que contrastaba con el bigote, estaba visiblemente pálida, tenía los ojos hundidos en las cuencas, y los labios, agrietados, habían perdido color. Permanecía con los ojos cerrados, y Codrán, procurando que la pena y la preocupación no lo delataran, se sentó junto a él.

–Me han dicho que te han visto con cierta pelirroja... –murmuró Primo de Rivera, aún con los ojos entreabiertos, al notar que alguien había entrado en la estancia.

–¿Sí? Y a mí me han dicho que pronto saldrás de aquí. No pienso dejar que te acerques a ella.

Primo de Rivera esbozó una sonrisa y abrió los ojos.

–Mientes fatal... Los dos sabemos que no veré el próximo amanecer... –balbuceó, pero tuvo que callar, porque comenzó a toser, con evidentes gestos de dolor.

Codrán lo ayudó a incorporarse para que pudiera respirar mejor. Fue entonces cuando vio el muñón manchado de sangre oscura donde antes había un brazo lleno de vida que alzaba un sable.

–No digas eso, te curarás, y pronto...

–La caballería pronto dejará de existir –casi escupió Primo de Rivera–. Y la guerra será más odiosa, si cabe... Desaparecerán los lazos que unen al hombre y al caballo, lazos... forjados durante siglos, lazos forjados únicamente entre hermanos que afrontan la muerte... Yo no quiero ver ese día. Las ametralladoras sustituirán a los sables... Corren tiempos oscuros, tiempos de armas más sanguinarias y cobardes.

–No hables, no debes pensar en eso... Piensa en Cádiz, en que pronto volverás a sus playas montando en...

–Escúchame. –El oficial miró con fijeza, aunque con ojos vidriosos, a Codrán–. Tú ya sabes lo que eres... Debes ser valiente y aceptarlo –suspiró, cansado–. Eres periodista..., no un soldado..., si coges el fusil serás uno más... No evitarás que mueran, no ganarás, y ayudarás a que ellos sean olvidados. Debes dejar el fusil y coger la pluma. No seas el protagonista de la historia, sé el testigo que la cuente. Sólo así los salvarás. Sólo así escaparán de Monte Arruit, sólo...

Comenzó a toser más fuerte. Codrán, asustado, llamó a Molada, que rápidamente entró en la habitación, retiró el paño de la frente del oficial y lo empapó con ginebra.

–No tenemos otra cosa –se justificó el veterinario, dejándolos nuevamente a solas.

–Sólo así ganarán la guerra a la muerte, al olvido... –continuó al cabo Primo de Rivera–. Sólo así serán recordados...

–En Igueriben, tenía una cámara fotográfica con la que... Pero se rompió. Nadie recordará sus caras... –murmuró el periodista, al tiempo que agarraba la mano del oficial.

–No se necesitan fotos para recordar a los amigos... Ésta es tu máquina fotográfica –dijo, tocándole el pecho con la mano–. Espero salir guapo... –empezó a reír, lo que hizo que tosiera otra vez–. Me... gustaría hablar con mis oficiales antes de...

–Fernando, yo... –Codrán le apretó la mano con fuerza–. Yo te prometo que contaré todo lo sucedido estos días, que pagarán los que por su mal hacer...

El oficial negó con la cabeza y levantó la mano para que se callara.

–No... es eso. ¿De qué servirá avivar el rencor? ¿De qué servirá remover un pasado inevitable?

–¡Justicia! –dijo Codrán con vehemencia, poniéndose en pie–. Han muerto miles de soldados por ...

–¿Justicia... o venganza, amigo periodista? –lo cortó.

–Las dos me valen.

–Pero a mí, no. No cometas tú el mismo error y... tomes decisiones... basadas en tu bienestar y no en el colectivo. Estoy cansado, amigo Codrán. Quisiera hablar con mis oficiales..., antes de..., antes de dormir.

–Los llamaré ahora mismo.

Primo de Rivera alargó la mano para estrechársela.

–No eres abogado ni soldado ni juez. Eres periodista –insistió, entre balbuceos.

Codrán hizo un esfuerzo por contenerse y le apretó aún con más fuerza la mano.

–Eres el alma de este ejército, Fernando. Tú eres quien los impulsa, no puedes... Yo...

Primo de Rivera sintió una punzada en el pecho y sus facciones se contrajeron por el dolor.

–Está bien. Voy a llamar a tus hombres. Ahora mismo. Mañana..., mañana continuaremos charlando.

Primo de Rivera asintió e indicó al joven con la mano que se fuera en busca de los oficiales supervivientes del Regimiento Alcántara.

En cuanto salió del barracón, Codrán avisó al capitán Triana y al comandante Berrocoso, quienes de inmediato se unieron al veterinario Molada, el cual procuraba bajar la fiebre del herido. Pronto llegó el páter con el resto de los oficiales del Alcántara para tener con Primo de Rivera una última reunión. Para estar con su amigo hasta el final.

67

5 de agosto, 00:26 horas. Monte Arruit

Codrán caminaba pensativo. El borde del derruido muro perimetral se dibujaba entre las sombras debido al fulgor de las hogueras de los rifeños, que rodeaban el recinto. Tras una semana allí encerrado, conocía cada palmo de aquel patio. Ni siquiera el suelo horadado de cráteres impedía que anduviera en aquella oscuridad coagulada como si fuera de día. Casi sin darse cuenta se encontró frente a la casa donde había despertado aquel lejano 29 de julio, cuando en la misma entrada de Monte Arruit una bala de cañón a punto había estado de matarlo. Al llegar al umbral de la vivienda, se detuvo. Dudaba si entrar o dirigirse al parapeto. Agarró la manivela, la giró y, entonces, la vio. Estaba sentada junto a la mesa, y una lámpara de petróleo le iluminaba el rostro, haciendo que su pelo brillara como las ascuas de una chimenea. Al verlo, ella se puso en pie, y él, tras cerrar la puerta, se acercó tímidamente.

–Se muere.

–Lo sé –repuso ella, cohibida.

–Cuando muera, será el final de Monte Arruit –continuó Codrán, abatido–. Si tienes oportunidad…, deberías irte…

La mujer, ahora sí con paso decidido, se acercó al periodista, que la miraba fijamente. Lo cogió de las manos y tiró de él, hasta que el espacio que mediaba entre ambos fue mínimo.

–Es aquí donde quiero estar –dijo con voz suave–. A tu lado. –Ladeó lentamente la cabeza hacia la derecha y entreabrió la boca, sintiendo ya el agitado aliento del periodista.

Con calma, como si no hubiera una guerra a su alrededor, sus labios se tocaron. Codrán, nervioso por momentos, notó que lo embargaba la tristeza. Tenía para sí a la mujer más extraordinaria que pudiera existir: valiente, segura, fuerte, inteligente, bella..., y sin embargo no podía hacer nada por salvarla. Angustiado, se separó de ella.

–Debes intentar huir –dijo con los ojos cerrados, aún con la nariz rozando la de ella.

Pero a ella eso no le importaba en ese momento. Lo acarició con ternura en la cara, y acomodándola a sus manos, se acercó de nuevo y lo besó en los labios. Esta vez con más intensidad.

Al notar su roce, Luis no pudo hacer más que rendirse a aquella pelirroja de ojos del color del ámbar y piel blanca deliciosamente enrojecida por el sol del desierto. Y supo en su interior que, a partir de aquella noche, no volvería a pensar en ninguna otra mujer.

Abrazados, comenzaron a besarse casi con desesperación. Aquella noche podía ser la última, pero eso tampoco importaba. Ella se apartó un poco y, sin dejar de mirarlo con ternura y deseo, se desabotonó el chaleco *blazer* de color azul marino. Él humilló la mirada, mas ella le levantó la cara dulcemente poniéndole un dedo en el hoyuelo de la barbilla. Las mangas de su camisa entallada le resbalaron por los brazos, y Codrán admiró sus pechos a la luz mortecina de la lámpara. Aquello era deseo e idolatría a partes iguales, y su respiración se agitó. Acercó la mano a su mejilla sonrosada y sintió la tersa piel. Luego, sus dedos se hundieron en el mar rojo de sus cabellos. Y, movido por una pasión irrefrenable, la volvió a besar.

Ella, libre de ataduras, se dejó hacer y, mientras, comenzó a desabrocharle los botones del pantalón, al tiempo que lo guiaba paso a paso hacia la silla donde antes estaba sentada.

Al chocar contra la silla, Codrán perdió momentáneamente el equilibrio, y ambos soltaron una risa nerviosa. Cuando al fin se sentó, ella le había desabrochado todos los botones y bajado el pantalón lo suficiente. Se subió la falda hasta la cintura y lo envolvió con sus piernas hasta sentarse sobre él a horcajadas. Sus caderas coincidían, y ella se adueñó de él. Pero él ya era, irremediablemente, parte de ella.

El periodista se estremeció. Notaba el aliento de ella bañándole el rostro, seguía el acompasado vaivén que sus caderas le imponían. Quería besar sus labios, pero la postura se lo impedía. Entonces, la mujer agarró con una mano el respaldo de la silla y comenzó a moverse con más velocidad, y Codrán gimió. Y, a cada nueva embestida, se sucedió un jadeo mayor. Con la otra mano, ella llevó la cabeza del joven hasta su pecho, para que sintiera su calor, que saboreara su cuerpo, que escuchara como su corazón se desbocaba y se agitaba al igual que el de él. El jadeo se hizo más fuerte, más continuo, y ella se excitó aún más.

El temblor primero, con el posterior espasmo en las manos de Codrán, que se crisparon en la tersa y desnuda espalda de ella, y luego el sosiego en la respiración y los ojos entornados de él, dejando entrever un iris azulado, fue suficiente para que la mujer supiera que aquella noche había sido diferente. Lo abrazó, feliz. Y entonces la lámpara de petróleo se apagó. No disponían de más combustible, pero tampoco les importó.

68

5 de agosto, 1:40 horas. Monte Arruit

Cada dos metros, un centinela vigilaba el perímetro de la guarnición española. Navarro no quería sorpresas.

Conciliar el sueño era difícil. Los moros no dejaban de insultarlos y de ofrecerles agua a cambio de rendirse, y de vez en cuando algún cañonazo impactaba dentro del recinto. El destructor sonido de la explosión y posterior rociado de la metralla era precedido por el silabeo del proyectil. Este sonido, sin embargo, podía salvarte la vida si te resguardabas a tiempo en las trincheras.

Pero lo peor era el silencio, los instantes en que absolutamente nada se escuchaba salvo la propia respiración. El agobio entonces crispaba los nervios, y todos suspiraban porque algún ruido, amigo o enemigo, lo rompiera. Porque, de fondo, los amargos quejidos de los heridos era la jaculatoria que acompañaba a aquella guarnición que tenía ya, en la falta de sueño, un problema más que sumar al hedor, la sed, los pacos, el miedo, el hambre, los piojos y la esperanza. La esperanza en un rescate que no iba a llegar.

Una alfombra de esparto aislaba a los dos amantes del tosco embaldosado. Él apoyaba la espalda en la pared, y ella, acurrucada encima, buscando el calor de su cuerpo, fumaba un cigarrillo, cuya brasa le iluminaba levemente la cara.

La sombría y tétrica vivienda había sido desprovista de todos los muebles, que habían servido para montar el parapeto, excepto la mesa y un par de sillas. A través de los sucios cristales de la ventana, sólo se podía ver oscuridad; una oscuridad que aquella noche parecía más intensa, más opresiva. Él besaba, por momentos, el rojizo pelo de ella; tenía la mente en blanco, sólo disfrutaba del momento.

–¿Qué piensas? –preguntó ella. Había acabado el cigarrillo y se incorporó un poco para quedar a su altura.

–En nada... Sólo te beso.

–Bésame en los labios. –Y acercó su boca a la de él.

–Necesito de tus labios más que el agua –dijo él cuando se separaron.

–En ese caso, bebe.

Y sus bocas volvieron a unirse una vez más.

Cuando Codrán escuchó los acordes de la trompeta que llamaba a oración supo que su amigo había muerto. Estremecido, se separó un poco de la mujer y, con los ojos húmedos y un nudo en la garganta, la miró. Apretó los labios para ahogar el grito de rabia que su corazón le pedía. Quería gritar hasta destrozarse la garganta. Sólo al sentir el abrazo de ella, Codrán se rindió a su pena y estalló en un llanto liberador.

Era el fin de Monte Arruit. Aquella agonía se acababa.

Fernando Primo de Rivera cabalgaba ya con Vendimiar por playas infinitas bajo un sol generoso, donde el azul del cielo se confundía con el mar y el agua le mojaba el rostro. Hacia la eternidad.

69

5 de agosto, 6:28 horas. Monte Arruit

–Dígame, general, ¿qué piensa hacer ahora? –preguntó el periodista con sarcasmo.

Al despuntar el alba, Codrán se había dirigido al alojamiento que había servido de última morada de Primo de Rivera. Su corazón le pedía a gritos volver a verlo. Un último adiós. Allí, además de los oficiales del Alcántara, se encontró con Navarro, pues eran también las dependencias donde se reunía el Estado Mayor. Fue entonces cuando el periodista no pudo reprimirse y echó en cara al general la decisión de abandonar Drius.

–Yo… pensé que… –titubeó Navarro

–¿Pensó? Sacrificó a todo el Regimiento Alcántara en la retirada, desobedeció la orden directa de Silvestre, su amigo, su superior. ¡Ha condenado a lo que queda del ejército de España!

–En la guerra hay que tomar decisiones, señor… –alegó el general elevando el tono.

–Y usted decidió escapar –cortó Codrán–. Decidió retirarse de Drius y decidió quedarse aquí a esperar unos refuerzos que sabe muy bien que no vendrán.

–¡Insolente! –repuso Navarro, enfurecido.

–En su loca carrera –Codrán también elevó la voz–, ha dejado los cañones en manos de los moros. ¡Cañones que nos matan! ¡Que han matado a mi amigo!

–¡Cómo se atreve! No le tolero…

–¿Que cómo me atrevo? –Codrán se echó a reír, sarcástico–. Voy a morir aquí, señor. Me parece a mí que, con tan claro final, me puedo atrever con esto y a mucho más –lo amenazó–. Pero usted…, deseo que usted viva, sí, vivirá para rendir cuentas de la muerte de todos estos infelices a los que usted y solamente usted ha traído hasta aquí.

–¡Fuera de mi vista!

–Su condena está en su conciencia, general. Cada día, cada noche, escuchará sus gritos, los verá desangrados y verá a Fernando preguntándole: ¿por qué…?

El general se abalanzó hacia Luis y, si no hubiera sido por la rápida intervención del resto de los oficiales, éste podría haberse visto en serios apuros. El capitán Triana lo acompañó fuera para evitar males mayores.

–¡Ésa será su maldición! –gritaba Luis.

–¡Vamos, Plumilla, déjalo ya! –lo apremiaba Triana, empujándolo, pues Luis se resistía a abandonar la sala.

–¡Maldito hijo de puta! –exclamó el periodista–. ¡Déjame ya, joder! –gritó una vez fuera, agitando el brazo para soltarse–. ¿Por qué seguimos aquí? ¡Deberíamos irnos!

–¿Y adónde sugieres que vayamos?

–¡Ha muerto por su culpa! Lo sabes tan bien como yo. Lo sabe todo el maldito ejército. Moriremos aquí por sus malas decisiones. ¿Por qué nadie se lo dice?

–¡Qué quieres que le digan! ¿Crees que alguien se va a acercar al general Navarro y le va a decir: «Mi general, fue un error venir aquí»?

Nuevas explosiones, tan fuertes que parecían resonar dentro del campamento, los interrumpieron. Los rifeños continuaban bombardeando Monte Arruit.

–¿Qué crees que somos, periodista? –continuó Triana–. Somos soldados, no mercenarios. Hay una notable diferencia. Cumplimos las órdenes de nuestros superiores, nos gusten o no. ¿Crees que no sentimos rabia por la muerte del teniente coronel? –Miró al periodista con ira contenida–. Primo no sólo era nuestro oficial al mando –suspiró–. Era todo un ejemplo para nosotros: animoso, cercano, infatigable, patriota. Cumplimos órdenes... Y no voy a honrar su memoria amotinándome.

–No es un motín lo que persigo, capitán. Lo que quiero es justicia –protestó Codrán.

–¿Justicia?

–Sí, justicia para estos hombres. Si Navarro se rinde, no dará oportunidad alguna a estos pobres desgraciados que están aquí porque no han tenido unas miserables pesetas con las que comprar su destino. ¡Morirán asesinados!

–Oye, no..., lo siento, pero no puedes salvarnos. No es tu cometido ni..., ni tampoco es un acto de penitencia que debas acometer para salvar tu conciencia –dijo Triana con vehemencia–. Si quieres hacer justicia, si quieres honrar su memoria, haz lo que él te dijo. Deja el fusil y coge la pluma. ¡Habla de ellos!

–Todo esto tendrá consecuencias, Triana –dijo Codrán con amargura, volviéndose para observar las trincheras excavadas para protegerse del bombardeo enemigo, los cadáveres cubiertos con mantas o guerreras manchadas de sangre seca, las agujereadas paredes del muro, los restos de escombros humeantes de las edificaciones destruidas por el cañoneo y a los niños durmiendo junto a los soldados–. Esto no acabará aquí...

Triana lo miró unos instantes, pensativo. Al cabo, le echó el brazo por los hombros y lo animó a acompañarlo al muro.

–Vamos, ven con nosotros, con tus hermanos. ¿Cómo dices que nos llamas?

–Centauros.

–Eso es. Vente con los centauros. Juntos. Así debemos seguir. Unidos.

El periodista esbozó una sonrisa desganada, más por agradecimiento a los esfuerzos del capitán por animarlo que por convicción en sus palabras. Antes de seguirlo, lanzó una última mirada al edificio donde yacía Primo de Rivera. Él se había marchado, pero aún quedaba ella.

70

Crónicas del Rif

Monte Arruit, 6 de agosto

Han dejado de bombardearnos. Con los rifeños, es difícil entender el porqué de esta situación. Quizá no les queden más cargas y estén esperando a que les lleguen, o quizá se trate de un ardid para que estemos más predispuestos a la rendición. También puede que quieran despachar pronto el asunto. Ellos saben que cada día que sus fuerzas permanecen ancladas en Monte Arruit la ciudad de Melilla se hace más fuerte, por lo que más difícil les será asaltarla, si no imposible. La primera línea de defensa de Melilla no es otra que Monte Arruit. Y Abd el-Krim lo sabe. Ya ha enviado emisarios que agitan la bandera blanca y proponen condiciones para la rendición. No pueden contra una guarnición bien parapetada y disciplinada. Caerían demasiados antes de conseguir rendirla por asalto. Lo saben, y por eso nos hacen pasar por el tormento de la sed o intentan engañarnos con falsas promesas de amistad. Para que nos rindamos. Hoy mismo ya lo han intentado, pero el capitán Triana ha dado buena cuenta de ellos. Imagino que saben que Primo de Rivera ha muerto, pues los emisarios «de paz» son más frecuentes.

Aprovechando el momento en que dos de estos enviados de Abd el-Krim estaban entrando en Monte Arruit, un grupo armado ha salido de las casas del antiguo campamento que queda delante de nosotros. Supongo que pensaban que vacilaríamos y que entrarían. Pero el Alcántara, no; porque los centauros están siempre alerta. Cuando el capitán Triana los ha visto salir y ha escuchado a un emisario decir «Tranquilo, paisa», ha ordenado que la ametralladora abriera fuego. Con Triana en la puerta, no podrán entrar.

También hoy me he encontrado con el telegrafista Góngora. Me ha alegrado mucho verlo vivo. Lo conocí en la retirada de Annual, y desde Drius no sabía nada de él. Estaba con un compañero de armas, el cabo José Chacón, superviviente de la guarnición de Tizzi Inoren. He podido conversar un rato con estos dos valientes. Relato profético el de Chacón. Tizzi Inoren fue rodeada por los moros. El 24 de julio, sin munición ni agua ni víveres, el coronel Araujo, desde Dar Quebdani, autorizó a parlamentar al teniente Tapias, jefe de la posición. Al salir, los moros incumplieron su palabra y empezaron a dispararles, y todos salieron corriendo para salvar sus vidas. A Chacón le dieron una pedrada, seguramente con una honda; perdió el conocimiento y cayó por un terraplén. Cuando despertó, subió por donde había caído para ver horrorizado los cuerpos ultrajados de sus compañeros. Su única opción era buscar refugio, así que se encaminó a Monte Arruit. Viajaba de noche y se ocultaba de día para evitar a los rifeños. Lo que nos ha contado que ha visto que hacían a los cadáveres de nuestros compañeros creo mejor no añadirlo, pero ese horror lo acompañará siempre. Los testimonios de otros supervivientes coinciden en lo mismo: engaños, mentiras, muerte, odio. No podemos esperar que Abd el-Krim nos deje vivos para que volvamos a pelear contra él y su harka, *ni tampoco podemos esperar que nos haga prisioneros. ¿De dónde sacaría la comida y la bebida para mantener vivos a cerca de tres mil soldados españoles hasta que paguen rescate o nos fuguemos? Eso sin tener en cuenta que tendría a toda una fuerza enemiga en la retaguardia, lo que dificultaría la toma de Melilla. No, es absurdo pensar lo contrario. En todo caso, dudo de que se atreva a asaltar Melilla. Allí el abastecimiento de agua está asegurado y es diariamente aprovisionada por mar: soldados, armas, alimentos, medicinas. Melilla no caerá. Han llegado noticias de que la Legión ha desembarcado ya. Nuestros aviones nos bombardean con sacos llenos de bollos de pan y periódicos, como para mantener viva la esperanza de un rescate. Me pregunto si mi amigo, el teniente de la Legión Juan Ochoa, estará allí. Me gustaría volver a verlo, contarle todo lo ocurrido: Igueriben, Drius, Batel, Tistutin, Arruit. Contarle lo sucedido en estas semanas en el Rif, dos semanas que han supuesto una vida entera. Sobre todo, estos últimos días, con ella. Estar a su lado es sentirse vivo, a pesar de todo el horror y sufrimiento, es olvidarlo todo. Cuando estoy con ella, no hay nada más que ella.*

–¿Qué tal, capitán? –preguntó Codrán a Triana.

–Buenos días, Plumilla. Ya ves... No asoman para nada, salvo los que vienen a entrevistarse con Navarro.

Habían elevado la altura del parapeto de entrada con sacos y habían formado aspilleras desde donde disparar y vigilar mejor el exterior.

–¿Has bebido algo?

–Nada aún, voy en el segundo turno –contestó el oficial.

–Ten. –Codrán le ofreció su cantimplora. El militar lo miró con extrañeza al notar que ésta pesaba–. Bebe y repártela entre la gente.

–Ya me dirás cómo lo haces… –comentó, pero, sin pensárselo dos veces, echó un buen trago y se dispuso a realizar un pequeño trasvase a su cantimplora para después repartirlo con el resto–. Sí, señor, me gustaría saber cómo lo haces, Plumilla. Bueno…, no. Mejor no me lo digas, ya me lo imagino.

–Ella… No sé cómo lo consigue. Pero siempre tiene algo de agua –dijo, sorprendido.

–Bueno, es la marquesa…

–¿Qué quieres decir con marquesa?

–Vamos… ¿No lo sabes?

–He… He oído cosas, pero… yo…

–Yo no me preocuparía mucho por lo que digan de ella –lo animó Triana.

–No me importa lo que digan de ella o lo que sea.

Triana sonrió con afecto, pero, al ver el semblante preocupado de Codrán, se puso serio de nuevo.

–¿Qué ocurre? –preguntó.

–He visto en los periódicos que los aviones han soltado con esos miserables mendrugos…

–Ya. Unos panecillos para alimentar a tres mil bocas. Creerán que podemos obrar el milagro de la multiplicación de los panes y los peces

–Los periódicos mienten… Son falsos.

–¿Cómo que son falsos? ¿Qué quieres decir, Plumilla?

–El fardo que tiraron con varios ejemplares de *El Telegrama del Rif*, el periódico local de Melilla. –Las facciones de Codrán se endurecieron–. En primera página, con un titular que casi la ocupaba por completo, decía que Melilla esperaba recibir en breve cerca de cincuenta mil soldados para que acudieran al rescate de la columna de Navarro. Es mentira. Debemos advertir a Navarro del engaño. Berenguer le está dando largas para que aguante.

–¿Por qué dices eso?

–Muy sencillo. Primero, porque la fecha del periódico se refiere a un lunes, y los lunes no sale el periódico. Y segundo, y más importante, el sensacional artículo que nos alienta a resistir ante la inminente llegada de soldados que acudirán a nuestro rescate va firmado por mi amigo Esteban Valenzuela.

–Y tu amigo no escribe en el periódico… Ya entiendo…

–Todo lo contrario: él es mi mentor, y el mejor reportero que conozco. Estuvo en las trincheras de Francia durante la guerra mandando crónicas para *ABC*. –Codrán se tomó su tiempo–. Lo que pasa… Bueno, lo que pasa es que él firma siempre bajo su pseudónimo: Boris.

71

La esperanza puede ser un veneno silencioso que se inocula en el alma ingenua o necia ocultando la realidad, impidiendo aceptarla y obrar en consecuencia. Lo cierto es que la línea que separa la esperanza del propio engaño es muy delgada, y, en ocasiones, la verdad puede ser tan dolorosa que preferimos taparnos los ojos con un fino y letal velo. Lo malo es cuando, al engañarte a ti mismo, convences a otros de tus ilusiones, negándoles una realidad que los golpeará con toda su furia, lo que puede impedirles esquivar o encajar bien el golpe. O, al menos, devolvérselo antes de caer.

–¿Insinúas que Berenguer está mintiendo a Navarro?

–Le está dando esperanzas de un rescate que nunca llegará. Sencillamente, está ganando tiempo. Esa noticia es falsa... Berenguer no permitirá que ni un solo soldado abandone Melilla para venir a rescatarnos.

Triana calló entonces. Apoyó la espalda en la barricada y, abatido, se dejó caer hasta sentarse. Miraba a Codrán con la boca entreabierta mientras trataba de asimilar lo que había escuchado.

–Tiene sentido –dijo al cabo de unos instantes–. La operación de rescate no sería fácil; obligaría a movilizar a la intendencia, tropas fogueadas, uso de artillería... Pondría en juego muchas vidas y debilitaría a Melilla.

–No vendrán, capitán. Más nos vale que lo asumamos.

–He dibujado un planillo donde indico el lugar en el que enterramos a Fernando –cambió de tema de repente Triana, sacándose del bolsillo un papel doblado–. Quiero que lo guardes tú, Plumilla.

–No sé si soy la persona más apropiada...

–Al contrario, para mí eres la persona más adecuada, amigo mío –aseguró el oficial–. Estoy cansado... Sólo tengo ganas de que todo esto termine de una vez. Cansado de matar, de ver sufrir a mis hermanos, de no poder ayudar. Cansado... de esperar.

El periodista se quedó mirando al oficial. Visiblemente agotado, aún recostado en el parapeto, había cerrado los ojos. Bajó la mirada entonces hacia el pequeño mapa que le había entregado. «Enterrar a los amigos es algo que no se olvida», se dijo. El teniente Armijo en Batel; Primo de Rivera en Monte Arruit. No necesitaba planos para saber dónde se habían quedado para siempre. Aunque no hubiera cruz ni lápida que lo indicara, sabría llegar hasta sus tumbas.

–¿Qué locura empuja al hombre a seguir viviendo? –se preguntó Triana de repente en voz alta–. ¿Seguir aferrados a una ensoñación?

–Supongo que volver a casa, regresar... a tu vida –musitó Codrán como respuesta.

–Los que vuelvan lo harán con el peso de lo aquí vivido; en su mirada, y en el alma. No se reconocerán ante un espejo. Volver... Nadie regresa a casa de algo como esto.

Triana suspiró. Luego alzó la mirada hacia Codrán y le dedicó una sonrisa apática, resignada.

–Vayamos a ver a Navarro.

72

Crónicas del Rif

Monte Arruit, 7 de agosto

Echo de menos la risa. Escuchar su contagioso sonido vital. Cómo es posible que algo tan presente en la vida diaria desaparezca sin más, que ni siquiera recordemos qué era reír. Ni los sumergidos en la locura ríen en sus paranoicos desvaríos; sólo gruñen. Gruñen y gimen. Al caer la noche, hablamos en susurros, como si no quisiéramos despertar a los muertos. Porque en la oscuridad se acentúa aún más la sensación claustrofóbica de este lugar. Como si estuviéramos dentro de un ataúd, enterrados en vida, sin espacio para movernos, sin aire que llene nuestros pulmones, sin nadie que acuda a nuestra llamada, por mucho que gritemos y arañemos la madera con las uñas. No hay más salida que la muerte.

Hoy, al despertar, no estaba junto a mí. No recuerdo en qué momento ella desapareció de mi lado; confundo, debido a este duermevela constante, la realidad con el mundo espectral de los sueños o las pesadillas. La falta de sueño y de descanso afecta a los hombres, los desquicia. El calor, la sed, los lamentos de los heridos, la visión de los cuerpos pudriéndose al sol, el ambiente en sí… Todo ayuda a que la locura se adueñe de nosotros y seamos incapaces de razonar.

Siempre sucede de noche, cuando la oscuridad se cierne a nuestro alrededor. Ellos tal vez buscan la intimidad que trae consigo el ocaso, y entonces deciden dormir para siempre, para toda la eternidad. Solos vienen a este mundo, y solos se van.

Hoy me encuentro muy cansado. La patrulla que salió a por agua no ha regresado. No sabemos si han perecido o si han desertado. Pero ya no habrá más salidas hoy. Y así, día tras día, desde que llegamos aquí, nos vamos consumiendo en una lenta agonía cuyo fin no es otro que ser sepultados bajo la arena del desierto.

Miradas. Miradas vacías a nuestro alrededor.

73

Crónicas del Rif
Monte Arruit, 8 de agosto

Nuestra situación no puede ser más crítica ni miserable. He visto a hombres rebuscar en las boñigas secas de las bestias un miserable grano de trigo. Ya no queda un solo animal vivo en este recinto: ratas, gatos, caballos, mulos y perros, todos han sido alimento para nuestros estómagos, incluso los gusanos. Los muertos se amontonan, y sus cuerpos se pudren. La sed nos golpea sin piedad, hasta el punto de que he recurrido a los orines, igual que en Igueriben. Ya es el único líquido que tenemos a mano, pues no hay posibilidad de aguada. Todas las salidas han fracasado, y el destacamento que estaba de vigilancia en la caseta que hay junto a la aguada no da señales de vida.

El dolor de cabeza es insoportable. Un martillo me golpea en las sienes a cada momento. Pum, pum, pum. Creo que todos aquí sabemos que esto se acaba. Veo el cansancio en los rostros de los defensores, y el agotamiento se cobra sus víctimas. Cuando se abandona toda esperanza por vivir, sólo pueden pasar dos cosas: que sea ejemplo de coraje y dignidad, pues, abandonada toda certeza de salvar la vida y sin nada que perder, luche y muera matando; o que ese espíritu de lucha, esa voluntad indomable inherente al ser humano, desaparezca. Ni siquiera el odio, la venganza o el amor pueden reavivarlo. En ese caso, uno se abandona. Y así se acaba el sufrimiento.

Kaddur Ammar, el emisario de Abd el-Krim, se entrevistó con Navarro, y tras la reunión el comandante Villar se marchó con él. Aún no ha regresado. No siento simpatía por Villar, pero no deseo para él un final a manos de los rifeños. Quizá la rendición sea cuestión de uno o dos días. No sólo lo sospecho yo; la guarnición entera piensa así: los que están apostados en los muros, los que agonizan en el hospital, los civiles y, sobre todo, él, Abd el-Krim.

Gracias a mi amistad con el telegrafista he podido saber que desde Melilla han autorizado a Navarro a parlamentar con el enemigo, con «esa chusma» (así los llamó). A pesar de los testimonios de los hombres de otros asentamientos que han conseguido llegar hasta aquí, a pesar de saber lo sucedido en Zeluán, Navarro negociará con la chusma; o, mejor dicho, aceptará lo que nos ofrezcan. He intentado acercarme y hablar con él, pero no lo he conseguido. Desde el entierro de Primo nada ha vuelto a ser lo mismo. He probado con otros oficiales, persuadirlos de que nuestra única posibilidad es intentar una retirada, convencerlos de que deben decírselo a Navarro. Muchos morirán, lo sé, y ellos también lo saben. Los heridos, los que no puedan caminar, los más débiles, éstos no tendrían posibilidad alguna de sobrevivir. Pero al menos muchos hombres podrían jugar con la Parca una partida a cara o cruz.

Cuando rindan la posición, sólo los oficiales tendrán una oportunidad, pues los rifeños pedirán un rescate por ellos. Los demás venderemos caras nuestras vidas. Así ha sucedido en el resto de las posiciones, y así sucederá aquí. Es la mentalidad rifeña, la mentalidad de unos guerreros despiadados con el vencido pero sumisos ante el fuerte. Somos los últimos que resistimos en todo el Rif. No queda ni una sola de todas esas posiciones españolas que Silvestre, en meteórica carrera, había conquistado para España. Todo se ha perdido en apenas diez días.

Siento una mezcla de pena, odio, asco y miedo. Tengo unas constantes ganas de vomitar; a veces, incluso, me dan arcadas, pero nada salvo bilis sale por mi boca. No es por miedo, ni por el hedor que se ha instalado en este lugar ya maldito para los españoles; la nariz se ha acostumbrado a él, y la visión de la sangre, vísceras o cadáveres ennegrecidos sobrevolados por decenas de moscas no me perturba. Ni a mí ni a la mayoría de los que estamos aquí. No. El vértigo que siento en el estómago, el dolor y los vómitos son por ella. Sigo sin encontrarla. La he buscado por todas partes, he preguntado a todos, pero nadie conoce su paradero. No poder despedirme de ella o no ver su rostro antes de morir es lo que me está atormentando. Diez días a su lado, toda una vida. Quizás esté loco, quizás esté enamorado, ¿acaso hay diferencia? Ni siquiera sé su nombre, aunque aquí todo el mundo la llama «marquesa». Hay rumores: que si es extranjera, que si es una espía, que si regenta un prostíbulo, que si viene de la alta burguesía. Quién es ella, no lo sé. Espía, marquesa, madama, criada o cantinera, poco me importa. Sólo ansío estar a su lado. Quizá se marchara con Villar, y quiero pensar eso porque, si así fuera, tal vez pueda llegar a salvarse. Yo, sin embargo, no me separaré de mis hermanos del Alcántara, quiero estar a su lado cuando todo termine. Cuando nos ordenen retirarnos, nadie se quedará atrás; a nuestros heridos no los matará una gumía mora. Nos hemos juramentado en eso. Sé que puede parecer un sin sentido, pero me ayuda a afrontar mi destino con valor.

El páter Campoy recorre constantemente el parapeto, reparte bendiciones, escucha en confesión a los hombres para liberarlos de cargas espirituales y da la extrema unción a los que dejan de respirar en el infecto hospital. Nadie quiere entrar allí, salvo los buenos de los sanitarios y el páter. Las horas se hacen eternas, así que procuro calmar mi ansiedad y mi desesperación escribiendo. Pero esto se acaba. He de guardar todas estas hojas escritas, y no sé cómo ni dónde. Sólo sé que debo dejar testimonio de todo cuanto ha sucedido en Monte Arruit, que todos sepan cómo ha sido el fin de estos héroes.

74

9 de agosto, 12:54 horas. Monte Arruit

Legado: aquello que dejas a las generaciones futuras, aquello por lo que serás recordado. Una herencia, un libro, una pintura, una noche de amor o una decisión. Navarro decidió abandonar Drius y resistir en Monte Arruit; decidió esperar un rescate que en el fondo sabía que no iba a darse. Acertado o no, ése será su legado. Por eso será recordado y juzgado en los años y siglos venideros.

–Mi general, el páter ya ha terminado la misa y la bendición colectiva.

–Gracias, comandante. Que la oficialidad del Alcántara ocupe su puesto junto a los demás oficiales.

–Con todo respeto, mi general..., nosotros marcharemos con nuestros hombres. –El comandante Berrocoso habló sin insolencia.

Navarro se lo quedó mirando, pero Berrocoso le sostuvo la mirada. Al poco, el general ladeó la cabeza. El resto de la oficialidad del Alcántara, tras su comandante, permanecía impertérrita. Triana, del Arco, Zaragoza, Climent... Todos tenían la mirada clavada en Navarro.

–Está bien, comandante, le deseo suerte. –Le ofreció la mano para que se la estrechara.

Berrocoso se la apretó y luego lo saludó de forma oficial, llevándose la mano a la frente, gesto que repitieron de inmediato todos los demás.

Navarro se dio la vuelta y, al pasar por delante de Codrán, que estaba junto al capitán Triana, se detuvo. Por un momento, el general pensó en hacerle la misma propuesta, pero, sabedor de que no aceptaría, se limitó a asentir con la cabeza. Y, así, en silencio, dejó atrás a la oficialidad del Alcántara y salió de la estancia para encontrarse con el resto de oficiales y sus soldados. Abandonaba Monte Arruit.

Tras haber retirado los sacos terreros y la carreta que parapetaban la entrada principal, las tropas habían formado en la explanada central. En cuanto lo vieron aparecer, los oficiales de todos los regimientos que allí quedaban se pusieron firmes. Navarro, sin inmutarse, se plantó, firme, delante de ellos y comenzó a hablar.

–¡Soldados! ¡Hemos peleado con honor! No hemos sido vencidos por Abd el-Krim, sino por la falta de agua y alimentos. Salgamos con la frente bien alta, pues no hay deshonor en nuestra retirada.

Se hizo el silencio. Navarro hizo una pausa premeditada; quería que todo el mundo prestara atención a lo que estaba a punto de decir.

–Antes de salir, deberán dejar sus fusiles en la entrada con toda la munición que les quede.

Aquellas palabras no gustaron a los soldados. Dejar sus armas al enemigo era lo mismo que dirigirse a un pelotón de ejecución. Pronto, las quejas en murmullos se convirtieron en voces, y las voces en gritos de protesta. Navarro mudó el gesto, inquieto. Aquella protesta podía degenerar rápidamente en un motín; después de tantas penalidades y sufrimiento, las amenazas a la oficialidad empezaban a escucharse con más claridad, y en la formación empezaban a verse claras señales de sublevación por parte de los más irritados.

Sonó un silbato. Con autoridad, el capitán Sigifredo se había adelantado de entre las filas y a toque de pito llamaba al orden. Al momento, otros oficiales siguieron su ejemplo; tras la retirada, los largos días de asedio, la falta de agua y el traicionero sol, no podían permitir que lo que siempre había sido una tropa disciplinada se convirtiera en una masa de linchadores.

–¡Firmes! ¡Firmes! –gritó el teniente coronel Pérez Ortiz.

Desde el pórtico del campamento, los pocos jinetes que áun se mantenían con vida del Regimiento Alcántara contemplaban en silencio la escena.

–¡Dejarán sus fusiles y correajes y saldrán en formación, y no harán caso alguno de las provocaciones que les puedan hacer! –se oyó gritar a Navarro.

Tras unos minutos en los que los oficiales se emplearon a fondo para mantener la disciplina, incluso haciendo uso de sus armas con disparos al aire, los soldados volvieron a la formación. Y el silencio que siguió fue absoluto.

–Hemos acordado con los emisarios de Abd el-Krim las condiciones de la capitulación. Nos dejarán marchar libremente a cambio de nuestras armas.

–¡Eso es mentira! –gritó desde lejos Codrán, sin poder contenerse–. ¡No respetarán lo pactado! ¡Nunca lo han hecho! –Sin darse cuenta, el periodista se dirigió hacia Navarro con pasos rápidos, sin dejar de increparlo–: ¡No cumplirán lo pactado! ¡Dé a estos hombres una oportunidad! Deje al menos que intenten llegar a Melilla... O engañémoslos: salgamos y ataquemos. Es mejor morir luchando que rendirnos, y así además nos llevaremos a unos cuantos por delante.

Como si Codrán no existiese, Navarro se volvió hacia los dos oficiales que estaban a su espalda y les hizo un gesto. Al momento, éstos se adelantaron para detenerlo.

–¡Tengo un salvoconducto firmado por el mismo Abd el-Krim! –continuó Navarro, alzando la voz mostrando el papel para que todos lo vieran–. Se nos garantiza la vida hasta Melilla.

–¡Abd el-Krim miente! –insistió el periodista–. ¿Dónde está Villar? ¿Por qué no ha regresado? ¿Está muerto o no quiere ser testigo de una matanza? ¡Usted sí lo será!

Codrán intentaba zafarse de los dos oficiales, pero éstos lo agarraban con fuerza. Reconcomido por la ira, trataba de darles codazos, y, al darse cuenta de que aquello podía desmadrarse, el capitán Triana se llegó hasta allí para sujetar y llevarse a Codrán mientras Climent hablaba con ellos para calmarlos.

–¡Deles una oportunidad! –seguía gritando Codrán–. ¿Dónde está Villar? ¿Por qué no está aquí?

Pero Navarro, inmutable, no apartaba la mirada de la tropa y, con un gesto, ordenó a uno de sus auxiliares que atara un pañuelo blanco en la punta de un sable.

–La oficialidad delante. Mantengan la formación en todo momento. Caminen sin detenerse y piensen sólo en Melilla.

Nadie habló. La calma después de la tormenta. O la paz de los muertos. Incluso Codrán había dejado de protestar, cansado de no ser escuchado, asimilaba ya el destino de todos aquellos hombres.

–¡Buena suerte a todos! Que Dios nos proteja –exclamó el general.

A un nuevo gesto de su mano, el auxiliar levantó el sable con el pañuelo blanco atado en la punta y comenzó a andar. Se iniciaba la última retirada.

75

Una bandera blanca marcaba el inicio de la triste procesión de ánimas que salía de Monte Arruit. A paso lento, solemne, marchaban primero los oficiales, con Navarro a la cabeza. Tras ellos lo que quedaba del Regimiento Alcántara, heridos incluidos, y también Codrán. Y luego, cerrando la columna, el resto de la guarnición. Los soldados formaban un círculo protector alrededor de los civiles: los niños iban en brazos de los militares; las mujeres, guiadas por Juana y María Gómez, justo en el medio de la masa, casi ocultas, para evitar las provocaciones aun a riesgo de ser arrastradas en caso de estampida. Y, con todos ellos, el miedo; el miedo a ser degollados, a ser ultrajadas, a convertirse en esclavos, prisioneros o pasto para las alimañas.

A la una del mediodía, el sol quema. En aquel ambiente sofocante, la ansiedad y el terror dificultan aún más la respiración.

A pocos metros de la puerta, montados en sus caballos, se han reunido los jefes de la *harka*. Detrás, a pie, el nutrido grupo de sitiadores que esperan con impaciencia entrar en el recinto y apoderarse de las armas. Saquear y matar, eso es lo que hacen siempre. Ahora ya huelen el botín, y empiezan empujarse entre ellos; se frenan, se agarran, se vigilan. El fusil para ellos es *baraka*, fortuna. Los murmullos crecen conforme la columna española deja atrás Arruit.

Codrán camina junto al capitán Triana. Al lado de éste va el teniente Arcos, a quien, por estar herido, ayuda Climent. Justo por delante de ellos, los comandantes Berrocoso y Zaragoza, este último con el brazo en cabestrillo. Como todos, han dejado atrás sus fusiles, pero aún conservan los sables; nadie les ha pedido que se despojaran de ellos. Tampoco son los únicos; muchos otros han ocultado sus bayonetas bajo las guerreras, y se juran que, si los rifeños incumplen de nuevo su palabra, más de uno verá a Alá ese mismo 9 de junio.

Codrán miró de soslayo a Triana. No paraba de repetirse las palabras que el capitán había pronunciado un rato antes, cuando se acercaron a la tumba de Primo de Rivera para despedirse: «Así acabaremos todos. Todos: ellos, nosotros, tú y yo. Pero cómo llegaremos ahí... es nuestra decisión. Y no moriremos sin luchar».

Codrán se había despedido también del veterinario Molada, porque éste, al igual que los demás sanitarios, había preferido marchar al final de la columna junto con los heridos más graves. No querían abandonar a sus enfermos. Ayudados por unos voluntarios, amigos en su mayoría de los heridos, serían los últimos en salir; así no los retrasarían ni, si tenían que echar a correr, serían un estorbo. Molada había dicho adiós a Codrán, consciente de que no lo volvería a ver.

–No te alejes, Plumilla –oyó que le decía Triana.

–Estoy a tu lado.

–Por allí –indicó, haciendo un ademán con la cabeza–, por allí debes correr en caso de que esto se desmadre. Sigue las vías del tren.

–Yo preferiría...

–¡Mis cojones! –Triana lo miró desafiante–. Ya lo hemos hablado. Si la cosa se pone fea, sales echando leches. Nosotros te cubriremos. ¡Y no mires atrás! Que se sepa. Haz que se sepa.

La conversación quedó ahí, pues los rifeños habían empezado a formar un gran alboroto. Navarro había llegado ya al lugar donde esperaban los líderes de las cabilas rifeñas, y, tras los correspondientes saludos, un grupo de jinetes moros había rodeado a los oficiales españoles, separándolos de la columna y obligándolos a cambiar el rumbo hacia el este, para que cruzaran el muro que delimitaba el antiguo campamento militar, convertido los últimos días en su cuartel general.

–No me gusta –mascullό Triana–. Los han apartado. ¡Atentos, vienen hacia aquí tres jinetes!

–Tal vez quieran llevarse a Berrocoso y a Zaragoza –sopesó Codrán.

–Eso ya lo veremos.

76

–Atentos, todos. Si se acercan al comandante…

–¡No haréis nada! –ordenó Berrocoso, volviéndose hacia Triana–. Navarro ha dicho que no respondamos a sus provocaciones. Lo que a mí me pase es cosa mía. Vosotros continuaréis caminando. ¡Es una orden!

La columna se había detenido por un momento al ver que apartaban a Navarro y a sus oficiales, pero reanudó la marcha enseguida, en cuanto los rifeños rompieron a correr, ávidos de pillaje. Su entrada en Monte Arruit provocó que los que aún no habían abandonado la posición comenzaran a salir sin orden, en un sálvese quien pueda, mientras aquellos hombres empezaban a hacerse con los fusiles y la munición que los españoles habían amontonado. Convencidos de que esas armas se volverían contra ellos, empezó la desbandada.

–¡Aquí vienen! –avisó el teniente Climent.

Los jinetes rifeños ni tan sólo miraron a los oficiales del Alcántara. En cuanto distinguieron al periodista, uno de ellos se apeó del caballo, lo agarró con fuerza y lo empujó hacia el animal. Triana intentó evitarlo, pero enseguida otro jinete se interpuso, y Codrán le pidió calma:

–¡Quieto!

–¡Comandante! –protestó Triana.

Codrán forcejeaba con el rifeño que lo tenía preso; no tenía intención alguna de permitir que se lo llevaran. «Yaallah, Yaallah», gritaba éste, señalando con la otra mano al caballo para que montara.

–No pasará nada, capitán… Ha sido un honor cabalgar con el Alcántara –exclamó Codrán.

Berrocoso puso una mano en el hombro de Triana para frenar su intento de rescatar a Codrán, que ya se alejaba con sus captores.

–No van a hacerle nada –comentó Berrocoso.

–¿Cómo lo sabe?

En la entrada de Monte Arruit, al final de la columna, los gritos ya eran de terror, unos, y de feroz alegría, otros. Habían empezado a escucharse las primeras detonaciones de los fusiles que los rifeños habían hecho suyos. Aquellos que habían salido en primer lugar y ya descendían por la pendiente se volvieron a mirar lo que sucedía, temerosos de lo que pudiera pasar. Más gritos, más disparos, y todas las miradas estaban puestas en el final de la columna, en las puertas de Arruit. El evidente descontrol se transformaba en pánico, y poco tardó la ola de miedo en contagiar al resto.

–Lo sé por ella –aseguró Berrocoso.

Uno de los jinetes moros, sujetando las riendas desde la grupa de otro caballo, guiaba la montura a la que habían subido a Codrán.

Triana vio cómo el periodista y sus captores se alejaban hacia las vías del tren.

–Suerte, Plumilla –musitó feliz.

–¿Adónde me lleváis? –preguntó Codrán, furioso.

A pesar de insistir varias veces, no obtuvo respuesta alguna.

Miró hacia atrás, hacia aquella columna de españoles que cada vez más quedaban más lejos de él. También él había escuchado los gritos, y luego las detonaciones. «Han cogido las armas y ya nos están disparando», gruñó para sí. Hombres, mujeres y niños. Soldados y civiles. Heridos y sanos. Todos eran objetivo de la *harka.* Una vez más, los rifeños habían incumplido su palabra. Movido por la rabia y la amargura, empezó a gritar y a protestar.

–¡Nooo! ¡Nooo! ¡Malditos seáis!

Pero ni sus quejas, ni los gritos ni el tiroteo parecían hacer mella en el jinete moro que tiraba de las riendas de su montura, y cada vez se distanciaban más de aquel infierno de muerte en el que se estaba convirtiendo la explanada de Monte Arruit.

–¡Caballeros! –los llamó Berrocoso para llamar la atención del Alcántara–. ¡Trompeta, toca carga!

–Gracias, comandante –dijo Triana–. Gracias por esta última carga.

–¡Caaargueeennn! –ordenó Berrocoso, al tiempo que asentía a Triana, con una sonrisa en los labios.

Los acordes del clarín hicieron que Codrán diera un respingo y se girara a mirar.

–Tocan carga –susurró con melancolía.

Los jinetes del Alcántara se lanzan en una última carga contra un enemigo rebosante de odio y embriagado de sangre. Sable en mano, los centauros atacan una vez más, como si lo hicieran con sus inseparables caballos, juntos, codo con codo. Cargan, matan y mueren mirando con desprecio a los rifeños que los rodean. Quién puede temer a la muerte cuando se enfrenta a ella en compañía de sus hermanos, sabiendo que seguirá con ellos cuando cruce el sombrío umbral.

Juntos irán en la barca de Caronte, y allá, en la otra orilla, donde los espera Quirón, unidos, el Regimiento Alcántara al completo cabalgará para siempre.

77

A pesar de la angustia que sentía, Codrán no fue capaz de apartar la mirada. Firme en la montura, vio cómo, en la pendiente, lejos, sus hermanos del Alcántara morían en una valiente, épica e irrepetible carga. Él debía estar con ellos hasta el final. Los ojos se le humedecieron; de orgullo por haber cabalgado con ellos, y de rabia por no poder acompañarlos. Sólo cuando el clarín se acalló y todo terminó para el Alcántara, volvió la vista al frente. A su espalda, la muerte se extendía por toda la columna de refugiados que había salido de Arruit. A su lado, el misterioso moro que tiraba de las riendas continuaba la marcha, impertérrito. Ya nada más se podía hacer, y Codrán agachó la cabeza y se dejó llevar.

No tardaron demasiado en llegar a una estación de tren. Tres jinetes esperaban junto a las vías y, en cuanto los vieron aparecer, salieron a su encuentro. Saludaron a su captor al estilo árabe y comenzaron a intercambiar unas palabras. Esa voz... Y fue entonces cuando al periodista se le paró el corazón.

El jinete que lo había apresado miró a Codrán y, con suavidad, lentamente, se retiró el pañuelo que le cubría el rostro.

–Es todo cuanto he podido hacer –susurró ella, acercándose al periodista.

Codrán la miró en silencio, sorprendido, pero también triste. Todo el Alcántara, sus amigos, había muerto a manos de los rifeños, y, sin embargo, él era salvado en el último momento. ¿Cómo no la había reconocido?

–¡Luis! Debes entenderlo... No podía hacer nada más.

Como si despertara de un sueño, el periodista salió de sus pensamientos al oír su nombre.

–¿Por qué? ¿Por qué yo?

–¿Acaso tengo que explicártelo?

Ella había colocado a su caballo junto al del joven, en paralelo, y ahora sus miradas quedaban alineadas.

–Kaddur Ammar te escoltará hasta Melilla. –Señaló a los jinetes–. Nada te sucederá. Vuelve a Madrid y aléjate de todo este sin sentido.

–¿Qué harás tú? ¿Qué pasará...?

–Para mí ya es demasiado tarde –lo interrumpió–. Yo... Yo no me alejé a tiempo.

–¡Ni siquiera sé tú nombre! –se lamentó Codrán.

La mujer se acercó un poco más y, agarrándolo por la camisa, lo atrajo hacia sí.

–Magdalena –le susurró al oído.

Y, sin darle tiempo para más preguntas, lo besó con ternura.

–¿Quién eres? –preguntó él, mirándola fijamente, cuando se separaron sus bocas.

Pero ella sólo le contestó con una dulce sonrisa antes de que sus labios volvieran a juntarse.

–Tenemos que irnos ya –los interrumpió Kaddur Ammar, nervioso. A lo lejos volvían a escucharse nuevos disparos.

–Vete ya. No me lo hagas más difícil.

–¿Por qué no vienes conmigo? –propuso Codrán–. Volvamos a España juntos.

–No te preocupes por mí, sé cuidarme.

–Te buscaré –le aseguró él.

–Te encontraré –le respondió ella.

Y, en ese momento, obedeciendo el gesto de la mujer, Kaddur agarró las riendas del caballo que montaba Codrán y tiró de ellas.

Su caballo ya ponía tierra de por medio, pero Codrán se mantuvo un rato con la cabeza vuelta, mirándola. Se llamaba Magdalena.

Pronto, el polvo y la distancia la hicieron invisible, y Codrán suspiró. Alzó la cabeza entonces, fiero, y miró hacia el sol inclemente. El joven inocente, ingenuo y curioso que había llegado a Melilla había desaparecido; la mirada del que allí volvía ahora era amarga, dura y desengañada. Lúcida.

78

Lo peor de una guerra no es perder la vida. Lo peor es sobrevivir. Despertar cada noche con la sensación de no estar donde debes; ver a tu alrededor como la vida continúa ajena a todo lo que has visto, olido, oído y sufrido; comprobar que todo el sacrificio de los que quedaron atrás se olvida. No interesa. La vida diaria cotidiana se impone, frívola, para preservar esa misma cotidianidad.

Lo peor no es morir en la guerra; lo peor es dejarla atrás, olvidar toda su intensidad, su crudeza, su autenticidad y fuerza, para regresar a una comedia. Una comedia, en la que, tiempo atrás, eras el protagonista.

–¿Adónde vamos? –preguntó Codrán.

Su pregunta no obtuvo respuesta. Aquellos hombres que, siguiendo las instrucciones de Magdalena, lo habían forzado a abandonar Monte Arruit, no habían pronunciado palabra en todo el camino.

–Sé que habláis mi idioma. ¿Dónde vamos? –insistió.

Pero, de nuevo, nadie contestó. Sólo Kaddur Ammar lo miró pensativo, meditando si debía contestarle.

–¿Vais a matarme? Si lo vais a hacer, hacedlo ya. ¡Cobardes!

Codrán tiró de las riendas de su caballo, frenándolo en seco. Al momento, los tres rifeños se revolvieron y lo rodearon con sus monturas. Fue Kaddur Ammar quien habló al fin, mirándolo fijamente:

–No vas a morir. Al menos, no por nuestra mano.

–Quiero saber a dónde me lleváis –repuso Codrán sin amilanarse.

–¿No lo sabes? Te lo dijeron. Vas a Melilla. Han sido sus órdenes. Llevarte sano y salvo a Melilla.

–¿Órdenes de quién? ¿De Magdalena?

Kaddur Ammar sonrió, malévolo. Tiró de las riendas e hizo volverse a su caballo, al tiempo que hacía una seña a los otros dos escoltas para que empujaran la montura de Codrán y reanudaron también la marcha.

–De ella, no. De Abd el-Krim –contestó Ammar.

Codrán sintió un golpe seco en el estómago. «¿Cómo es posible? ¿Para qué me quiere vivo el canalla de Abd el-Krim?», se preguntó a partir de ese momento una y otra vez durante el trayecto hasta llegar a Nador. Los combates en esa ciudad claramente habían sido terribles. Codrán volvió a sentirse impotente al ver los edificios humeantes y agujereados, y más rabioso aún al contemplar la cantidad de cuerpos quemados que sembraban el suelo.

–¡Asesinos! –soltó Codrán al pasar junto a los restos calcinados.

Sus acompañantes se limitaron a seguir cabalgando, saludando de tanto en tanto a los rifeños con los que se encontraban, que se quedaban mirando al español. Cuando Nador quedó atrás, la visión de aquellos cuerpos seguía torturando al periodista.

–Tendría que estar muerto... –musitó Codrán.

–No eres el único que lo ha pedido, cristiano –dijo Ammar.

El rifeño miró al periodista y rebuscó en una alforja que colgaba de la silla de su caballo. De ahí sacó un fajín rojo.

–Era de vuestro general, de Silvestre.

–Cómo... –se sorprendió Luis, tomando el fajín manchado de sangre, sin saber qué decir.

–Yo lo maté –dijo con voz grave el rifeño.

Codrán apretó los dientes y soltó un rabioso «asesino».

–Me llamas asesino muy a la ligera, sin conocer lo que ha pasado.

–No me hace falta saber más. Tú mismo lo has dicho.

–Morir en batalla no es lo peor que puede pasarte, joven español. Deberías saberlo ya. Yo he sido fiel al general, hasta el final.

–¿Fiel? Acabo de ver lo fieles que sois a la palabra dada. ¡Acabo de ver cómo los tuyos han asesinado a miles de españoles que se habían rendido! Ni se te ocurra hablar de lealtad.

El rostro de Ammar se mantenía impertérrito. Parecía que ninguna palabra era capaz de ofenderlo o irritarlo.

–Silvestre cayó herido. Le dispararon en la pierna y en un brazo. Yo lo arrastré hasta unas rocas. Desde allí vio a mis hermanos acabar con los otros españoles que... –Ammar hizo una pausa–. No hay piedad en el Rif con el vencido –sentenció al fin.

–Es algo que sí he comprobado...

–Silvestre sabía lo que le pasaría. Sabía que no tendría una muerte rápida, que Abd el- Krim lo pasearía como a su trofeo. Que lo haría su prisionero. Hay cosas peores que morir, joven.

–¿Qué sucedió? –preguntó Codrán.

–Al verse sin escapatoria, me pidió que lo matara. Y así lo hice. Mi juramento de lealtad era con Silvestre. Sólo con él. Le disparé en la cabeza.

Codrán bajó el rostro, abatido.

–¿Qué...? ¿Qué hiciste con su cuerpo?

–Lo enterré, para que su alma no vagara eternamente por este desierto. Ya ves, aún después de muerto le fui leal. Nadie salvo Kaddur Ammar sabe dónde está, y nadie lo sabrá.

–¿Tengo que darte las gracias? –preguntó el periodista con ironía.

–Estuve hasta el final con él. Cumplí mi promesa. Ahora soy libre. Te he dado su fajín. Silvestre pertenece al Rif, y aquí se quedará para siempre.

Sin más, Kaddur espoleó a su animal para unirse a los otros dos jinetes, y no volvió a decir nada hasta que, un rato después, gritó: «Atalayón». El viaje estaba próximo a su fin, y Codrán suspiró.

Apenas había pronunciado esa palabra, los caballos se encabritaron. Los disparos que los habían asustado resonaron cerca. Al momento, los dos moros que iniciaban la marcha dieron la vuelta y picaron espuelas para alertar a Kaddur Ammar, que caracoleó con su caballo hasta ponerse a la altura de Codrán.

–Ella convenció a Abd el-Krim para que te dejara vivir. Que Alá te proteja.

Ammar picó espuelas y salió al galope, justo cuando unos proyectiles chasquearon en unas piedras cercanas, haciendo que el caballo de Codrán se asustara.

–¡España! ¡España! –empezó a gritar con todas sus fuerzas, pero se quedó sin voz cuando su caballo, herido por uno de los proyectiles, se movió con brusquedad y cayó al suelo.

Algo aturdido, abrió los ojos para ver que unos soldados se aproximaban con cautela. En cuanto se dieron cuenta de que era español, llamaron a su oficial, y entretanto uno de ellos le ofreció su cantimplora.

–¿Qué cojones hacía con esos moros? –preguntó el oficial, enojado, cuando llegó–. Podíamos haberlo matado.

–Sí..., ya me he dado cuenta –musitó Codrán. Dio un segundo trago de agua y devolvió la cantimplora al soldado–. Es una larga historia, tengo que ver a Berenguer de inmediato. Es muy urgente. ¿De qué regimiento sois? –preguntó, aún en el suelo.

El militar se quedó mirando al periodista y le ofreció la mano para ayudarlo a levantarse.

–¿Regimiento? Nosotros somos la Legión –respondió, esbozando una sonrisa.

FIN

EPÍLOGO

Me pide David escribir el epílogo de su novela *Centauros del Rif*, y, aunque no sea la persona adecuada para ello, no puedo negarme.

Y hay varias razones para ello. Una de ellas es que no tengo derecho a rechazar una petición de quien quiere dar a conocer la gesta del Alcántara. En lo más profundo de mí, siento una deuda con aquellos jinetes que jamás podré saldar. Es casi una obligación moral ayudar a que los españoles y el mundo entero conozcan lo que fueron capaces de hacer un grupo de jinetes de caballería en el duro verano de 1921.

Conforme uno va conociendo los acontecimientos de aquella hazaña y las circunstancias que la rodearon, ésta es más y más sorprendente. Es increíble que en aquel entorno hubiera un grupo de jóvenes españoles que combatieran con tanta fiereza y que no dudaran en dar su vida por encima de una posible salvación. La razón no puede ser otra: el Alcántara era mucho más que un grupo de hombres y caballos; el Alcántara era un ciclón al que ni siquiera la muerte pudo parar. Llegaron hasta donde ninguno de ellos hubiera imaginado pensar. Y todos querían estar allí. Sintieron que se harían leyenda y, ante ello, ninguno dio un paso atrás.

Parece obligatorio que, en el epílogo de una novela como la que acaban de leer, se tenga que señalar qué pasó con los personajes que aparecen en ella. Desde luego, la suerte de los supervivientes fue muy variada. Hubo algunos que sufrieron cautiverio en Axdir, como el comandante Gómez Zaragoza o el teniente Troncoso, que realizó el papel de médico mientras estuvo preso cuando no había facultativos entre los presos. El teniente Vea-Murguía continuó su carrera militar y, con el paso de los años, llegó a ser el coronel del Alcántara. Éstos serían algunos ejemplos de los que tuvieron la suerte de sobrevivir. Desde luego, sería muy largo escribir qué fue de los que se salvaron, y la mayoría de las historias serían difícilmente rigurosas o completamente veraces. Lo que si sabemos con seguridad es que gran parte del Alcántara perdió la vida en el Gan y en las sucesivas posiciones en las que lucharon. La gran mayoría de los caídos eran jóvenes que apenas pasaban de los veinte años, por lo que nunca tuvieron descendientes directos, y eso ha hecho que el tiempo los haya condenado al olvido. Ha habido otros casos, como el del jinete extremeño José Picón, al que su madre guardó memoria siempre con tanta pasión que su historia ha permanecido en su familia y ya no desaparecerá nunca. Pero éste es el caso extraño, la excepción que confirma la regla.

En resumen, los cazadores del Regimiento Alcántara 14 de Caballería descansan probablemente en el cementerio de Melilla, donde se reunieron los restos de los diferentes cementerios diseminados por el Protectorado cuando se dio la independencia de Marruecos. Los nombres de todos ellos se encuentran en una de las paredes de la sala histórica del Regimiento Alcántara en Melilla. A ellos les debemos nuestro respeto y recuerdo, y nuestro agradecimiento por enseñarnos el camino correcto, el camino de la eternidad.

Y ya la última reflexión sobre la gesta. ¿Mereció la pena? Tradicionalmente, hemos considerado la guerra de Marruecos como un fracaso nacional. Pero la realidad fue muy diferente. Es la tradicional manera de vernos a nosotros mismos, muy influenciados por esa leyenda negra que tanto nos ha acomplejado. Lo cierto es que España cumplió con su compromiso en el Protectorado. Y lo hizo a un precio enorme en todos los aspectos. Y, si esto fue posible, es porque en los momentos más duros de nuestra presencia en Marruecos hubo un grupo de españoles que supieron marcar el camino que llevaría a la victoria. Ese grupo fueron los jinetes del Alcántara. Y ésta es, sin duda, la gran lección que nos dieron y que nunca debe olvidarse.

Felicísimo Aguado Arroyo
Coronel del Regimiento de Caballería
Acorazada Alcántara n.º 10

NOTA DEL AUTOR

Basado en hechos reales. Reconozcan que, cuando escuchan este aviso al inicio de una película, les gusta más o, al menos, sienten más curiosidad. A mí me sucede.

Tienen en sus manos una novela basada en hechos reales, aunque los crean imposibles. Hechos de una guerra ocultada. Batallas con héroes olvidados.

He intentado acercarme lo más escrupulosamente posible a lo acontecido, aunque reservándome cierto derecho a modificarlo; licencias literarias, si quieren llamarlo así, en las que mezclo personajes reales con otros de ficción. No están ante un ensayo, sino ante una novela. Una novela sobre la historia de la guerra de Marruecos.

Todo lo concerniente a Annual va siempre acompañado de cierta controversia. Lo que se pudo hacer y lo que no se debió hacer. Lo que sucedió y lo que pudo suceder. Y, sobre todo, determinar quiénes fueron los responsables de aquella masacre. El primer impulso al acercarse al tema es ése: dar una explicación coherente a lo sucedido, liberar el alma de una carga de culpabilidad, buscar una respuesta, un porqué a tanta muerte. Pero entonces desviamos el foco, nos olvidamos de lo fundamental: ellos. Ellos son lo importante, esos ocho mil soldados que murieron en apenas diez días. Esta novela (insisto en lo de novela, con todo lo que ello implica) pretende, además de entretenerles, ser un homenaje a aquellas personas, aquellas gentes que, de todos los rincones de España, fueron al Rif a morir; mantener vivo el recuerdo de los olvidados de Monte Arruit y, ante todo, ser un reconocimiento a los Cazadores del Regimiento de Caballería Alcántara n.º 14. Quédense con eso, con su ejemplo y sacrificio. Con sus historias, pues todas juntas, conforman lo que llamamos historia. La nuestra.

AGRADECIMIENTOS

«Seré un asesino, un ladrón o un pirata, pero nunca seré un desagradecido». Éstas son las palabras del pirata Bela Kan según aparecen en el tomo XI de mi colección de *El guerrero del antifaz* y que tanto me marcaron cuando las leí siendo niño. Por eso, para hacer honor a Bela Kan, quiero expresar mi agradecimiento. En primer lugar, a Penélope Acero, mi editora, esa brújula que todo contador de historias quiere para encontrar la senda correcta; sin ella, este libro no estaría en sus manos. Quiero dar las gracias también al coronel del Regimiento de Caballería Acorazada Alcántara n.º 10, Felicísimo Aguado Arroyo, por su amor a los caballos, sus aportaciones técnicas y por querer epilogar este relato. Pero, sobre todo, quiero dar las gracias a Marian García Picón, sobrina nieta del cazador José Picón, del Regimiento de Caballería Cazadores del Alcántara n.º 14, y al subteniente legionario de la Brigada Alfonso XIII, Juan José Góngora, descendiente del cabo telegrafista José Chacón, por permitirme conocer y acercarme a las historias de dos héroes humildes, cuya memoria merece respeto y el mejor de los homenajes que se puede dar. Su recuerdo.

* * *

«Honrad con los tributos postreros a esas almas egregias
que con su sangre nos han legado esta Patria».

La Eneida, Virgilio

Esta edición de *Centauros del Rif*,
de David Gómez,
se terminó de imprimir en Liberdúplex,
el 26 de agosto de 2024